Dr. Ohio und der zweite Erbe

DR. OHIO UND DER ZWEITE ERBE

Mark Stichler

THEISS

Bibliografische Information der Deutschen Nationalbibliothek
Die Deutsche Nationalbibliothek verzeichnet diese Publikation in der Deutschen Nationalbibliografie; detaillierte bibliografische Daten sind im Internet über http://dnb.d-nb.de abrufbar.

Umschlaggestaltung: Stefan Schmid, Stuttgart, unter Verwendung einer Abbildung des Weinkellers der Kellerei Moët & Chandon im französischen Épernay (© ALIMDI.NET / Michael Weber).

Lektorat: Susann Säuberlich, Neubiberg
Satz und Gestaltung: Satzpunkt Ursula Ewert GmbH, Bayreuth
Druck und Bindung: GGP Media GmbH, Pößneck
Gedruckt auf säurefreiem und alterungsbeständigem Papier
Printed in Germany

ISBN 978-3-8062-2592-1

1

Abenddämmerung,
im schmalen Licht der Lampe
schwebt der stille Staub

Draußen wurde es dunkel. Höpfner wandte den Kopf von seinem Schreibtisch zum Fenster. Müde strich er sich über die spärlichen grauen Haare, die er hinten zu einem kleinen Zopf zusammengebunden hatte. Die Bäume standen wie schwarze Schatten vor der Dunkelheit und raschelten leise, als wollten sie etwas sagen. Unwillig drehte Höpfner sich wieder um. Ich werde alt, dachte er.

Er saß in seiner Bibliothek über einem schmalen Band mit japanischen Haikus, kleinen, dreizeiligen Gedichten. Mit seinen großen, groben Händen schlug er ab und zu eine Seite des dünnen Papiers um. Zwischen die Gedichte waren in loser Folge feine japanische Tuschezeichnungen von Naturmotiven eingestreut. Ein knochiger, schwarzer Ast, an dem ein orange leuchtender Lampion hing, eine kahle, schneebedeckte Bergspitze, um die wie eine lange Kette eine Schar schmaler Vögel zog, Blumen und ein grauer See unter dem blassen Vollmond.

Höpfner knipste eine kleine Schreibtischlampe an, die seinen Arbeitsplatz beleuchtete, den Rest des Raums aber nahezu im Dunkeln ließ.

„Machen Sie doch Ihr Licht an", sagte er unvermittelt in die Tiefe des Raums, dessen Ausmaße bei den düsteren Lichtverhältnissen nur zu erahnen waren. Die Nacht höhlte die Ecken zu dämonenvollen Löchern, zauberte lange, schwarze Gänge zwischen die hohen, dicht mit Büchern vollgestopften Regale, die wer weiß in welches Verlies führten.

Ein paar Meter von Höpfner entfernt war ein Brummen zu vernehmen, dann ein seidenes Rascheln. Gleich darauf ging am Schreibtisch seines Assistenten Värie Wieri ein ähnliches Licht an wie bei Höpfner.

Wieri, den Höpfner für seine Studien über den Calvinismus eingestellt hatte, saß tief gebeugt über einem dicken Wälzer und machte sich eifrig Notizen. Er war Finne und galt als Spezialist für Fragen zum Calvinismus. Von Höpfner hatte er sich hauptsächlich wegen der gut sortierten Bibliothek anheuern lassen. Höpfners Urgroßvater hatte die Villa im Naturpark Schönbuch bei Tübingen ursprünglich als Sommerresidenz gebaut und dort den hohen Raum für seine Sammlung alter Bücher eingerichtet. Mit der Zeit hatten seine Erben, Inhaber einer Buchhandelskette, einen beachtlichen Bestand an Werken gehortet, die inzwischen nicht mehr alle im Stammsitz der Familie gelagert wurden. Die Dachböden diverser Landhäuser in Italien und der Schweiz waren ebenfalls vollgestopft mit den Zeugnissen der Sammelleidenschaft von Höpfners Vorfahren.

Wieri rieb sich seine wässrigen Augen und ließ seinen Bleistift fallen. Er war ein schmaler, kleiner Mann mit einem unangenehm starren Blick. Er fixierte Höpfner, musterte mit einem flügelschlagschnellen Blinzeln die breiten Schultern und das große, flächige Gesicht seines Chefs.

„Was machen Sie?", fragte er leise, fast lauernd, als könne Höpfner eine falsche Antwort geben.

Höpfner sah ihn einen Augenblick erstaunt an, dann grinste er breit und seine Augen bekamen einen verschmitzten, schalkhaften Ausdruck, der sein graues Gesicht wieder jung erscheinen ließ.

„Ach", sagte er harmlos. „Ich habe hier ein kleines Bändchen mit japanischen Gedichten, das ich noch durchblättere."

Falsche Antwort. Wieris Miene gefror zu Eis. Eine Zeit lang starrte er seinen Chef reglos an, als warte er auf eine Entschuldigung oder ein verlegenes *Das war nur Spaß. Natürlich beschäftige ich mich mit Calvin*. Höpfner starrte ebenso zurück, mit einem feinen Lächeln um die Lippen.

„Sie wollten noch raus, in Ihre Scheune da hinten", sagte Wieri schließlich resigniert und drehte sich wieder zu seinem Schreibtisch um.

„Ach, ich weiß nicht. Ich hab gar keine Lust mehr rauszugehen", sagte Höpfner und sah zum Fenster hinaus. „Und dunkel ist es auch schon."

„Wenn Sie es jetzt machen, müssen Sie es morgen nicht mehr tun", murmelte Wieri. Er hatte sich schon wieder in sein Buch vertieft.

Höpfner lachte.

„Sie legen ja eine echt schwäbische Haltung an den Tag, Wieri", sagte er. Er seufzte lustlos. „Aber Sie haben recht. Ich geh mal."

Wieri nickte, ohne von seinem Schreibtisch aufzublicken. Höpfner erhob sich schwerfällig von seinem Stuhl und ging hinaus.

Er ging die Treppe im Dunkeln hinunter. Auf den unteren Stufen kam ihm die Haushälterin entgegen. Als sie Höpfner dicht vor sich bemerkte, stieß sie einen erschrockenen Schrei aus.

„Herr Höpfner!", rief sie. „Können Sie kein Licht anmachen?"

„Sie haben ja auch keins angemacht." Höpfner lächelte. Die unerwartete Begegnung im Dunkel der großen Treppe, die von der Halle in die oberen Stockwerke führte, schien ihm zu gefallen.

„Ja, aber ich ..." Der Haushälterin fiel kein passendes Argument ein, warum sie mehr Rechte als Höpfner haben sollte, im Dunkeln durchs Haus zu wandern. „Ich mache das immer so", sagte sie schließlich lahm.

„Mhm", machte Höpfner. Er spürte ihre Nervosität, hörte das Knistern ihres steifen Kleids. Aber sie wich keinen Schritt zurück, blieb quasi zitternd standhaft. Höpfner lehnte sich schwer gegen das schwarze Holzgeländer, das ihn leise ächzend stützte. Keiner von beiden machte Anstalten, das Licht anzuschalten.

„Wo wollen Sie denn überhaupt hin?", fragte die Haushälterin mit einem metallischen Klang in der Stimme.

„Ich muss noch den Durchgang an der Scheune abmessen. Morgen soll der Öltank abgeholt werden und ich weiß gar nicht, ob er durchpasst. Dann kann ich auch gleich die Schrauben lösen."

„Das können Sie doch auch noch morgen erledigen", sagte die Haushälterin. „Oder Henrik kann es machen."

Henrik war der Gärtner auf Höpfners Anwesen, eigentlich der Mann für alles, eine Art Hausmeister, aber alle nannten ihn den Gärtner. Er war immer schon da gewesen, solange Höpfner sich erinnern konnte. Ein langer, grimmiger Mann mit weißem Bart und alkoholhellem Blick.

„Henrik“, sagte Höpfner abfällig. „Das kann ja dann ewig dauern. Wenn ich es jetzt mache, ist es erledigt.“ Er dachte an Wieri.

„Hm.“ Die Haushälterin zuckte mit den Schultern und schlängelte sich vorsichtig um ihn herum. Er lächelte und schüttelte den Kopf, im Dunkeln von ihr unbemerkt. Dann trottete er nachdenklich weiter nach unten. Auf dem Treppenabsatz wandte er sich um.

„Hanne“, sagte er leise in die Dunkelheit.

„Ja?“, fragte sie flüsternd von oben. Beide schwiegen lange und sahen in die Richtung des anderen, ohne mehr zu erkennen als einen schemenhaften Schatten.

„Ach nichts“, sagte Höpfner schließlich. Graue Punkte tanzten vor seinen Augen.

Er ging ums Haus und öffnete die Tür zur Scheune. Der Öltank war beinahe so alt wie das Haus selbst und sollte endlich entsorgt werden. Damit hatte er eine Tübinger Spezialfirma beauftragt, die den Tank auf ihrem Gelände fachmännisch zerlegen würde. Aber eben nur dann, wenn sie das Ding auch durch den Eingang der Scheune abtransportieren konnte.

Er schaltete das Licht ein und flackernd leuchtete eine alte Glühbirne auf, die an einem schwarz umwickelten, verstaubten Kabel von der hohen Decke hing. Die Scheune war nicht sehr groß und früher als Werkstatt benutzt worden. Jetzt stand sie schon lange fast leer. Höpfner kramte einen Meterstab aus der alten Werkbank und maß die Tür aus. Dann ging er wieder hinein, um den Tank abzumessen.

Oben am Fenster der Bibliothek stand Wieri und blickte hinaus in die Finsternis. Er stand da, als würde er träumen, mit starrem Blick auf die Tannen, über denen ein paar Sterne zu sehen waren. Als er in der Scheune die kleine Funzel angehen sah, holte er tief Luft. Gleich darauf konnte er Höpfner beobachten, der mit dem Meterstab am Eingang hantierte und dann wieder verschwand. Wieri spielte mit einem Gegenstand in seiner Hosentasche und zog ihn schließlich heraus. Es war ein kleines, viereckiges Kästchen aus Plastik mit einem roten Knopf in der Mitte. Der Finne ging langsam zurück an seinen Schreibtisch. Überall herrschte tiefe Stille, eine Reglosigkeit, wie sie Landschaften befällt, kurz bevor der Sturm losbricht. Als würde Gott den Atem anhalten ...

Wieri schob seine Hand mit dem Kästchen wieder in die Hosentasche, biss auf die Zähne und zog die Augenbrauen zusammen, angestrengt, als würde er eine Nuss knacken. Und dann, fast im selben Moment, erschütterte eine ohrenbetäubende Explosion das Haus. Es war, als prallten Dimensionen aufeinander, als würden sich in unmittelbarer Nähe des Ohrs die elektrischen Spannungen eines Gewitters in Blitz und Donner entladen. Die Wände wackelten und die Fenster klirrten. Der Krach nahm Wieri den Atem und das Gehör. Stille.

Als der Druck auf den Ohren nachließ, hörte er den Aufprall von Gegenständen, die vor wenigen Augenblicken noch eine Scheune gewesen waren, und das Prasseln und Zischen von Flammen. Dann wurde die Tür aufgerissen.

„Ach du meine Güte. Herr Wieri", stammelte die Haushälterin und hielt entsetzt beide Hände vor die Brust. „Herr Wieri."

„Um Gottes willen", murmelte Wieri blass. Ihre Worte drangen wie durch Watte zu ihm. „Was war denn das?"

Die Scheune war in die Luft geflogen. Höpfner hatte den Tank inspiziert und mit dem Meterstab den Durchmesser genommen. Er hatte sich umgesehen, irritiert durch ein Klicken aus dem Innern des Tanks. Und dann hatte er noch genug Zeit gehabt zu sehen, wie es den Behälter mit einem weißen, gezackten Blitz zerriss.

Die Erleuchtung. Stille. Dunkelheit.

Es gibt die Theorie, man könne einer Explosion nur aus dem Wege gehen, indem man direkt in sie hineinspringt. Man lässt die Druckwelle hinter sich. Da die Teile der Ladung auseinanderdriften, entsteht im Zentrum der Explosion ein Vakuum, ein leerer Raum, in dem man überlebt, wohin auch immer der Weg einen führt.

Grau ist alle Theorie. Oder Höpfner war nicht schnell genug im Mittelpunkt der Explosion gewesen. Es hatte ihn auseinandergerissen, den vielzähligen Molekülen um ihn herum gleichgemacht. Materie, Material, das der ewige Fluss des Lebens fortspülte, wieder frei zur weiteren Nutzung.

2

Glitzernder Regen
und aus der dunklen Erde
steigt grün der Frühling

Höpfner war zum Ende des Frühlings gestorben. *Doch schon,* würde sein Rechtsanwalt Dr. Laudtner sagen. *Überraschend,* würde Dr. Ohio sagen. Er war erstaunt, wie kalt Höpfners Tod ihn ließ. Sie hatten sich über die Literatur kennengelernt, über japanische Haikus geredet und ziemlich regelmäßig Schach gespielt, in Höpfners Villa, in der „Träumenden Taube", einer kleinen Tübinger Eckkneipe gegenüber dem Park am Stadtgraben, oder im „Storchen", der etwas weiter in der Altstadt lag, in einer der schmalen, blumengeschmückten Gassen, in denen die einst krummen und schiefen Häuser renoviert waren und kaum noch an den Mief und Dreck des Mittelalters erinnerten, aus dem sie stammten. Ab und zu saßen sie auch auf der schmalen Veranda von Dr. Ohios kleinem Ärzte-Appartement. Die Wohnung war an das Sanatorium im Schönbuch angeschlossen, in dem er die psychiatrische Abteilung leitete.

Das Städtchen Waldenbuch in der Nähe war deutlich gewachsen, seit sich vor über 20 Jahren einige Kliniken und Sanatorien hier angesiedelt hatten. Dank des nahe gelegenen Tübingens mit der Universitätsklinik war die Doktorendichte ziemlich hoch und stieg immer noch. Viele der Ärzte hatten an den Hängen von Liebenau und in den umliegenden Dörfern günstige Grundstücke gekauft und gebaut. Junge Ärzte und ältere Junggesellen wie Dr. Ohio lebten allerdings oft in von den Kliniken bereitgestellten Appartements.

Ohio saß auf der Couch und ließ seinen Blick über das sanft gewellte Land schweifen, über die Wiesen und Felder und den tief hängenden, dunklen Wolkenhimmel, der an wenigen Stellen von Helligkeit durchbrochen wurde. Weit hinten in der Ebene ging ein heftiger Regenschauer nieder. Ein böiger Wind bog die Wipfel der Bäume im Park des Sanatoriums und die düsteren Tannen im Schönbuch.

„Klopstock", flüsterte Dr. Ohio, als ein paar schwarze Krähen aufflogen und träge hinüber zu den sprießenden Feldern flappten. Die Wiesen vor dem Haus schimmerten graugrün in Erwartung des Regens.

Es klopfte. Dr. Ohio legte seine Brille auf den Couchtisch neben sich und fuhr mit der Hand über seine schmalen, dunklen Augen und die an einigen Stellen grau gewordenen, kurz geschnittenen Haare. Er erhob sich, seine Strickjacke und die ausgebeulte Cordhose schlotterten um seine Glieder. Vor der Tür stand seine Gehülfin. Erika nannte sich selbst Assistentin, aber Ohio fand, Gehülfin passe besser zu dem drallen, blonden Geschöpf in ihrem immer etwas zu eng wirkenden, weißen Krankenschwesternkleid, über das sie heute eine Strickjacke gezogen hatte.

Der Doktor hatte keine Ahnung, wer Erika eingestellt hatte – und warum. Mit der Zeit hatte er sich an dieses große Mädchen gewöhnt. Und er hatte sich daran gewöhnt, dass ihm, wenn er mit ihr auf den Gängen des Sanatoriums unterwegs war, die jungen Ärzte und die männlichen Patienten hinterhersahen. Erika achtete kaum auf die Blicke ihrer Umgebung. Wenn sie mit Dr. Ohio unterwegs war, schenkte sie nur ihm Beachtung.

Neugierig linste sie an ihm vorbei in den Flur. Sie war noch nie hier gewesen.

„Hallo Doktor", sagte sie mit honiggelber Stimme. Ohio lächelte.

„Hallo." Er nahm seinen Arztkittel vom Haken neben der Tür und zog ihn über seine grobe Strickjacke. „Ich bin fertig. Wir können gehen."

„Hm." Erika war unzufrieden.

„Wir haben noch Zeit", sagte sie. „Ich habe von ... das mit Höpfner erfahren und vielleicht möchten Sie mit jemandem reden?" Sie lächelte ihn mit geschlossenen Lippen an, ein leichtes Beben schien sie zu erschüttern, das bei Dr. Ohio ein Gefühl von Ungewissheit oder Ahnung angesichts eines schon lange nicht mehr ausgebrochenen Vulkans erweckte. Sie sah ihm gerade in die Augen.

„Je früher wir beginnen, desto früher sind wir fertig", beeilte er sich zu sagen und stapfte an ihr vorbei, bevor sie eventuell seine Hand nehmen oder etwas ähnlich Mitfühlendes versuchen konnte.

Das Gebäude mit den Appartements wurde das Ärztehaus genannt und war durch einen unterirdischen Gang mit dem Hauptgebäude des Sanatoriums verbunden. Die Patienten waren meistens wohlhabende Leute: Manager mit Burn-out-Syndrom, gealterte Schauspielerinnen und Schauspieler, die sich hierher zurückgezogen hatten, um ihren Spleen zu kultivieren, und einige degenerierte junge Männer, die eine lange Ahnenliste vorweisen konnten. Die wenigen, die nicht freiwillig hier waren, wurden fast ausschließlich von Dr. Ohio betreut. Auch hier stammten viele aus wohlhabenden Familien. Einige Patienten mit schweren psychischen Störungen nahm Dr. Manstorff, der Chef der Klinik, auch aus humanitären und Prestigegründen auf.

Er und seine Frau kümmerten sich hauptsächlich um die Wehwehchen der Schönen und Reichen, deren hauptsächliches Problem oft das in Alkohol ertränkte Desinteresse der Öffentlichkeit war. Dr. Ohio war dagegen für die „wahren Irren" verantwortlich, wie Dr. Manstorff manchmal kichernd sagte. Brigitte, seine Frau, die ebenfalls als Ärztin im Sanatorium arbeitete, verdrehte dann die Augen und Ohio sagte nichts.

Er ging mit Erika den langen, niedrigen und spärlich beleuchteten Gang zum Hauptgebäude entlang. Seine Schuhe gaben auf dem gelblichen Linoleumboden ein leichtes Quietschen von sich. Weiter vorne flackerte das weiße Licht des Aufzugs und ein leichter Windzug kam aus dem Treppenhaus. Die Tür des Lifts öffnete sich und Dr. Brigitte Manstorff stieg aus. Sie winkte, als sie Ohio und Erika sah. Dr. Ohio kam kurz aus dem Tritt, als ob sein Herz einen kleinen Sprung gemacht hätte. Er fing sich aber sofort wieder.

„Ah", lachte Dr. Manstorff. „Das seltsame Paar." Sie zwinkerte Ohio zu.

„Höpfner ist tot", sagte Erika dunkel, blitzte Dr. Manstorff aus ihren blauen Augen an und ging weiter.

„Was?“ Dr. Manstorff sah Ohio betroffen an und fasste ihn am Arm. Ohio zuckte ein klein wenig zurück. Sie runzelte die Stirn.

„Das tut mir leid. Entschuldige“, sagte sie, und leiser: „Das war dein einziger Freund hier, nicht wahr?“

„Wir Japaner legen mehr Wert auf die Familie.“ Dr. Ohio lächelte vielsagend.

Dr. Manstorff schüttelte den Kopf. Sie war noch immer eine schöne Frau, auch wenn sie die 40 schon weit hinter sich gelassen hatte. Ihre Stirn war nicht mehr so glatt wie früher, um den Mund zogen sich ein paar scharfe Falten und an den Hüften hatte sie etwas zugelegt. Aber ihre braunen Locken, die sie heute zu einem Pferdeschwanz gebunden hatte, ihre forschenden, blaugrauen Augen und ihr spöttisches, kleines Lächeln waren wie früher. Dr. Ohio konnte es nie vergessen.

Wie lange ist das her, dachte er, während er sie betrachtete. Sie hatten in Tübingen zusammen studiert. Brigitte war gerade 20 gewesen und er nur wenige Jahre älter. Als Austauschstudent war er für ein Jahr von der Universität in Yokohama gekommen. Und jetzt war er immer noch hier. Wegen ihr, ging ihm durch den Kopf. Aber sie hatte nichts Besseres zu tun gehabt, als Heinz zu heiraten. Seinen Kumpel Heinz Manstorff ...

„Ich würde dir gerne helfen“, sagte sie. „Oder, wenn du nicht allein sein möchtest ...“

„Ich bin in Begleitung“, erwiderte Ohio und deutete mit einem Kopfnicken auf Erika, die einen Fuß zwischen Tür und Aufzug geklemmt hatte und wartete.

Dr. Manstorff verdrehte die Augen.

„Mmmh. Dieses kleine ...“, sie warf Erika einen Blick zu, „... oder große Biest.“ Dann wandte sie sich wieder zu Ohio. „Du weißt, was ich meine.“

Er lächelte.

„Nicht genau, Brigitte. Und Erika ist kein Biest. Sie ist meine Gehülfin.“ Das *ü* hatte er von einem Schriftsteller abgeschaut und er fand, dass es Erikas Position etwas mehr Würde verlieh.

„Wie sie mich behandelt, ist, gelinde gesagt, eine Frechheit“, sagte Brigitte ärgerlich. „Ich bin immerhin ihre Chefin.“

„Oh“, hauchte Dr. Ohio. „Ich dachte, ich wäre ihr Chef.“

„Du weißt, wie ich das meine." Dr. Manstorff nickte ihm fragend zu. Ihre Stimme wurde weicher: „Ich will nicht mit dir streiten wegen der da. Ich wollte nur, dass du weißt, dass ich für dich da bin. Ruf an ... oder ich schau heute Abend mal kurz bei dir vorbei."

Ohio zuckte mit den Schultern.

„Ich weiß nicht, ob ich heute Abend da bin."

Brigitte lächelte.

„Einen Versuch ist es wert." Sie drückte noch einmal seinen Arm und ging dann schnell den Gang entlang.

Ohio seufzte und stieg zu Erika in den Aufzug.

„Diese ...", sagte Erika, als die Tür zufiel.

Ohio hob die Hand und verzog das Gesicht wie bei einem plötzlichen, körperlichen Schmerz.

„Bitte."

„Schon gut, schon gut", beruhigte ihn seine Gehülfin. Sie würde nichts sagen. Jetzt nicht ...

Sie stiegen im zweiten Stock aus, in dem Dr. Ohios Büro und seine Behandlungsräume lagen. Heute war Sonntag und es gab nicht viel zu tun. Ohio hatte Bereitschaft und wollte ein bisschen Papierkram erledigen. Außerdem hatte Erika einen Termin vereinbart mit einem Neuankömmling, der eigentlich mehr in das Schema der Manstorffs passte, Dr. Ohio aber unbedingt persönlich kennenlernen wollte.

Sie betraten sein Sprechzimmer. Ohio blieb einen Augenblick lang stehen und ging dann weiter durch die Verbindungstür zu seinem Büro. Es bot beinahe die gleiche Aussicht wie seine Wohnung. Nur war hier alles in hellem Beige und Weiß gehalten. Bei ihm standen alte Ledersessel und eine Couch mit Holzrahmen. In seinem Büro waren nur die Beine seines Schreibtischs aus Holz, der Rest war Glas, Metall, Plastik.

Der Schreibtisch stand quer vor der Fensterfront, die den Blick auf die Felder und Wälder auf der gegenüberliegenden Seite des Tals freigab, sodass Dr. Ohio mit dem Rücken dazu saß. Entfernt waren die ersten Häuser von Glashütte zu sehen. Rechts und links an den Wänden seines Büros hingen die üblichen Bilder. Nichts Aufgeregtes, alles in beruhigenden Farben gehalten. Einzig eine kleine Tusche- oder Tintenkleckserei, die ein bisschen an einen Rorschachtest erinnerte, fiel aus dem Rahmen. Schräg gegenüber davon befand sich eine kleine Sitzecke mit einem Glastisch und cremefarbenen Sesseln. Alles in allem kein unangenehmes Büro, aber heute Nachmittag fiel es Ohio schwer, auf seinem breiten Bürosessel Platz zu nehmen.

Er schwenkte ihn herum und sah hinaus aufs Land.

„Heute ist es, als würde es schon wieder Herbst werden", sagte er leise und spielte mit einem Bleistift. „Als würde die Zeit es noch eiliger haben und schon ganze Jahreszeiten ausfallen lassen."

Erika schloss die Tür.

„Soll ich den Termin absagen?", fragte sie vorsichtig.

„Ach, ich bitte Sie. Behandeln Sie mich nicht wie ein kleines Kind." Ärgerlich drehte er seinen Sessel wieder dem Zimmer zu.

In diesem Moment wurde die Tür aufgerissen und ein breiter Mann mit einem strahlenden Lächeln kam herein. Er trug eine offensichtlich brandneue Freizeitausrüstung, braune Sneakers, weiße, zu enge Hosen und ein gestreiftes Polohemd, auf dem ein Abzeichen prangte, das jedem Golf- oder Yachtclub Ehre gemacht hätte. Seine Augen strahlten wie sein Lächeln aus einem roten, runden Kopf, der spärlich mit dunkelbraunen Haaren bewachsen war.

„Dr. Ohaijoh!", rief er und eilte mit ausgestrecktem, wollebewachsenem Arm auf Ohio zu. „Walton. Arthur Walton."

„Es ist eigentlich nicht üblich, sich selbst hereinzulassen", sagte Dr. Ohio kühl und reichte ihm die Hand. „Man wartet im Sprechzimmer, bis man aufgerufen wird ... oder hereingebracht."

Der Mann hob entschuldigend die Hände.

„Es war niemand da. Aber wenn ich gewusst hätte, dass Sie so aparten Besuch haben ..." Er deutete mit dem Kopf auf Erika und zeigte eine Reihe weißer Zähne.

„Das ist meine Gehül... meine Assistentin."

„Ja, ja. Ja, ja", sagte der Mann und rieb sich die Hände. „Dr. Ohaijoh, Sie glauben gar nicht, wie ich mich freue, Sie kennenzulernen. Sie sehen, Ihr Ruf eilt Ihnen voraus bis in ferne Länder." Er deutete mit dem Daumen auf sich.

„Setzen Sie sich." Ohio zeigte auf einen Stuhl. „Und es heißt Ohio. Wie man es schreibt. Ich bin nicht aus den Südstaaten. Ich bin Japaner."

Er bedeutete Erika, aus dem Zimmer zu gehen und die Tür zu schließen.

„Ja, ich sehe, ich sehe. Dr. Ohaijoh ...", hörte sie, bevor sie die gedämpfte Tür zuzog. Sie verdrehte die Augen und setzte sich an ihren Schreibtisch im Vorzimmer.

Später schlurfte Dr. Ohio den Gang entlang zurück zu seinem Appartement und öffnete die Tür. Es dämmerte bereits und durch das große Panoramafenster kam ein unbestimmtes, blaues Licht. Hinten am Horizont schimmerte in einem schmalen Streifen ein Rest silberne Helligkeit. Dr. Ohio blieb einen Augenblick im Dunkeln stehen und sah hinaus, bevor er die Stehlampe bei der Couch einschaltete.

Seine kleine Wohnung war pragmatisch eingerichtet. Die kleine Sitzecke mit der Couch und den zwei Sesseln, deren Leder schon etwas zerschlissen war, standen um einen sehr niedrigen Tisch. Daneben befand sich die Tür zum Balkon. Das Zimmer wirkte geräumig, denn einen Esstisch oder sonstige Sitzgelegenheiten gab es nicht, sah man von den zwei Hockern an einer Art Theke ab, die eine schmale Küchenzeile vom Rest der Wohnung trennte. An der hinteren Front zog sich eine lange Wand mit Büchern entlang. Dazwischen, etwas tiefer eingelassen, standen einige Flaschen und Gläser.

Ohio schenkte sich einen Whisky ein und ließ sich auf die Couch fallen. Da saß er und starrte eine Zeit lang auf die matte, nachtblaue Glasscheibe des Fensters, das den Raum reflektierte. Auf die Stehlampe und ihr gedämpftes Licht, das Regal, die Sitzecke und, als dunklen, kleinen Schatten mit seltsam eingezogenem Nacken und kleinem Kopf, sich selbst. Um ihn herum herrschte eine Stille, die fast spürbar war, wie Materie fing sie an, auf dem Raum zu lasten, ihn auszufüllen, sie versetzte den Drink in seiner Hand in eine leichte Schwingung. Dann klingelte das Telefon. Mit einem leichten Zittern stellte Dr. Ohio das Glas auf den Couchtisch, ging zur Theke und nahm den Hörer ab.

„Dr. Ohio", sagte er leise.

„Spreche ich mit Dr. Ohio?", drang eine dünne, etwas künstlich klingende Stimme aus dem Hörer.

„Hier Dr. Ohio", sagte er, dieses Mal etwas lauter.

„Hier spricht Wieri, Dr. Ohio." Ohio konnte mit dem Namen nichts anfangen. Schweigen.

„Värie Wieri. Der Assistent von Herrn Höpfner", sagte die Stimme schließlich.

„Ah. Herr Wieri." Vor Dr. Ohio stieg das Bild eines schmächtigen, nicht sehr großen Mannes mit schütterem, hellbraunem Haar und wässrigen Augen auf. Die Augen waren das Raumeinnehmende in seinem Gesicht. Wässrig wie Leitungswasser und doch durchdringend. Prüfend. Dr. Ohio konnte sich durch seine asiatische Undurchdringlichkeit vor ihnen schützen, aber sie waren ihm unangenehm. Wieri, der Assistent von Höpfner. Der gewesene Assistent, fügte Ohio in Gedanken hinzu.

„Ja, Dr. Ohio", sagte Wieri zögernd. „Ich nehme an, Sie haben bereits erfahren, was passiert ist?"

„Ich weiß nur, dass er gestorben ist", sagte Ohio. „Näheres ist mir nicht bekannt."

„Tja." Kurzes Schweigen. „Er ist verbrannt."

„Was?" Dr. Ohio strich sich unwillkürlich über den Unterarm. „Du meine Güte. Wie ist denn das passiert?"

„Auf dem Anwesen stand eine Scheune. Dort war der Öltank für das Haus deponiert. Sie wissen, es war ein sehr altes Haus ... Soweit die Feuerwehr es schon sagen kann, müssen Dämpfe und ein Kurzschluss den Tank zur Explosion gebracht haben. Herr Höpfner befand sich zu dem Zeitpunkt in der Scheune ..."

Dr. Ohio lief eine Gänsehaut über den Rücken. Er wusste nicht, ob sie von der Vorstellung herrührte, von einem Öltank in die Luft gejagt zu werden, oder von der Kühle der Stimme, die ihm das Ereignis schilderte.

„Ich habe nicht viel Zeit", fuhr die eisige Stimme zögerlich fort. „Wie Sie sich denken können. Ich wollte Ihnen nur kurz die näheren Umstände mitteilen."

„Ja, ich danke Ihnen", sagte Dr. Ohio und wusste nicht, was er noch sagen sollte. Weitere Fragen waren eigentlich unnötig.

„Ich hoffe, die Verwandten sind informiert?", sagte er überflüssigerweise noch.

„Es gibt keine Verwandten. Herr Höpfner war, soweit ich weiß, alleine. Gute Nacht, Dr. Ohio."

„Nun ja, dann. Gute Nacht." Dr. Ohio legte auf, nachdem aus dem Hörer ein leises Klicken gekommen war. Er setzte sich wieder auf die Couch und nahm einen großen Schluck aus seinem Whiskyglas. Der Schnaps durchfloss ihn wie Feuer und Dr. Ohio vermeinte, für einen Augenblick körperlich zu spüren, zu wissen, wie es ist, in Bruchteilen von Sekunden in kleinste molekulare Teile zerlegt zu werden.

Dr. Ohio kannte Carl Höpfner seit ungefähr vier Jahren. Es war an einem verregneten Mittag gewesen, als sie sich kennenlernten. Ohio konnte sich sogar noch an den Tag erinnern. Es war ein Montag. Zuvor hatte er einen sehr anstrengenden Wochenenddienst hinter sich gebracht und wollte bei einem guten Buch entspannen. Er ging in Waldenbuch in eine Buchhandlung und suchte nach einem Roman.

„Inoue", sagte er dem Angestellten, der neben ihm am Regal stand. „Yasushi Inoue. Er ist ein sehr bekannter Autor."

„Das mag sein, aber wir können nicht alle Bücher auf Lager haben." Der Angestellte suchte mit den Augen das Regal ab, kam aber zum gleichen Ergebnis wie Ohio. Von Inoue war nichts da.

„Vielleicht können Sie mal in Ihrem Computer nachsehen?", fragte Dr. Ohio vorsichtig.

„Das kann ich natürlich", erwiderte der junge Mann gereizt. „Aber wenn es nicht im Regal steht, haben wir es nicht vorrätig. Ich muss es bestellen. Aber Sie sagten, Sie brauchen es sofort."

„Sofort, ja", brummte Dr. Ohio unschlüssig. Der Mann war nicht unfreundlich, aber auch nicht überdurchschnittlich hilfsbereit. Was war zu tun?

„Vielleicht könnten Sie ja trotzdem mal ...? Ich sehe mich so lange noch ein bisschen um."

Der Angestellte rollte mit den Augen.

„Gibt's irgendwelche Probleme? Kann *ich* vielleicht helfen?", ertönte hinter ihrem Rücken eine tiefe, sonore Stimme. Beide drehten sich um. Dicht vor ihnen stand ein älterer Herr in einem feinen, dicht gewebten Wollmantel, auf dem die Regentropfen in runden Perlen lagen, und starrte den Verkäufer durchdringend an. Sein dunkelgrauer Haarkranz war hinten zu einem dünnen Zopf gefasst. Er war ungefähr so groß wie Dr. Ohio, aber mindestens doppelt so breit.

„Nein, danke", sagte Dr. Ohio. „Ich habe ein bestimmtes Buch gesucht. Aber es ist nicht vorrätig."

„So, so. Ein bestimmtes Buch", sagte der Herr und sah weiterhin den Verkäufer an. „Und es ist nicht vorrätig. Darf man erfahren, was das denn für ein Buch sein soll?"

„Es ist von Inoue", sagte der Verkäufer leise, und Dr. Ohio sah ihn nun seinerseits erstaunt an. Was war mit dem Mann los, der noch vor weniger als einer Minute eher mürrisch versucht hatte, ihn loszuwerden?

„Mhm. Von Inoue", sagte der Herr im Wollmantel.

„Der Titel lautet ...", der Verkäufer blickte Hilfe suchend Dr. Ohio an.

„‚Der Sturm'", beeilte Dr. Ohio sich zu sagen.

„Tja. Es ist nicht vorrätig. Nun ja, es kann ja nicht alles vorrätig sein, nicht wahr?"

Dr. Ohio nickte bestätigend.

„Aber dass gar nichts von Inoue im Regal steht, das finde ich schon fatal", fuhr der Herr fort, und seine Kiefermuskeln zuckten in seinem breiten Gesicht. Die von der Kälte grauen Wangen bekamen ein ungesundes Rot. „Das ist, das ist eigentlich unverzeihlich. Finden Sie nicht?"

Der Verkäufer schien immer kleiner zu werden und versuchte, sich hinter Dr. Ohio zu verstecken.

„Also, es ist nicht so tragisch", versuchte Dr. Ohio einzugreifen. „Ich suche mir ein anderes Buch."

„Das mag schon sein", sagte der Herr im Regenmantel und wurde immer lauter. „Aber was für ein Licht wirft das auf meine Buchhandlungen? Wir haben nicht einmal einen Literaten von einem solchen Ruf in unseren Regalen stehen. Was soll ich dazu sagen? Ein großartiger Schriftsteller, aber von den Buchhandlungen eines Charlie Höpfners schnöde missachtet? Nicht, dass alle Schriften dieses Mannes immer vorhanden sein müssten, so weit will ich nicht gehen. Aber ein, zwei Werke sollten sich doch auch in der letzten Hinterwäldlerfiliale meiner Buchhandlungen finden lassen. Liege ich da richtig?"

Dr. Ohio und der Verkäufer nickten eifrig. Aber das besänftigte Höpfner nicht.

„Und ausgerechnet die Japaner. Die Japaner. Sind Sie Japaner, mein Herr?“

Dr. Ohio nickte wieder und der Verkäufer stimmte mit ein.

„Ach ja. Ich liebe ihre Literatur. Und ihre Dichtung. Kennen Sie Haikus?“

„Ja“, sagte Dr. Ohio. Der Verkäufer zog es vor zu schweigen.

So hatten sie sich kennengelernt, Höpfner und Dr. Ohio. Es wurde eine Art Freundschaft daraus. Höpfner war tatsächlich nicht nur der Besitzer dieser einen Buchhandlung, sondern einer ganzen Kette von Buchhandlungen, die quer über die Republik verstreut lagen. Seit einiger Zeit hatte er sich in die japanische Dichtkunst vertieft und seine besondere Aufmerksamkeit galt den Haikus. Damit war auch seine Empörung in der Buchhandlung zu erklären, denn im Allgemeinen interessierte sich Charlie Höpfner nicht mehr besonders für die Filialen, die ihm aber immer noch ein luxuriöses Auskommen garantierten. Schon längst verwaltete seine Anwaltskanzlei die Geschäfte. Das war nicht unbedingt der Idealfall und schon längst hätte er sich um einen vernünftigen Repräsentanten kümmern müssen.

Aber Höpfner interessierte das nur am Rande. Er war immer ein enthusiastischer Mann gewesen, der sich für die verschiedensten Dinge begeistern konnte. Allerdings war sein Interesse jedes Mal nur begrenzt haltbar. Zuerst hatte er sein Sprachstudium abgebrochen, um die Buchhandlungen seines Vaters weiterzuführen. Anfangs ging das gut und Höpfner expandierte kräftig. Nachdem das Geld floss, sprang Höpfners Interesse über auf schnelle Autos und Frauen mit streng nach hinten gekämmten Haaren. Nach Ausflügen in den Sport und die Kunst wurde das Schachspiel seine Leidenschaft. In den letzten Jahren hatte er sich mit Religionen beschäftigt, hauptsächlich mit dem Calvinismus. Dort gipfelte sein Enthusiasmus in der Anstellung seines finnischen Assistenten Värie Wieri, der als Spezialist auf dem Gebiet galt. Und seit neuestem waren es eben Haikus.

Seit jenem Nachmittag in der Buchhandlung trafen sich Dr. Ohio und Höpfner öfter und gingen in Tübingen im Park bei der Uni oder auf der Neckarinsel spazieren. Am Wochenende war immer viel los dort, Spaziergänger, Familien mit Kindern und Hunden. Angestrengte

Studenten stocherten ihre Kommilitonen und Freundinnen in ihren Kähnen mehr schlecht als recht den Fluss entlang, vorbei an den Fachwerkhäusern, die den Rand der Altstadt markierten. Aber an den anderen Tagen war es ruhig da draußen am Fluss, der die Stadt in einen alten und einen neuen Teil trennte. Dr. Ohio mochte vor allem die Vormittage im Herbst, wenn sich der Nebel des Neckartals über den Fluss und die Insel legte, wenn das Zeitalter keine Rolle mehr zu spielen schien und man nie wissen konnte, wer einem gleich aus welcher Zeit aus dem Nebel entgegenkommen würde. Die Stadt war dann nur noch schemenhaft zu erkennen und manchmal ragte das Dach des Schlosses oder der Kirchturm, oberhalb des Nebels von bleichem Sonnenlicht bestrahlt, aus dem Dunst.

Sie gingen langsam durchs raschelnde Laub bis zum Silcherdenkmal, das grün und verloren zwischen den Bäumen der Allee auftauchte, und unterhielten sich über japanische Dichter und Verse. Manchmal brachte Ohio Höpfner ein kleines Bändchen mit Haikus mit. Erst später begannen sie, in der „Träumenden Taube", im „Storchen", bei Dr. Ohio oder in Höpfners Villa eine Partie Schach zu spielen.

Höpfners eigentliches Bestreben war es, eigene Haikus zu verfassen. Er wollte das Prinzip durchschauen und seine eigenen Gedichte zur Perfektion bringen. Von der Perfektion war er nach Ansicht Ohios allerdings weit entfernt und sie führten oft hitzige Debatten. Deren Nichtigkeit löste bei Wieri, wenn er ab und zu den Kopf in Höpfners Bibliothek steckte, nur verständnisloses Kopfschütteln aus. Eines Tages hatte Höpfner Ohio sogar gebeten, sein Lehrer zu sein. Ohio brach in Lachen aus – und das kam nicht oft vor.

„Höpfner", sagte er. Sie nannten sich beim Nachnamen, denn Dr. Ohio wollte nicht „Charlie" sagen. „Höpfner, ich bringe vielleicht einen halbwegs ansehnlichen Haiku zustande. Aber ich bin weit davon entfernt, irgendjemandes Lehrer zu sein. Und so soll es auch bleiben."

Und jetzt war Höpfner tot.

Samtblaues Dunkel,
helle Nadeln durchbohren
die erstickende Nacht

Es war ein Elend. Ohio war vor der Whiskyflasche auf der Couch eingeschlafen und wachte im trüben Morgengrauen auf. Seufzend hob er den Kopf und warf einen Blick zum Fenster hinaus. Wolkenfetzen trieben vorbei, ab und zu war ein Stück blauer Himmel zu sehen. Neben seinem Glas lagen Stift und Papier, aber nichts war daraufgeschrieben.

Dr. Ohio fuhr sich durch die Haare, stand auf und ging ins Bad. Der Spiegel zeigte ihm einen Mann mit gräulicher Haut, auf den schmalen Wangen sprossen ein paar spärliche Bartstoppeln. Unterhalb der Augen hatten sich leicht violette Ringe gebildet. Seine vollen, angegrauten Haare standen in Büscheln vom Kopf ab.

Ohio warf dem Mann im Spiegel einen beinahe erschrockenen Blick zu. Dann putzte er die Zähne, um den trockenen, etwas säuerlichen Geschmack der letzten Nacht aus dem Mund zu spülen. Er ging in die Küche und kochte Kaffee, als das Telefon klingelte.

Sie ist nicht gekommen, dachte Ohio. Natürlich nicht.

„Brigitte. Ich weiß schon. Du hast es nicht geschafft“, sagte er mit leichtem Spott in den Hörer.

„Wie bitte?“ Die weibliche Stimme am anderen Ende war irritiert. „Spreche ich mit Dr. ...“, sie zögerte leicht, „... Ohaijo?“

„Oh, Entschuldigung“, sagte Dr. Ohio verwirrt. „Ich habe jemand anderen erwartet. Es heißt Ohio, wie man es schreibt. Ich bin Japaner, nicht aus den Staaten.“

„Aha. Dr. Ohio.“ Die Stimme räusperte sich. „Hier spricht die Sekretärin von Dr. Laudtner, Dr. Ohio. Dr. Laudtner ist der Anwalt von Herrn Höpfner ...“ Sie zögerte.

Ohios Nackenhaare sträubten sich.

„Ja?“, fragte er.

„Dr. Laudtner lässt fragen, ob Sie wohl heute Nachmittag um 17.00 Uhr in Herrn Höpfners Bibliothek kommen könnten? Er hat etwas mit Ihnen zu besprechen.“

„Wie viel Uhr ist es denn, bitte?“, fragte Dr. Ohio unpassenderweise zurück.

„Äh, es ist gleich neun. Oh, Entschuldigung. Habe ich Sie etwa geweckt?“

„Nein, nein", beeilte sich Ohio zu sagen. Er überlegte. Bis 17.00 Uhr müsste er eigentlich alles erledigt haben. Und sollte doch etwas sein, könnte sich Erika darum kümmern.

„Ist gut. Ich komme. Auf Wiedersehen", sagte er und legte auf. Nachdenklich schenkte er sich eine Tasse Kaffee ein und setzte sich an die Küchentheke.

3

Im Grün der Tannen
schimmert der Waldsee vage
wie dunkle Augen

Mit langen, bedächtigen Schritten ging Dr. Ohio über den knirschenden Kies der schlecht gepflegten Auffahrt zu Höpfners Villa. Der alte Kasten stand auf einer Anhöhe oberhalb der Straße durchs Aichtal, dahinter zog sich ein Streifen düsterer Tannenwald. Von der Veranda aus hatte man einen schönen Blick ins Tal, durch das sich ein kleines Bächlein schlängelte. Das Haus stand, wie das Sanatorium, in dem Dr. Ohio arbeitete, außerhalb der nächsten Ortschaft. Unter den Ulmen und Espen, die das Bachufer im Tal säumten, waren nur vereinzelt alte Häuser zu sehen. Die meisten hatten früher als Mühlen gedient und standen zum Teil leer.

In den Kies waren dicke Reifenspuren eingegraben. Vor dem Haus stand eine breite, metallicblau glänzende Limousine. Jaguar, dachte Dr. Ohio, als er zur Tür ging und klingelte. Eine Weile passierte gar nichts. Er strich noch einmal die Ärmel seines dunkelbraunen Anzugs glatt und rückte die schmale, schwarze Krawatte zurecht.

Dann ein Rascheln und Kratzen hinter der Tür, als ob schon lange jemand dort gestanden hätte und nur so tat, als würde er jetzt erst durch die Vorhalle kommen. Die Haushälterin öffnete, Hanne, eine ältlich wirkende Frau mit streng nach hinten gekämmten Haaren, grauen Strähnen und einem leichten Zittern um den Mund. Dr. Ohio kannte sie von seinen früheren Besuchen. Er hatte das sichere Gefühl, dass sie geweint hatte, und in Ermangelung von Verwandtschaft sprach er ihr sein Beileid aus. Sie sah ihn dankbar an.

„Kommen Sie mit, Doktor. Die anderen warten schon."

Sie führte ihn durch die dunkle Vorhalle, deren Ecken nur zu erahnen waren. Die holzgetäfelten Wände wiesen helle Stellen auf, an denen früher Bilder oder Geweihe gehangen hatten. Ein großer, ausgeblichener und ausgetretener Perserteppich bedeckte den steinernen Fußboden.

An der Treppe aus schwerem, schwarzem Holz, die hinaufführte in den ersten Stock, verharrte sie kurz, nur einen Augenblick, aber doch lange genug, um Dr. Ohio aus dem Tritt zu bringen. Sie drehte sich im Gehen halb zu ihm um und sah ihn mit dunklen Augen fragend an. Oben öffnete sie die Tür zur Bibliothek und ließ ihm den Vortritt. Hier hatte Dr. Ohio oft mit Höpfner an einem der kleinen, im Raum verteilten Tische gesessen. Hinter Höpfners breitem, antikem Mahagonischreibtisch saß jetzt Dr. Laudtner. Värie Wieri stand mit mürrischem Gesichtsausdruck an eines der Bücherregale gelehnt, die sich auf jeder Seite des Raums bis zur Decke erstreckten. Auf den Tischen waren Leselampen verteilt. Schon Höpfners Großvater hatte die Bibliothek eingerichtet und man merkte dem dunklen Holz und den Möbeln ihr ehrwürdiges Alter an.

Auf einer Seite des Schreibtischs saßen auf Holzstühlen mit ungepolstertem Lederbelag zusammengesunken eine kleine Frau und ein hagerer Mann mit wettergegerbtem Gesicht, hellen Augen und sehr großen Händen. Dr. Ohio hatte ihn schon des Öfteren gesehen. Es war Henrik, der Gärtner, der sich auch um alle handwerklichen Belange des Anwesens kümmerte. Wer die Frau war, wusste er nicht.

Als Ohio eintrat, sah Dr. Laudtner von einem Schriftstück auf, das er ausführlich zu studieren schien, zog eine mit feinem Goldrand umfasste, halbe Lesebrille von der Nase und ging mit ausgestrecktem Arm auf ihn zu. Auf der Innentasche seines aus feinem, dunkelblauem Tuch gewebten Jacketts war das große Emblem einer Marke oder eines Colleges zu sehen. Die Haushälterin setzte sich still auf einen Stuhl neben den Gärtner.

„Dr. Ohio, nehme ich an“, sagte Dr. Laudtner und schüttelte ihm weich die Hand. Er war Ende 30, schätzte Ohio. Seine halblangen, etwas ungepflegt wirkenden schwarzen Haare hatte er mit Gel nach hinten gekämmt, wo sie über den Kragen seines gestreiften Hemds ragten. Sein Kopf und seine Statur wirkten massig, aber kraftlos. Das teigige Gesicht und die weichen, schlaffen Wangen erinnerten Ohio an das Verspeisen von zu viel Gänseleberpastete mit süßen Weinen.

„Bitte. Darf ich Sie bitten, Platz zu nehmen?" Er zeigte mit der Hand auf einen freien Stuhl. „Sie wissen es sicher schon. Es geht um den tragischen Tod von Herrn Höpfner. Charlie", sagte er, als müsse er die Nähe zum Toten mit dem Erwähnen seines Vor- beziehungsweise Spitznamens betonen, lächelte automatisch und hielt einen Augenblick inne, als würde er dem Klang des Namens nachlauschen. Und als sei das genug des Gedenkens an den Toten, machte er plötzlich eine für seine Körperfülle erstaunlich graziöse Kehrtwende und setzte sich wieder hinter den großen Schreibtisch.

„Tja", fuhr er fort, setzte die Lesebrille auf und nahm ein Schriftstück in die Hand. „Tja. Unsere Kanzlei vertritt die Angelegenheiten der Familie Höpfner schon über Generationen. Deshalb liegt die traurige Pflicht der Testamentsverwaltung und -eröffnung auch bei mir." Er sah über den Rand der Brille jeden einzelnen der Anwesenden an. „Erst vor kurzem war Herr Höpfner – Charlie – bei mir und hat zu seinem Testament einen verschlossenen Brief legen lassen. Er soll, so sein Wille, sofort nach seinem Tod im Beisein der anwesenden Personen verlesen werden. Noch bevor das Testament eröffnet oder seine persönlichen Angelegenheiten geordnet sind."

Mit einem Schlag klappte Wieri das Buch zu, in dem er geblättert hatte, warf es auf einen der Lesetische und kam näher. Alle waren zusammengezuckt. Wieri setzte sich mit nach vorne gebeugtem Oberkörper auf die Kante eines Sessels, die Ellbogen auf die Knie gelegt und die Spitzen seiner Finger leicht ineinander verflochten. Mit seinen wässrigen Augen fixierte er den Anwalt. Dr. Laudtner räusperte sich und strich seine Haare glatt.

„Ja, also ..." Das Öffnen des Umschlags zerriss die angespannte Stille. Der Anwalt zog einen gefalteten Bogen Papier heraus, entfaltete ihn und huschte mit schnellen Augen darüber.

Während er mit unbewegter Stimme vorlas, rutschte die kleine zusammengesunkene Frau auf ihrem Stuhl nach vorne. Die Haushälterin ließ ein kleines Schniefen hören und Wieri schien den Anwalt mit seinen Blicken ertränken zu wollen. Dr. Ohio schweifte ab, hinaus durchs Fenster nach draußen, während er den Formalien lauschte, die der Anwalt vorlas.

„... im Vollbesitz meiner geistigen Kräfte ... verfasse ich diesen Zusatz ..."

Draußen lösten sich Sonne und Wolken in schnellem Rhythmus ab und zeichneten wunderliche, vergängliche Muster auf das Geländer des Balkons und den schwarzen Wald weiter hinten. Sonne-Wolken-Mix heißt das im flotten Meteorologen-Slang, dachte Dr. Ohio. Dann konzentrierte er sich wieder auf Dr. Laudtner.

„Dieser Zusatz zu meinem Testament soll sicherstellen, dass meine Angelegenheiten nach meinem Ableben in meinem Sinne geregelt werden", las der Anwalt. „Ich habe deshalb nachträglich zwei Personen zu Verwaltern meines Testaments bestimmt. Zu diesem Zeitpunkt fühle ich mich wohler beim Gedanken zu wissen, dass diese zwei Personen für die Vollstreckung meines Nachlasses sorgen werden. Wie es jetzt ist, wenn Sie diese Zeilen lesen, weiß ich ja noch nicht ..."

Värie Wieri zuckte mit einer Augenbraue. Das Los der Ungläubigen ist es, ewig in Unwissen zu leben. Wieri hatte Höpfner so lange bei seinen Studien zum Calvinismus unterstützt. Und dann war er vom Glauben abgefallen ... Und Abtrünnige werden bestraft ... Er selbst war bekennender Anhänger und hatte keine Zweifel, was mit Carl Höpfner geschehen war und wo er sich befand.

„Ein Verwalter soll Dr. Laudtner sein", las der Anwalt weiter. „Seine Kanzlei hat sich stets um die Angelegenheiten meiner Familie gekümmert. Er hat Einblick in die geschäftlichen Belange, alle wichtigen Papiere sind bei ihm deponiert und es gab nie einen Grund zur Beschwerde, was unsere geschäftlichen Beziehungen anging. – Danke", fügte Dr. Laudtner hinzu und sah verklärt auf zu einem imaginären, im Äther schwebenden und auf sie herabblickenden Carl Höpfner. „Der zweite Verwalter soll Dr. Ohio sein, wenn er die Verpflichtung auf sich nimmt. Er soll sich hauptsächlich um den Nachlass in meiner Bibliothek kümmern, meine privaten Dinge ordnen, zu denen sich Informationen hauptsächlich in meinem Schreibtisch und in der Bibliothek befinden. Ich bitte deshalb darum, dass bis zur Klärung meiner Angelegenheiten außer Dr. Laudtner und Dr. Ohio niemand die Bibliothek betritt."

Wieri hatte bis jetzt angespannt, aber ruhig auf seinem Stuhl gesessen und an seinen Fingernägeln gekaut. Den Blick hielt er weiterhin starr auf den Anwalt gerichtet. Doch als Dr. Laudtner die Verfügung zur Bibliothek verlas, schwammen seine Wasseraugen über und er war nicht mehr zu halten. Empört sprang er auf, bekam hektische, rote Flecken im Gesicht und brüllte los:

„Was? Das ist ..., das kann er doch nicht machen! Das ist ... ungesetzlich!“ Und er schlug mit der flachen Hand auf den Schreibtisch.

Ohio und der Anwalt zuckten erschrocken zusammen, die anderen Anwesenden rutschten nervös auf ihren Stühlen hin und her. Ohio hatte Wieri immer für unberechenbar gehalten – dennoch kam dieser Ausbruch für ihn völlig überraschend. Die Hausangestellten schienen an sein impulsives Wesen schon eher gewöhnt zu sein.

Nur mit Mühe gelang es Dr. Laudtner, den tobenden Calvinisten zur Ordnung zu rufen. Schließlich winkte Wieri ab und ging nervös an einer der Bücherwände auf und ab.

„... Ich weiß, dass Herrn Wieri das zuerst einmal sehr verärgern wird“, las Dr. Laudtner schnell weiter und sah ihn bedeutsam an. Wieri winkte wieder ab. „Meine Wahl soll keine Herabsetzung bedeuten. Aber ich bin sicher, dass Dr. Ohio meine Angelegenheiten am ehesten genau in meinem Sinn abwickeln wird. Natürlich nur in dem Fall, dass er die Aufgabe übernimmt.“

Der Anwalt legte den Brief auf den Tisch und sah Dr. Ohio an. Alle anderen sahen ihn ebenfalls an und Dr. Ohio wurde ein bisschen unwohl in seiner Haut. Was hatte er mit diesen Leuten zu schaffen? Er hatte das Gefühl, alle würden ihre Stühle näher rücken und selbst die Wände sich ihm zuneigen, um seine Antwort nicht zu verpassen. War er wirklich so gut mit Höpfner befreundet gewesen? Wodurch hatte er dieses Vertrauen verdient? Aber vielleicht war die Frage ja die Antwort darauf. Ohio kratzte sich am Ohr.

„Tja, das kommt ein bisschen plötzlich“, sagte er leise. „Ich weiß ja gar nicht, was da auf mich zukommt.“

„Sie müssen nicht“, sagte Dr. Laudtner mitfühlend. „Sie haben es ja gehört. Wenn Ihnen das Ganze zu viel wird ...“

Wieri kam mit schleichendem Gang zum Schreibtisch.

„Genau“, sagte er eifrig und nickte dem Anwalt bestätigend zu. „Sie müssen ja nicht.“ Er sah forschend in Ohios undurchdringliches Gesicht. Dann zog er sich schnell wie eine Schlange wieder an die Wand zurück. Es herrschte Schweigen.

„Also?“, sagte Dr. Laudtner schließlich.

Dr. Ohio warf einen wimpernschlagschnellen Blick hinüber zu Wieri.

„Ich mache es natürlich“, sagte er zu Dr. Laudtner. „Keine Frage. Ich hoffe, das Ganze wird sich nicht zu einem Vollzeitjob auswachsen.“

Einen Augenblick, nur ganz kurz, hatte er das Gefühl, als würden Dr. Laudtners blaue Augen trübe, dann lächelte der Anwalt milde, stand auf und gab Dr. Ohio die Hand.

„Na also. Keine Sorge. Das wird ein Kinderspiel. Wir zwei schaukeln das schon.“

„Das ist das Letzte“, zischte Wieri, eilte durch den Raum und warf die schwere Tür hinter sich zu.

„Keine Panik“, beruhigte Dr. Laudtner Ohio. „Der kriegt sich schon wieder ein. Er ist etwas impulsiv, unser guter Wieri. Aber im Grunde seines Herzens ... ein guter Christ.“

Dr. Ohio lächelte unbestimmt. Es war ihm noch nie so ganz klar gewesen, was denn die Attribute eines guten Christen waren und ob es wirklich Grund zur Beruhigung gab, wenn jemand so bezeichnet wurde.

„Ich schlage vor, dass ich mich um den ganzen Papier- und Behördenkram kümmere, während Sie sich zu gegebener Zeit, das heißt am besten nach der Testamentseröffnung, an Charlies persönliche Papiere machen. Sie bekommen von mir einen Schlüssel zur Bibliothek. Alle anderen werden eingesammelt.“ Er sah zur Haushälterin hinüber. Sie nickte und alle erhoben sich. Alle waren froh, die Bibliothek verlassen zu können, und drückten sich an Wieri vorbei, der vor der Tür wartete.

„Dr. Laudtner. Auf ein Wort“, sagte er.

„Herr Wieri, ich muss Sie bitten, Ihren Schlüssel für die Bibliothek abzugeben.“

Wieri sah den Anwalt perplex an.

„Das kann nicht Ihr Ernst sein. Ich arbeite dort. Jeden Tag. Ich halte mich länger und öfter darin auf als Höpfner selbst. Sich aufgehalten hat. Das ist ...“ Er konnte sich gerade noch bremsen, aber es war klar, dass er seine Rechte auf die Bibliothek höher einschätzte als die Höpfners.

„Seien Sie vernünftig", bat Dr. Laudtner. Er nahm den widerstrebenden Wieri am Arm und zog ihn zusammen mit der Haushälterin in eine Ecke des Gangs. Dort redeten die beiden einige Minuten auf ihn ein. Die Haushälterin warf Dr. Ohio ab und zu einen schüchternen Blick zu, der ihm Mut machen sollte. Als sie zurückkamen, händigte Värie Wieri ihm seinen Schlüssel aus. Dr. Ohio war froh, dass die übrigen Hausangestellten gewartet und ihn nicht allein auf dem Gang hatten stehen lassen.

Er fragte sich, warum er angenommen hatte. Es war, so dachte er, wohl dieser schlangengleiche Blick Wieris gewesen, vereint mit dem sanften Angebot des Anwalts, er müsse den Posten ja nicht übernehmen. Aber warum hatte er die Kontrolle über sich verloren?

Dr. Ohio hatte gerade Zeit gehabt, die Schuhe auszuziehen und auf die Toilette zu gehen, als es an seiner Wohnungstür klingelte.

Schnell wusch er sich die Hände und rief: „Ich komme." Wo ist meine Ruhe hin, dachte er und öffnete die Tür.

„Oh, hallo", sagte er. Vor der Tür stand Dr. Manstorff.

„Ich war schon einmal da", sagte sie statt einer Begrüßung.

„Es tut mir leid, dass ich nicht immer auf meinem Zimmer sitze und auf deine zwei Besuche pro Schaltjahr warte", sagte Dr. Ohio höflich.

„Hm", machte Dr. Manstorff und trat ein. Sie betrachtete ihn aufmerksam.

„Du siehst gut aus."

„Danke. Ich komme gerade von Höpfner und hab noch meinen Anzug an. Ich zieh mir schnell was anderes an." Dr. Ohio lächelte verlegen.

„Nein, nein. Du gefällst mir so. Lass den Anzug ruhig an."

Er zuckte mit den Schultern und ging den schmalen Gang entlang hinter ihr her ins Wohnzimmer.

Auch Brigitte hatte sich zurechtgemacht, Ohio hatte es sofort bemerkt. Sie trug eine eng geschnittene, grüne Bluse und duftete dezent nach einem Parfum oder einer Feuchtigkeitscreme.

„Du riechst gut", sagte er. Sie lachte und drehte sich schwungvoll um.

„Kenzo. Ein Landsmann von dir. Irgendwas aus Bambus."

„Mhm." Ich bin ihr nicht ganz egal, dachte er und spürte einen kleinen Stich in der Magengegend. Oder jetzt nicht mehr. Seit die Zeit aus ihrer Ehe Alltag und Arbeit gemacht hat. Das ernüchterte ihn. Er ging in die Küche und kam mit zwei Gläsern und einer Flasche Weißwein zurück.

Ohio hatte immer eine Flasche Weißwein im Kühlschrank. Falls sie zu Besuch kommen sollte. So wie heute. Es war selten, dass sie kam, und dann wollte er vorbereitet sein. Das erinnerte ihn an früher. Damals hatten sie auch immer Weißwein getrunken. Leichten, duftigen Moselwein ...

„Wein?", fragte er, und sie nickte. Während er die Flasche entkorkte, sagte er: „Hast du heute frei bekommen?"

Sie lächelte müde. Die Haut spannte etwas an ihren Schläfen.

„Heinz ist auf eine Tagung gefahren."

„Ach ja." Dr. Ohio erinnerte sich, dass Dr. Manstorff so etwas gesagt hatte. „Mit oder ohne Sekretärin?"

Brigitte sah ihn scharf an.

„Willst du, dass ich wieder gehe?"

„Nein. Entschuldigung."

Sie sagte nichts und er stand vor ihr, die Flasche in der Hand.

„Es tut mir leid, ehrlich", sagte er schließlich. „Bleib bitte."

Brigitte setzte sich auf die Couch und nahm ihr Glas.

„Okay. Apropos Sekretärin. Ich habe von Erika gehört, dass du bei Höpfner warst."

„Ach, ist das der Grund deines Besuchs? Reine Neugier?"

„Natürlich. Zum Wohl." Sie nippte an ihrem Glas. „Schmeckt gut."

„Danke. Tja, du wirst es kaum glauben, aber ich bin zusammen mit seinem Anwalt zu seinem Nachlassverwalter bestimmt."

Brigitte hob beeindruckt die Augenbrauen.

„Ich wusste gar nicht, dass ihr so gut befreundet wart."

„Ich auch nicht. Aber irgendetwas hat mich dazu gebracht, anzunehmen."

„Das finde ich ... gut. Das ist wunderbar", sagte sie ehrlich erfreut.

„Warum?", fragte er verwundert.

„Vielleicht kommst du ein bisschen mehr raus ... wie soll ich sagen? Du bist zu viel allein. Immer nur die Arbeit ... Ohio, das tut auf Dauer nicht gut. Heinz hat auch schon gesagt ..."

„Heinz", unterbrach Ohio sie verächtlich. „Heinz weiß nichts von mir."

„Wer weiß schon was von dir? Nicht mal Erika, und die bemüht sich ja wirklich redlich", sagte Brigitte spöttisch.

„Was soll das denn nun wieder heißen? Erika ist meine Gehülfin. Sonst gar nichts."

„Eben." Brigitte lächelte bestätigend und nahm einen Schluck.

Dr. Ohio erzählte ihr von dem Treffen in der Bibliothek und von der Szene, die Värie Wieri wegen des Schlüssels gemacht hatte.

„Am Ende war er dann aber lammfromm. Ich weiß nicht, was Laudtner und die Haushälterin zu ihm gesagt haben, aber er hat den Schlüssel rausgerückt." Dr. Ohio lachte und zeigte Dr. Manstorff den Schlüssel zu Höpfners Bibliothek.

„Da müssen ja wahre Schätze begraben sein", sagte sie nachdenklich und fuhr mit dem Fingernagel an der Kante des Schlüsselbarts entlang.

„In der Tat. Da gibt es wirklich Schätze. Die Bibliothek hat schon sein Urgroßvater angelegt – und immerhin ist es eine Familie von Buchhändlern. Auch wenn sich Höpfner nicht so sehr fürs Geschäft interessiert hat. Er hat sich immer mehr für einen Privatgelehrten gehalten. Wieri hat zusammen mit ihm über Calvin und seine Auswirkungen gearbeitet. Bis Höpfner das Interesse verloren hat. Wahrscheinlich ist Wieri deshalb so frustriert. Und Höpfners neues Steckenpferd waren dann die Haikus. Das muss für so einen guten Christen wahrscheinlich entsetzlich sein."

„Warum? Haikus sind doch nichts Religiöses."

„Eben. Diese Abwendung vom Sakralen zum Profanen. Ein schwerer Schlag für den Mann."

„Ach, Ohio." Brigitte winkte ab. „Du machst dir zu viele Sorgen um andere Leute. Der verkraftet das schon."

„Das glaube ich auch. Im Übrigen ist es mein Job, mir Gedanken über andere Leute zu machen. Und deiner auch."

Brigitte nickte und lachte.

„Tja, die Ideale. Wo sind sie hin? Jetzt leite ich mit Heinz eine Besserungsanstalt für alkoholkranke Manager mit Burn-out-Syndrom." Dr. Ohio vermeinte, einen bitteren Ton in ihrer Stimme zu hören.

„Ich bin euer Angestellter. Wieso sollte ich mehr Ideale haben als ihr?"

„Angestellte können sich so was leisten. Vor allem, wenn sie aus Japan kommen und der Liebe wegen hierbleiben." Sie sah ihn aus ihren graugrünen Augen forschend an, aber es war auch eine Wärme in ihrem Blick, die Dr. Ohio hauptsächlich dem Alkohol zuschob. Trotzdem wärmte er.

„Ach", sagte er. „Das ist lange her."

Draußen war es längst dunkel geworden. Ohio hatte die Stehlampe an der Couch angeknipst und im Vorbeigehen einen Hauch von Brigittes Parfum aufgewirbelt. Es war eine klare, aber kühle Nacht. So als sei es gerade eben erst Frühling geworden, dabei war es schon fast Sommer.

„Du bist aber nicht gegangen, obwohl du schon oft die Chance dazu gehabt hättest. Du hättest dich ohne weiteres selbstständig machen können mit deinem Ruf. Hast du schon einmal erlebt, dass jemand wegen *mir* aus dem Ausland angereist ist? Ich nicht."

Brigitte spielte auf den rotköpfigen britischen Manager an, der unbedingt einen Termin bei Ohio haben wollte. Er zuckte mit den Schultern.

„So wie die Sache ausgegangen ist, hätte ich schon nach dem ersten Semester wieder gehen sollen. Aber konnte ich das ahnen?"

Sie schüttelte den Kopf. „Nein."

„Siehst du? Dabei habe ich mich schon bei der Erstsemester-Party unmöglich gemacht. Danach ging überall das Gerücht um, ich wäre außer Rand und Band gewesen. ‚Ohio hat sogar die Tischdeko geraucht', haben sie erzählt. Und Japaner, mit denen man mich verwechseln könnte, waren vor 25 Jahren auf dem Campus eine seltene Rarität. Jeder wusste, wer ich bin."

Dr. Manstorff lachte laut.

„Und? Hat's gestimmt?"

Dr. Ohio erinnerte sich an den rauchgeschwängerten Saal und das grelle Licht. Eine Menge Leute waren schon aufgebrochen, aber immer noch standen viele in den Gängen und im Saal des Unigebäudes der medizinischen Fakultät. Er saß mit ein paar anderen Jungs am Tisch und nahm alles nur noch in Bildern einer verwaschenen Videoaufnahme wahr. Auslaufende Farben, stillstehende Bewegungsstriche, die Dinge lebten. Kurze Momente unglaublicher Aufmerksamkeit folgten langen Momenten, in denen er sich kaum konzentrieren konnte. Sie bestellten noch eine Runde ...

Ohio lächelte und legte sanft seinen Zeigefinger auf den Mund.

„Das ist Geschichte. Das weiß heute keiner mehr."

Sie sah ihn spitzbübisch grinsend an.

„Doch. Einer weiß es bestimmt noch. Ich kann Heinz fragen. War er dabei? Bestimmt war er dabei."

Sie war ein bisschen aufgedreht vom Wein und den Erinnerungen und Dr. Ohio erkannte in ihr immer noch das Mädchen, das sie früher gewesen war. Aber Heinz' Name ernüchterte ihn schlagartig.

„Ja, dein Dr. Manstorff war dabei, Frau Dr. Manstorff", sagte er kalt. „Er war ja immer dabei. Leider. Aber er wird es nicht erzählen. Das hoffe ich wenigstens, wenn er noch einen Funken Ehre im Leib hat."

„Entschuldige", sagte Brigitte leise. „Aber mach jetzt bitte kein Drama daraus, okay?"

Sie waren immer zu dritt unterwegs gewesen, seit Ohio Brigitte ein Jahr später an der Uni kennengelernt hatte. Alles hatten sie zusammen unternommen, das ganze Programm: Stocherkahnfahrten, Picknick im Schönbuch, die Kneipen in der Altstadt. Sie spazierten hinaus in die Wiesen hinter der Stadt, tranken Most in einer der Gartenwirtschaften. Auf dem Rückweg machten sie halt im „Club Zoo". Oder sie gingen auf ein Bier in den „Blauen Salon" und zu Konzerten in den „Club Voltaire". Für Ohio war das alles neu und spannend, er war aufgekratzt und glücklich. Er kannte so ein Leben nicht, aber er hatte das Gefühl, genau so müsste es sein. Nur eines störte ihn: Es gab sehr selten Gelegenheit für ihn, mit Brigitte allein zu sein. Lange hatte Heinz wie ein fünftes Rad am Wagen an ihnen geklebt. Ohio wusste nicht mehr, wann ihm klar geworden war, dass in Wirklichkeit wohl er das überflüssige Rad gewesen war. Aber es musste lange nach Brigittes Hochzeit mit Heinz Manstorff gewesen sein.

Das war eine bittere Erkenntnis und trotzdem hatte er nach Jahren angefangen, für sie zu arbeiten, als beide noch Ideale hatten. Sei es aus Enthusiasmus oder aus einem Selbstzerstörungstrieb heraus, Dr. Ohio wusste es nicht und er hatte stets vermieden, einen staubigen Vorhang zurückzuziehen, zu tief in seine dunkle Seite einzudringen.

Als sie ging, gab sie ihm noch einen flüchtigen Kuss auf die Wange und er ließ es geschehen. Wie jedes Mal. Dieser Abschiedskuss gab ihm immer eine Ahnung davon, wie es auch hätte sein können. Und er war sich sicher, dass sie keineswegs mehr ganz überzeugt war, damals die richtige Entscheidung getroffen zu haben. Und er? Er hing schon viel zu lange an ihrem Leben.

Die Flasche war leer und der gedämpfte gelbe Schein der Stehlampe drang gerade bis zum dunklen Fenster. Weit weg blitzten ab und zu die Signallichter eines Flugzeugs. Ihr Duft hing noch im Zimmer. Dr. Ohio schenkte sich einen großen Whisky ein. War es das, wofür er lebte?

Die Blätter fallen
wie der Schlag des Schmetterlings
taumeln sie im Wind

Ohio stellte sich vor die Scheibe des Panoramafensters und betrachtete die sich spiegelnden Konturen seines unbewegten Gesichts, seine dunklen Augenhöhlen. Wieri schwebte in großer Entfernung durch seine Gedanken. Warum war er so wütend geworden? Was konnte diese Verzögerung schon für ihn bedeuten? Ohio fuhr sich durch die Haare und räumte seufzend die Gläser weg. Endlich ins Bett.

4

Die flinken Schwalben
zeichnen willkürliche Bahnen
in den Horizont

Es war der zweite schwarze Anzug, den Dr. Ohio besaß. Den ersten hatte er vor über 15 Jahren in Yokohama zur Beerdigung seiner Mutter gekauft. Das war kurz bevor er angefangen hatte, in Brigitte und Heinz Manstorffs Sanatorium zu arbeiten. Den Vertrag hatte er schon unterschrieben, als ihn ein Brief seines Bruders erreichte. Dr. Ohio verschob seinen Arbeitsantritt und flog sofort nach Yokohama, wo ihn sein Bruder abholte. Dort kaufte er sich den Anzug, bevor sie zu den Trauerfeierlichkeiten in ihr Heimatdorf fuhren. Und jetzt hatte er wieder einen schwarzen Anzug gekauft, für die Beerdigung von Carl Höpfner.

Die Tage zuvor hatte er viel Zeit in Höpfners Bibliothek verbracht und morgen, einen Tag nach der Beerdigung, sollte die Testamentseröffnung sein. Seitdem war Ohio einige Male mit Laudtner in der Bibliothek zusammengetroffen. Sympathischer war ihm der Anwalt nicht geworden und er hatte sich ein bisschen über Höpfner gewundert. Allerdings schien Laudtner alles korrekt abzuwickeln, Ohio konnte ihm keinen Vorwurf machen.

Der Rechtsanwalt zeigte ihm die Liste der Personen, die zur Testamentseröffnung geladen waren. Bis auf zwei weitere Namen standen dieselben Leute darauf wie schon beim ersten Treffen.

„Herr ... Wieri sagte mir, dass es keine Verwandten gäbe?", fragte Dr. Ohio erstaunt.

„Das ist so nicht ganz richtig", erwiderte Dr. Laudtner zögernd. „Es gibt zwei Neffen, Boris und Karl. Allerdings scheint es nahezu aussichtslos, die beiden aufzutreiben. Ich habe in zwei überregionalen Zeitungen und in der hiesigen Regionalzeitung eine Anzeige geschaltet. Aber bisher kam keine Antwort."

Dr. Laudtner hatte die Testamentseröffnung außerdem im Tübinger Amtsblatt ausschreiben lassen. Keine Reaktion. Eine Adresse oder nähere Angaben zur Person gab es nicht. Er mache sich große Sorgen wegen des Testaments, sagte der Anwalt. Dr. Ohio zuckte gleichgültig mit den Schultern. Er ging davon aus, dass Höpfner konkrete Anweisungen in seinem Testament hinterlassen hatte, und die würde er so gut wie möglich befolgen.

Wider Erwarten war es ein schöner Tag. Ein fröhlicher Wind trieb kleine, weiße Wolkenfetzen über den blauen Himmel. Die Sonne wärmte noch nicht richtig, gab den Wiesen aber eine kräftige Farbe und dazwischen leuchteten die hellgrünen Weizenfelder. Schwärme von Schwalben jagten sich um den Dachfirst der Kapelle des alten Tübinger Stadtfriedhofs. Der Kontrast zwischen Zeit und Ort war augenfällig und nicht jedermann angenehm. Värie Wieri stand in einem engen, kneifenden Anzug mit Hochwasserhosen, die sein Gemächt unfreiwillig und unangebracht betonten, neben Dr. Laudtner und starrte finster den Vögeln nach. Er schien nicht gewillt, der Natur ihre Pietätlosigkeit zu verzeihen.

Der Anwalt war im Gegensatz zu Wieri blendend gelaunt, ohne es am nötigen Respekt fehlen zu lassen. Er war für die Beerdigung in feinstes schwarzes Tuch gekleidet, eine dunkelrote Nelke zierte das Revers. Seine schlaffen Wangen waren von einem ungesunden Rot gefärbt, die Augen glänzten, als hätte er gestern zu viel getrunken. Dr. Ohio hatte den Eindruck, als fühle er sich in Situationen sehr wohl, in denen ein festgelegter Ritus alle hemmt und diejenigen bevorzugt, die sich darin auskennen. Er bewegte sich wie ein Ballettmeister auf dem schmalen Vorplatz der kleinen Friedhofskirche, stieß zu jener Gruppe, dirigierte eine andere etwas zur Seite, um jemanden durchzulassen, hatte hier und da ein klärendes oder mitfühlendes Wort. Mit einer gewissen weltmännischen Art breitete er die Arme aus, als wolle er Dr. Ohio mitfühlend umarmen, um ihm dann doch nur mit einem warmen Druck die Hand auf den Arm zu legen und ihn mit tönender Stimme zu begrüßen.

Dr. Ohio kam nicht allein. Zu seiner Überraschung hatte seine Gehülfin gefragt, ob sie zur Beerdigung mitkommen dürfe. Sie war Höpfner einige Male begegnet, als er zu Ohio ins Sanatorium gekommen war. Sie hatten nicht viel miteinander zu tun gehabt, aber immerhin hatte sie ihn gekannt. Zu ihrer Überraschung gestattete Dr. Ohio ihr, ihn zu begleiten, und Erika stakste in halbhohen Schuhen, die blonden Haare zu einem Pferdeschwanz gerafft, in einem schwarzen, etwas engen Kostüm neben ihrem hageren Chef her und überragte ihn beinahe.

Dr. Laudtner hielt sich nicht lange mit der Begrüßung Ohios auf und wandte sich Erika zu.

„Die Gattin?", fragte er galant und sah sie mit feuchten Augen an. Er war kurz davor, ihr einen Handkuss zu geben, besann sich aber noch rechtzeitig auf die Spielregeln einer Beerdigung und drückte auch ihr mitfühlend die Hand.

Ohio sah ihn ausdruckslos an.

„Das ist meine Assistentin", sagte er und hielt es nicht für nötig, weitere Erklärungen abzugeben. Auch für Erika schien die Vorstellung völlig auszureichen, und der ganz leicht aus dem Konzept gebrachte Anwalt lächelte und rieb sich die Hände.

„So, ah ja", murmelte er leise und ging dann mit ihnen hinüber zu den anderen Trauergästen.

Värie Wieri nickte Dr. Ohio grimmig zu. Ansonsten erkannte Ohio Hanne, die Haushälterin, den Gärtner und die kleine Frau, die sich als die Köchin entpuppt hatte. Es waren auch noch viele andere Leute da. Höpfner hatte offensichtlich nicht den zurückgezogenen Lebenswandel gepflegt, den Dr. Ohio von ihm angenommen hatte. Zumindest hatte es ja eine Zeit gegeben, in der er alles andere als ein Einsiedler gewesen war. Außerdem war er angeblich ein reicher Mann und hatte somit automatisch viele Bekannte in der Gegend. Der Bürgermeister war gekommen und der Landrat. Vom Bischofssitz in Rottenburg war der Bischof persönlich angereist. Allein das bedeutete schon ein Gefolge, das über das übliche Maß an Gästen bei einer Trauerfeier hinausging.

Höpfner, so hatte sich herausgestellt, war katholisch gewesen und hatte seine Mitgliedschaft in der Kirche nie beendet. Also war es für seine Haushälterin und Dr. Laudtner selbstverständlich, ihn nach katholischen Regeln zu beerdigen. Värie Wieri hatte heftig widersprochen. Nie und nimmer sei Höpfner noch Katholik gewesen, hatte er gezetert und auf seine langjährigen Forschungen über den Calvinismus zusammen mit ihm verwiesen. Aber in diesem Fall konnte sich die Haushälterin mit Unterstützung des Anwalts durchsetzen.

Es war Wieri hoch anzurechnen, dass er trotzdem zur Beerdigung gekommen war. Seine Einstellung zur katholischen Kirche konnte, ganz konservativ calvinistisch, getrost als feindselig bezeichnet werden. Er würdigte den Bischof und dessen Gefolge keines Blickes. Auch die Kapelle betrat er nicht, er spazierte auf dem schmalen Weg und vor der Tür auf und ab.

Die anderen Trauergäste gingen hinein. Ohio wollte sich mit Erika nach hinten setzen, aber Dr. Laudtner winkte ihnen, sie sollten weiter nach vorne kommen. Um unnötiges Aufsehen zu vermeiden, gingen sie zu ihm in die zweite Reihe. Die erste Reihe war für die Verwandten reserviert und leer geblieben. Während des allgemeinen Räusperns und Füßescharrens wandte sich Ohio bei jedem leisen Quietschen zur Tür um. Vielleicht, dachte er, kommen die Neffen ja doch noch. Aber er wurde enttäuscht: Es erschien keine Verwandtschaft. Die wenigen Nachzügler drückten sich schnell in eine der hinteren Bänke.

Dr. Ohio hatte noch nie einer katholischen Begräbnisfeier beigewohnt. Erika neben ihm murmelte ein Gebet mit und bekreuzigte sich. Nachdem der Priester die Gläubigen aufgerufen hatte, nach vorne zu kommen, stand auch sie auf, kniete neben Dr. Laudtner nieder und nahm eine Oblate und einen Schluck Wein aus einem großen Kelch entgegen. Dr. Ohio fühlte sich unbehaglich. Er empfand es als sehr unhygienisch, dass jeder aus demselben Kelch trank. Zwar kannte er die Rituale der christlichen Gottesdienste einigermaßen, aber eben doch nur vom Hörensagen.

Er betrachtete Höpfners Sarg, der neben dem Altar aufgebahrt stand und von einem unwirklichen Licht angestrahlt wurde. War es die von der Gegenwart des Toten überreizte Einbildung oder die raffinierte Beleuchtung des Bestattungsunternehmers, die einen gewissen Schein um die Konturen der Blumen zog? Die erstaunlich große, hölzerne Kiste war verziert mit allerlei Ornamenten und Blumenschmuck. Wozu die Größe?, fragte sich Ohio unwillkürlich. Er war doch ... Die Explosion hatte ihn doch in kleine Fetzen zerrissen. Jedenfalls hatte Wieri ihm das erzählt.

„Es war nicht mehr viel übrig“, hatte er gesagt und fromm die Hände gefaltet, als sie sich einmal im Treppenhaus von Höpfners Haus begegnet waren. „Freilich, die Seele ...“

Ohio war auf dem Weg in die Bibliothek gewesen, als Wieri ihm entgegenkam. Oje, hatte er gedacht, aber der Calvinist schien geläutert oder zumindest nicht in Kampfstimmung zu sein. Im Gegenteil.

„Dr. Ohio“, hatte er gemessen gesagt und ihn mit seinen wässrigen Augen fixiert. „Schön, dass ich Sie treffe. Ich möchte mich noch mal in aller Form bei Ihnen entschuldigen für die Art und Weise, wie ich mich neulich in der Bibliothek aufgeführt habe.“

Dr. Ohio war erleichtert gewesen, auch wenn er sich nicht erinnern konnte, wann Wieri sich das erste Mal bei ihm entschuldigt hatte. Sie wechselten noch ein paar Worte und Wieri bot seine Hilfe an, wenn es irgendwelche Fragen geben sollte.

Und nun lag das, was nach Wieris Worten „übrig war“ von Carl Höpfner, in einem Sarg, der sicher viel zu groß war für die paar ... Teile. Die Trauergemeinde stimmte ein Lied an.

Ob eine solche Explosion, eine so verheerende Zerstörung des Körpers jemanden wohl aus dem ewigen Kreislauf wirft?, überlegte Ohio. Der Lehre nach ist die Seele unzerstörbar, aber wer weiß? Vielleicht nimmt sie ja doch Schaden, wird sozusagen aus der Umlaufbahn des Seins geschleudert, wenn man derart zugerichtet wird.

Seine Großmutter würde sagen, das spielt keine Rolle. Nichts, was unserem irdischen Leib widerfährt, spielt eine Rolle. Seishi, hätte sie gesagt und ihm eine Tafel gezeigt, auf der das Lebensrad der Buddhisten in vielen bunten Farben und Bildern dargestellt war. Als Kind hatte er diese Tafel geliebt, es gab allerlei zu entdecken, Figuren, Farben, und zu allen Gestalten wusste seine Großmutter eine Geschichte. Er sah sie vor sich, ihr glattes, strenges Gesicht, das mit den Augen lachen konnte und dann auf einmal so freundlich und weich aussah. In ihrem Wohnzimmer stand ein alter, europäischer Schrank, in dem sie ihre Bücher aufbewahrte. Alles schien plausibel und logisch, wenn sie diese Tafel daraus hervorholte und ihm zeigte. Sie erklärte nicht nur die Welt, sondern auch das, was hinter ihr steckte.

Das war lange her und für seine Großmutter hatte sich das Rad schon längst weitergedreht. Ach Skepsis, ach Europa, ach Denken, dachte Ohio mit einem kurzen, bitteren Bedauern. Vieles hatte sich geändert und der Inhalt von Höpfners Sarg ließ nur ein dumpfes Gefühl und einen unangenehmen Schauer zurück.

Als sie dem Sarg den schmalen, von Hecken und Büschen gesäumten Weg zum Grab folgten, gesellte sich Wieri zum Trauerzug und reihte sich neben Dr. Ohio ein. Erika warf er einen missbilligenden Blick zu, was Ohio ihrer Vorliebe für etwas zu enge Kleider zuschrieb. Eine Weile ging er schweigend und mit gefalteten Händen neben den beiden her.

„Großer Sarg", flüsterte er irgendwann zu Dr. Ohio und blickte starr geradeaus. Ohio sah ihn überrascht an.

„Tja, die Explosion hat ihn ganz schön zugerichtet", fuhr Wieri fort. Und nach einer Pause: „Na ja, was soll's."

„Ich dachte, Sie hätten Ihren Chef gerngehabt", sagte Dr. Ohio ohne eine weitere erkennbare Regung.

„Es geht nicht darum, ob ich ihn gerngehabt habe oder nicht. Ich kann nicht sagen, dass er mich schlecht behandelt hat. Aber er hat seine Studien und damit auch mich irgendwann sträflich vernachlässigt."

„Höpfner war ein Mann mit vielen Interessen."

„Nur ein Zyniker oder ein ...", Wieri zögerte, bevor er weitersprach, „... ein Mann anderen Glaubens kann so etwas sagen. Glaube hat nichts mit Interesse zu tun. Gott ist kein Spielzeug, dem man für kurze Zeit seine Aufmerksamkeit schenkt und es dann zu den anderen Spielsachen ins Eck wirft."

„Das mag wohl sein. Ich habe mit Höpfner zu wenig über Glaubensfragen gesprochen. Und wenn, dann ging es meist um Informationen, nicht um die Festigkeit des Glaubens."

Wieri nickte leicht vor sich hin.

„Haikus", murmelte er. „Er hat seine Forschungen über den Calvinismus für kleine japanische Reime aufgegeben. Nichts für ungut, Dr. Ohio. Ich bin ein prosaischer Mensch und habe keine Ader für Lyrik. Aber was ist ein Reim, was das größte dichterische Epos von Milton wert gegenüber der Schöpfung und dem Schöpfer?"

„Sie sollten wissen, dass ich Ihnen diese Frage nicht beantworten kann. Diese Frage muss jeder für sich selbst beantworten. Aber ich kann Ihnen eine Gegenfrage stellen: Ist es nicht gleichgültig, mit welchem Bereich von Gottes Schöpfung sich der Mensch beschäftigt, solange er sich damit beschäftigt? Nicht jeder hat den Ehrgeiz, die Schöpfung allumfassend zu ergründen."

„Wer, wie Höpfner, die Mittel dazu hat, der sollte versuchen, den Rest der Menschheit daran teilhaben zu lassen." Wieri nickte düster vor sich hin und Dr. Ohio konnte nicht umhin, ihm einen weiteren überraschten Seitenblick zuzuwerfen. Die Verbissenheit Wieris in Sachen Religion ging ihm etwas zu weit. Er hatte fast den Eindruck, als sei der Calvinist davon überzeugt, dass Höpfner durch Gottes Hand seiner gerechten Strafe zugeführt worden sei.

„Welche Mittel meinen Sie?", fragte er. Es konnten wohl kaum die finanziellen Mittel gemeint sein. Denn selbst wenn Höpfner reich gewesen war, wovon er ausging, so gab es wohl eine Menge andere, die noch wesentlich reicher waren als er.

Wieris Miene wurde plötzlich verschlossen.

„Wir haben lange an Schriften geforscht, die Hinweise auf ein bestimmtes Buch lieferten. Dieses Buch, davon bin ich überzeugt, wird uns tief greifende Erkenntnisse über Calvin und seine Lehre liefern", sagte er stockend.

„Und das befindet sich in Höpfners Bibliothek?", fragte Dr. Ohio neugierig.

„Ich weiß es nicht", sagte Wieri schnell und wechselte das Thema: „Die Feuerwehr hat ihre Untersuchung an dem Tank, der in die Luft geflogen ist, abgeschlossen. Es war wohl ein Defekt in einem Zulaufventil. Irgendein Relais hatte einen Kurzschluss und das Ganze zum Explodieren gebracht. Sie schließen Fremdeinwirkung praktisch aus." Er sah Ohio befremdlich an. Praktisch?, dachte Ohio. Er sah misstrauisch und einen Augenblick zu lange in Wieris schwimmende, blasse Augen.

„Morgen ist die Testamentseröffnung und ich bin guter Dinge, dass der Zugang zur Bibliothek dann nicht weiter gesperrt sein wird", fuhr der Calvinist schnell fort und kratzte sich nervös im Schritt. „Wir werden sehen, was Höpfner verfügt hat ..."

Dr. Ohio antwortete nicht. Er hatte das dumpfe Gefühl, als wüsste Wieri schon genau, was morgen passieren würde. Dr. Laudtner traute er durchaus zu, dass er etwas ausgeplaudert hatte.

Weiter vorne geriet der Zug ins Stocken und kam zum Stillstand. Die Trauergäste gruppierten sich um Höpfners Grab. Als Ohio das Familiengrab sah, war ihm klar, dass es keine andere Möglichkeit gegeben hatte, als Höpfner hier zu beerdigen. Seit Generationen wurden die Mitglieder der Familie auf dem Stadtfriedhof beigesetzt. Die Höpfners galten etwas in der Stadt, waren eine alteingesessene Familie von Buchhändlern, einem Metier, dem in der Universitätsstadt immer Hochachtung entgegengebracht wurde.

Zwischen den kleinen, in den engen Parzellen des Stadtfriedhofs dicht gedrängten Gräbern und teilweise schon halb umgesunkenen Kreuzen und Grabsteinen nahm sich das Grab der Höpfners fast monumental aus. Der Grabstein zeigte eine kleine, kniende Figur auf einem breiten Sockel, die ein offenes Buch in den Händen hielt. Auf den Steinseiten waren Verse eingraviert, darunter standen die Namen der verstorbenen Familienmitglieder. Höpfners Name war noch nicht eingemeißelt. Lediglich ein schlichtes, hölzernes Kreuz mit seinem Namen, seinem Geburts- und Todestag stand neben der aufgeworfenen Grabstelle.

Wieri ging zu den Hausangestellten hinüber und warf finstere Blicke auf den Bischof und sein Gefolge. Dr. Ohio war überzeugt davon, dass es für Höpfner im Himmel keinen Platz gab. Nicht in Wieris Himmel. Auch der Bischof und er selbst, Ohio, hätten wohl schwerlich Zugang. Man wird sehen. Wer zuletzt lacht, lacht am besten. Alte japanische Weisheit, dachte Dr. Ohio und lächelte. Auch für Höpfner hatte sich das Rad weitergedreht. Wer weiß, in welche Richtung.

„Ein unangenehmer Mensch“, sagte Erika neben ihm.

„Wieri?“

„Na, der da gerade eben. Der Kleine mit den fettigen Haaren.“

„Für Sie ist doch jeder ein unangenehmer Mensch“, sagte Dr. Ohio unbewegt.

„Das stimmt nicht. Es gibt Ausnahmen, aber vor allem viele Sünder da draußen.“

Ohio warf einen Blick auf sie, ihre langen, blonden Haare, ihr frisches Gesicht und ihr etwas zu enges Kostüm. Gewiss wusste sie, wovon sie sprach.

„Es gibt hier jemanden, den Sie mit Ihrer Aussage sicher sehr glücklich gemacht hätten.“

Erika fixierte ihn kühl mit ihren graublauen Augen.

„Schade, dass Sie es nicht sind", erwiderte sie.

„Hmhm." Dr. Ohio wurde es wieder unbehaglich. Er sah sich verlegen um und scharrte mit seinem Schuh etwas Erde weg.

Nach der Beerdigung gingen sie noch ein Stück spazieren, an der Ammer entlang durch den Park an der Uni. Dort in der Nähe lag Erikas kleine Wohnung, wo es den Berg hinaufging, hinter dem Arsenal-Kino. Höpfner hatte Ohio davon erzählt, der Gründer des Kinos war mit ihm auf die Schule gegangen. Sie hatten dort später oft und lange im Café gesessen und er war nachts stockbetrunken zurück nach Waldenbuch gefahren.

Erika hätte auch im Schwesternwohnheim des Sanatoriums ein Zimmer bekommen, aber das war ihr zu nahe an ihrem Job. Sie wollte in ihrer Freizeit möglichst wenig von der Klinik sehen und hören. Das schloss Dr. Ohio nicht ein. Er hatte seine Gehülfin nie gefragt, ob sie einen Narren an ihm gefressen hatte. Aber dass es so war, behaupteten nicht nur beide Dr. Manstorffs. Heinz zwinkerte Ohio immer jovial zu, wenn die Sprache auf seine Assistentin kam. Ohio schrieb es seinem versteckten Schuldkomplex zu, den er ihm gegenüber ohne Frage haben musste, seit er Brigitte geheiratet hatte.

Er deutete auf eine Reihe alter Häuser am Stadtgraben, die den Anfang der Altstadt bildeten.

„Dort drüben habe ich öfter mit ihm Schach gespielt", sagte er.

„In dem dreckigen Haus da hinten?"

„Ja. Entweder da oder ein paar Straßen weiter im ‚Storchen' ". Man kann dort rauchen, das war wichtig für Höpfner. Die Gaststätte hier heißt ‚Zur Träumenden Taube'. Da treffen sich viele Schach- und Kartenspieler."

„Ein sehr poetischer Name für eine Eckkneipe", meinte Erika. Dr. Ohio lächelte.

„Ja. Aber er beruht auf Tatsachen. Passen Sie auf."

Sie gingen hinüber zur Unterführung, die den Park mit der Altstadt verband. Mitten auf dem Weg vor einer Parkbank und einer kleinen, silbernen Mülltonne saß eine gewöhnliche, steingraublaue Taube. Sie saß nur da, pickte nichts und lief nicht herum.

„Da", sagte Dr. Ohio leise. Die Taube bemerkte sie nicht, auch als sie sich weiter näherten. Sie saß da, ihr leerer Blick war auf irgendeinen Gegenstand gerichtet, den niemand kannte. Ihr Kopf bewegte sich langsam, wie in halbem Schlaf. Erst als sie schon fast auf sie traten, schüttelte sie sich, als schrecke sie aus einem schweren Traum hoch, sah Erika und Dr. Ohio beinahe vorwurfsvoll an und flatterte zur Seite.

„Sehen Sie? Die träumende Taube", sagte Dr. Ohio. „Ich habe sie auf einem Spaziergang mit Höpfner hier entdeckt."

Erika sah der Taube erstaunt nach.

„Bestimmt hat sie etwas an den Augen", sagte sie. Dr. Ohio verzog leicht den Mund.

Sie gingen in das Lokal und bestellten Kaffee.

„Sie haben wirklich viel mit Höpfner unternommen", sagte Erika einfühlsam, als sie im Halbdunkel an einem der hölzernen Tische Platz genommen hatten. Ein paar wenige Gäste, ausschließlich Männer, saßen an den anderen Tischen, spielten Karten und tranken Bier. „Er muss Ihnen viel bedeutet haben."

Ohio zuckte mit den Schultern.

„Ich weiß nicht. Es klingt so, als seien wir gute Freunde gewesen, das stimmt. Aber niemand ist darüber mehr überrascht als ich selbst. Hätten Sie mich letzte Woche gefragt, hätte ich gesagt, Höpfner ist lediglich ein flüchtiger Bekannter. Erst nach seinem Tod wird daraus eine Freundschaft. Oder ich habe es vorher nicht gemerkt. Wie schon so oft", fügte er leise für sich hinzu.

„Diese Rituale in der Kirche und am Grab haben mich sehr irritiert", schob er schnell hinterher, um eventuelle Fragen abzublocken. „Warum trinken alle aus einem Becher und warum werfen die Trauergäste Erde in das Grab? Ich habe das schon in Filmen gesehen, aber eigentlich nie darauf geachtet. In Japan würde man das für sehr unhygienisch halten."

Erika lachte.

„Na ja, unhygienisch ist es schon, zumindest das Trinken aus einem Becher oder Kelch, obwohl der Priester den Rand jedes Mal mit einem Tuch abwischt. Aber Sie werden mir nicht glauben, wenn ich Ihnen sage, was es bedeutet. Es ist das symbolische Blut Christi, der für die Leiden und Sünden der Menschen gestorben ist. Eines Tages wird er uns alle erlösen und in den Himmel führen, heißt es."

„Ich erinnere mich." Dr. Ohio schüttelte sich. „Eine sehr kannibalische Religion, das Christentum."

Am nächsten Tag waren dieselben Leute in Höpfners Bibliothek versammelt wie beim ersten Treffen. Die Haushälterin, der Gärtner und die Köchin saßen wieder auf den Stühlen, die für sie bereitgestellt waren. Värie Wieri saß aufrecht auf der Kante eines Lesesessels. Nur eine Änderung gab es: Neben Dr. Laudtner hatte ein älterer Herr mit streng gescheiteltem Haar und randloser Brille hinter dem Schreibtisch Platz genommen. Es war ein Notar vom Nachlassgericht, der das Testament Höpfners korrekt und vollständig verlesen sollte.

Die beiden Erben, von denen Dr. Laudtner gesprochen hatte, erschienen zum festgesetzten Termin um 14.00 Uhr nicht. Der Anwalt und der Notar beschlossen, der Form halber noch eine halbe Stunde zu warten, die unter dem lauten Ticken einer alten Tischuhr auf dem Kaminsims, die Dr. Ohio vorher nie bemerkt hatte, quälend langsam verging.

Er trat ans Fenster und sah hinaus. Es war kühl draußen, immer noch frühlingshaft, und die Sonne hatte es nicht geschafft, durch den Hochnebel zu dringen. Aus irgendeinem Grund dachte Ohio an die träumende Taube, deren Gedankengänge er sich ebenso verschleiert vorstellte wie die dunklen Bäume des Tannenwalds, den die dünnen Nebelschwaden wabernd umfingen.

In der Bibliothek herrschte ein undeutliches Zwielicht, die kleinen Leselampen waren eingeschaltet, trugen aber nicht zu einer allgemeinen Erhellung des Raums bei, sondern strahlten stur auf die kleine Tischfläche unter sich. Dr. Laudtner war aufgestanden und unterhielt sich flüsternd mit Wieri, die Köchin und die Haushälterin tauschten leise einige Worte. Das Licht und der Staub der Bücher strickten die kleine Gesellschaft in ein fein gewebtes Netz und der Sekundenzeiger der Uhr schien immer auf derselben Stelle zu ticken. Nie wieder, dachte Dr. Ohio. Nie wieder ...

„So, ich denke, jetzt reicht es", sagte Dr. Laudtner auf einmal laut in den Raum. Dr. Ohio und der Gärtner, der vielleicht ein bisschen eingenickt war, zuckten zusammen. Mit einem Blick auf die Uhr nickte der Notar. Ohio atmete auf. Die halbe Stunde war noch nicht ganz um, aber ehe die Zeit ihr Blatt ganz ausspielte, war es besser, zu beginnen. Und sollte doch noch jemand kommen, wäre das auch kein Problem.

5

Schwarze Buchstaben
auf vergilbtem Pergament,
bald wird es dunkel

Das Schlurfen von Schritten über den schachbrettgemusterten Boden und das leise Raunen von Tischgesprächen erfüllten die lichtdurchflutete Kantine des Sanatoriums. Dr. Ohio und Erika saßen an einem kleinen Tisch an der Front des Saals, deren Panoramascheibe den Blick auf die sonnigen Wiesen und Wälder freigab. Die Tische aus geschrubbtem Aluminium blinkten und Dr. Ohio rückte sein Tablett auf eine Stelle, die ihn mit ihren Lichtreflexen blendete.

„Ja, und?", fragte Erika neugierig. Sie schlug die Beine übereinander und stocherte in ihrem Kartoffelbrei herum.

„Kartoffelbrei." Dr. Ohio rümpfte die Nase.

„Was denn? Sagen Sie bloß, Sie mögen keine Kartoffeln? Ich habe noch nie jemanden kennengelernt, der keine Kartoffeln mag."

„Ich mag Kartoffeln. Aber es ist barbarisch, sie mit Milch zu pürieren."

Erika winkte ab.

„Für Sie ist doch alles barbarisch, was aus dem Abendland kommt."

„Nicht alles", widersprach Dr. Ohio. „Und ich bin mir nicht einmal sicher, wo Kartoffelbrei erfunden wurde."

„Ach ..." Erika winkte wieder ab. „Erzählen Sie lieber weiter. Wie ist es ausgegangen?"

Dr. Ohio lächelte dünn und sah aus dem Fenster.

„Tja", sagte er. „Die Wartezeit war vorbei und der Notar und Dr. Laudtner, von dem ich Ihnen übrigens schöne Grüße bestellen soll, setzten sich wieder hinter den Schreibtisch."

„Salat mit Putenstreifen", unterbrach ihn Erika und wies mit ihrer Gabel auf Dr. Ohios Teller. Laudtners Gruß ignorierte sie. „Pute. Als ob das besser wäre als Kartoffelbrei. Diese Puten werden in katastrophalen Verhältnissen gehalten, unter unmenschlichen und untierischen Bedingungen aufgezogen."

„Meine Kritik am Kartoffelbrei bezog sich nicht auf die Haltung der Kartoffel, sondern auf ihre Zubereitung. Das ist ein Unterschied. Möchten Sie die Geschichte jetzt hören, oder nicht?"

„Auf jeden Fall", sagte Ohios Gehülfin und schob sich eine Gabel Kartoffelbrei in den Mund.

„Zuerst wurden die Angestellten bedacht. Das ist wohl üblich so, denke ich mir, wenn man eine Haushälterin und einen Gärtner hat, der so an die Familie gebunden ist. Sie haben Geld geerbt und eine Art Wohnrecht in dem Haus oder etwas in der Art." Dr. Ohio blinzelte nachdenklich in die Sonne. „Erstaunlich war, wie ruhig Wieri bei dieser ganzen Verlesung geblieben ist. Es muss für ihn eigentlich unerträglich gewesen sein, dieses ganze langwierige Zeug anzuhören und nicht zu wissen, was mit seiner Arbeit und der Bibliothek nun geschehen wird."

„Ist das der mit den fettigen Haaren?", fragte Erika.

„Der Calvinist, ja", bestätigte Dr. Ohio. „Aber er hatte sie gewaschen, glaube ich."

Erika zuckte mit den Schultern.

„Wahrscheinlich hat er es schon gewusst", sagte sie lapidar.

Dr. Ohio sah sie erstaunt an.

„Sie werden lachen, aber im ersten Moment habe ich dasselbe gedacht. Ich habe ihn betrachtet und gedacht: So ruhig kann er nur dasitzen, wenn er weiß, was passiert. Wieri ist ein Mann, der sich nicht mit Möglichkeiten und Versprechungen abspeisen lässt. Er will, dass alles ganz klar geregelt ist. Sonst wird er nervös."

Erika verzog missbilligend den Mund. Sie nickte kurz einem jungen Arzt zu, der sie grüßte. Dr. Ohio wusste, dass er schon einige Male mit einer Einladung zum Essen bei ihr abgeblitzt war. Er sah ihm nach.

„Tja, und dann war Wieri dran. Besser gesagt, Wieri und Dr. Laudtner", sagte er leise.

„Wie bitte?", fragte Erika.

„Dann waren Wieri und Dr. Laudtner an der Reihe", sagte Dr. Ohio lauter und machte eine wohlüberlegte Kunstpause. Erika sah ihn erwartungsvoll an.

„Wieri und Dr. Laudtner erben alles", fuhr er dann fort. „Das Vermögen, die Villa, ein paar kleinere Häuser, ich glaube in der Schweiz und in Italien. Alle Buchhandlungen und einige Kunstwerke sollen in den Besitz einer zu gründenden Stiftung übergehen, deren Vorsitz die beiden sich teilen sollen. Das ist genauso gut, wie alles erben. Es soll ein Beirat gegründet werden aus verschiedenen Personen, die nach bestimmten Kriterien ausgewählt werden sollen. Aber das ist nur Beiwerk.

Die Bibliothek bleibt vorerst in der Obhut von Wieri. Und nachher natürlich auch. Sie ist sein Ein und Alles. Das Geld, die Geschäfte, das interessiert ihn alles nicht. Das ist Dr. Laudtners Domäne. Obwohl ich nicht glaube, dass er ernsthaft Absichten hat, das Geschäft auf Vordermann zu bringen. Es bedürfte einiger Arbeit und Investitionen, um die Läden zu modernisieren. Höpfner hat mir gegenüber mal so was angedeutet. Er hat sich um das Geschäft gar nicht mehr gekümmert. Und Laudtners Sache scheint das auch nicht zu sein. Er scheint mehr an Investitionen in sein eigenes Wohlergehen interessiert zu sein.

Das heißt, die beiden werden den Laden schröpfen, kann ich mir vorstellen. Wieri geht es nur ums calvinistische Seelenheil und Dr. Laudtner nur um den weltlichen Wohlstand. Das kann man eine Volksfront nennen, deren Positionen und Visionen unterschiedlicher wohl kaum sein könnten. Aber sie funktioniert. Bis jetzt."

Erikas Augen waren immer größer geworden und schimmerten in einem zerschmetterten Grau.

„Aber ...", stotterte sie, „... aber das können Sie doch nicht zulassen. Diese Schurken ruinieren den ganzen Besitz, die ganze Firma."

Dr. Ohio lächelte dünn.

„Es ist Höpfners letzter Wille. Und ich kann mir nicht vorstellen, dass er nicht gewusst hat, was er tut. Und selbst wenn ..." Er zuckte mit den Schultern.

„Doktor", sagte Erika entsetzt.

„Es war die Rede von einem Buch", sagte Dr. Ohio ungerührt. „Das war das erste Mal während der ganzen Testamentseröffnung, dass sich bei Wieri eine Regung zeigte. Es muss ein Vermögen wert sein. Ein Buch, das scheinbar im Besitz Höpfners ist, von dem aber niemand weiß, wo es sich befindet. Ist es in der Bibliothek ... Sie sollten diese Bibliothek sehen. Es ist ja nicht nur der eine Raum. Die Sammlung dehnt sich aus auf die nebenliegenden Räume, auf den Dachboden. Auch im Ausland sollen welche lagern. Bücher, Bücher, Bücher, noch von Höpfners Großvater oder Urgroßvater. Ich weiß es nicht. Aber auf dieses eine, besondere Buch kommt es Wieri an, da bin ich sicher. Und auch Dr. Laudtner. Wieri muss Jahre damit zubringen, die Bibliothek zu durchforsten, um es zu finden, so viel ist sicher. Wenn es überhaupt da ist."

Erika rollte genervt mit den Augen.

„Darf man vielleicht mal erfahren, was das für ein Buch sein soll?"

Dr. Ohio spießte einen Putenstreifen auf seine Gabel.

„Für Wieri ist es wahrscheinlich wichtiger als die Bibel", fuhr er fort. „Es soll sich um einen Zusatz zu Calvins Institutio handeln."

Erika verzog wenig beeindruckt den Mund.

„Das Werk, auf dem Calvins gesamte Auslegung der Reformation und seines Gottesverständnisses basiert. Und damit natürlich auch das der Calvinisten", erklärte Dr. Ohio. „Würde ein Zusatz gefunden, der tatsächlich aus des Meisters Hand stammt, dann könnte das äußerst bedeutsam für die ganze Religionsgeschichte sein. Und für das reformierte Christentum sowieso. Was es für Wieri bedeutet, will ich mir gar nicht vorstellen."

„Ich kann mir nicht helfen, aber irgendwie klingt das nach einem gefährlichen Erbe", sagte Dr. Ohios Gehülfin skeptisch. „Und nach einem guten Grund für einen Fanatiker wie Wieri, an ein paar Schräubchen zu drehen und Höpfner ins Jenseits zu befördern."

Ohio sah sie groß an.

„Ich wäre vorsichtig mit solchen Anschuldigungen", sagte er. „Die Untersuchungen sind abgeschlossen."

Erika zuckte mit den Schultern.

„Und wo kommen Sie ins Spiel? Sollen Sie sich ebenfalls an der Rettung des abendländischen Seelenheils beteiligen, oder warum waren Sie zur Testamentseröffnung eingeladen?"

„Ich habe ein paar Bücher geerbt", sagte Dr. Ohio bescheiden. Dann seufzte er: „Und eine schwere Aufgabe."

„Und die wäre?"

„Ganz einfach. Die Zusatzverfügung bleibt natürlich in Kraft. Ich soll Höpfners privaten Nachlass regeln. Ich habe Ihnen doch erzählt, dass es zwei potenzielle Erben gibt. Die sind nicht erschienen. Aber alles, was Wieri und Dr. Laudtner betrifft, tritt nur ein für den Fall, dass die beiden nicht aufgefunden werden. Höpfner hat eine Frist von einem halben Jahr verfügt, in der seine zwei Neffen aufgefunden werden müssen. Danach erst wird alles in eine Stiftung umgewandelt, und Wieri und Dr. Laudtner haben den vollen Zugriff."

Erika warf ihre Gabel in den Kartoffelbrei.

„Das hätten Sie aber auch gleich sagen können!", rief sie empört. „Ich bin davon ausgegangen, dass alles zu spät ist. Und jetzt so was. Na, dann müssen die wahren Erben gefunden werden, um Calvin, das Christentum und vor allem das Geld nicht in die fettigen Finger von Wieri und Laudtner geraten zu lassen."

„Haare", sagte Dr. Ohio.

„Was?"

„Die Haare waren fettig."

„Ach." Erika winkte unwirsch ab. „Das ist doch egal. Laudtner hat bestimmt fettige Finger."

„Ich und Dr. Laudtner müssen also die beiden Neffen suchen", fuhr Dr. Ohio fort. „Aber ich sage Ihnen ehrlich: Ich habe die Nase eigentlich voll. Was geht mich das Heil des Christentums an? Oder ob sich Laudtner ... Dr. Laudtner und Wieri ein bisschen mehr Geld unter den Nagel reißen?"

Seiner Gehülfin blieb die Spucke weg.

„Doktor. Das können Sie jetzt nicht im Ernst meinen. Man muss doch ... man darf doch ... solchen Strauchdieben nicht Tür und Tor öffnen."

Dr. Ohio hob die Hand.

„Das hat Höpfner getan, nicht ich", sagte er mit hochgezogenen Brauen.

„Aber er hat Sie gebeten, das Schlimmste nicht eintreffen zu lassen", gab Erika zurück. „Also, bitte."

Dr. Ohio seufzte.

„Ich habe auch weiterhin uneingeschränkten Zugriff auf die Bibliothek und vor allem auf alle privaten Papiere Höpfners, die Hinweise auf den Verbleib der Neffen geben könnten. Auch Dr. Laudtner soll nach ihnen suchen. Er will eine Zeitungsannonce schalten."

„Na prima", meinte Erika spöttisch. „Das hat ja schon mal hervorragend geklappt."

„Haben Sie die Uhrzeit?", fragte Dr. Ohio und stand abrupt auf.

„Halb zwei", sagte seine Gehülfin und sprang ebenfalls auf. „Oh je, Mister Waltons Termin ..." Und unter den Blicken von zwei oder drei jungen Assistenzärzten eilte sie hinter Dr. Ohio her, der den Saal mit langen Schritten durchmaß.

Dr. Ohio hatte keine besondere Lust, nach den beiden Neffen zu suchen. Erikas Einspruch und ein kleines Gefühl der Verpflichtung gegenüber Höpfner ließen ihn aber zweifeln, ob er es bei der Zeitungsanzeige Laudtners bewenden lassen sollte. Es kam ihm nicht ganz sauber vor. Vielleicht, so dachte er, reizte es ihn ja doch ein bisschen, Schicksal spielen zu können. Oder war es diese westliche Ansicht von Gerechtigkeit, die ihn leitete? Diese belanglose Moral, dass jeder auf Erden das bekommen sollte, was er verdient?

Über Laudtner und Wieri zu urteilen, stand ihm eigentlich nicht an und es war auch nicht seine Art. Aber er spürte einen kleinen Zweifel nagen und wusste nicht, ob seine Gehülfin ihn gesät hatte oder ob er schon vorher da gewesen und auf seine lange Zeit im Westen zurückzuführen war.

Auf jeden Fall war es gute Tradition in seiner Familie, die Dinge stets korrekt abzuwickeln, wenn man einen Auftrag bekommen hatte. Auch wenn er in diesem Fall keine Widerspruchsmöglichkeit beim Auftraggeber mehr gehabt hatte, machte sich Dr. Ohio nach seinem letzten Termin also auf den Weg, um in Höpfners Bibliothek und in seinem Schreibtisch zu stöbern.

Wie nicht anders zu erwarten, stieß er in der Bibliothek auf Wieri. Er saß vornübergebeugt, mit einer Lupe am Auge zwischen einem Stapel alter Wälzer. Hin und wieder machte er sich krakelige Notizen in einem Heft, das neben ihm lag. Als Ohio den Raum betrat, blickte er auf.

„Ah", murmelte er. „Der Doktor."

Ohio nickte ihm zu und trat zu ihm an den Tisch. Schnell klappte Wieri sein Heft zu und drehte sich auf dem Stuhl um.

„Geht es auf Neffensuche?", fragte er mit einem süffisanten Lächeln.

„Ich wollte mal ein bisschen im Schreibtisch stöbern, wenn Sie nichts dagegen haben."

„Stöbern Sie, stöbern Sie", sagte Wieri jovial. „Sie werden sowieso nichts finden. Ich habe noch nie etwas von den Neffen gehört. Und selbst wenn ... werden sie wohl längst tot sein."

Dr. Ohio verzog erstaunt den Mund. Wieri schien etwas übrig zu haben für endgültige Lösungen. Er strich mit der Hand über eines der Bücher, die auf Wieris Tisch lagen.

„Und Sie? Auf der Suche nach dem Heiligen Gral?"

Wieri funkelte ihn böse an.

„Dr. Ohio. Ich weiß, dass es Menschen aus anderen Kulturkreisen nicht immer leichtfällt, den richtigen Ton zu treffen. Aber Sie halten sich, wenn ich mich nicht irre, schon ziemlich lange in Europa auf. Sie sollten den Glauben zumindest respektieren."

Dr. Ohio spürte einen leichten Ärger in sich aufsteigen und presste die Lippen zusammen.

„Ich respektiere jede Art von Glaube, Herr Wieri, seien Sie unbesorgt. Wie steht es mit Ihnen?" Was mache ich da?, fragte er sich im selben Moment und versuchte, seinen Groll zu besänftigen. Was für ein Unsinn, sich mit einem Mann wie Wieri zu streiten. Das konnte zu nichts führen. Deshalb schob er schnell die Frage nach: „Sie suchen also nach dem Buch?"

„Natürlich", antwortete Wieri brüsk. „Das hier", er zeigte auf ein dickes Buch mit einem ledernen Einband, „enthält tatsächlich Informationen aus Genf zur Zeit Calvins. Ich bin mir aber nicht sicher, wie viel davon ernst zu nehmen ist und wie viel nicht. Und über das Buch – von dessen Existenz nach meinem Geschmack inzwischen viel zu viele Leute wissen – steht gar nichts drin."

„Sie haben das Buch gemeint, als Sie auf der Beerdigung sagten, Höpfner habe die Mittel, nicht wahr? Ums Geld ging es Ihnen nicht."

„Sie sind ein aufmerksamer Zuhörer, Dr. Ohio." Wieri starrte den Doktor an, der keine Miene verzog. Plötzlich warf er seine Lupe auf den Schreibtisch.

„Ach, Doktor. Manchmal ist es zum Verrücktwerden!", rief er und hob die Hände, scheinbar in einem Anfall plötzlicher Verzweiflung.

„Die vielen Bücher ... und nur eines davon enthält die wahre Lehre. Ich muss es finden, das ist die mir von Gott zugeteilte Aufgabe, ich weiß es. Aber manchmal denke ich, es geht über meine Kraft. Ich bin inzwischen fast sicher, dass das Buch gar nicht hier ist, dass hier bestenfalls Hinweise auf den Aufbewahrungsort zu finden sind." Er senkte die Stimme. „Manchmal habe ich auch schon an seiner Existenz gezweifelt. Aber nachdem Höpfner das Buch in seinem Testament erwähnt hat, weiß ich, dass es da ist. Irgendwo. Das war ein Zeichen. Und ich muss es finden. Hier. Da draußen ..." Er war aufgesprungen und fixierte Dr. Ohio mit fiebrigen Augen. Dann, als würde Luft aus ihm entweichen, ließ seine Spannung nach und er setzte sich wieder.

„Sie können das nicht verstehen. Das Buch wäre beides, spirituеller und finanzieller Gewinn. Wobei es mir ausschließlich um die Spiritualität geht", beeilte er sich zu sagen. „Um die Buchhandlungen unseres lieben Höpfners wird sich Dr. Laudtner kümmern. Für mich ist die Bibliothek das Einzige, was sich lohnt. Sie wird in die Stiftung einfließen, deren Leiter ich sein werde."

„Und Dr. Laudtner", ergänzte Dr. Ohio.

„Pah." Wieri winkte ab. „Der ist doch nur am schnellen Geld interessiert. Aber Sie werden es mir nicht verübeln, wenn ich Ihnen keinen Erfolg wünsche bei Ihrem Vorhaben, die Erben zu finden."

Dr. Ohio lachte und begab sich zu Höpfners Schreibtisch. Er hatte sich schon gedacht, dass Wieri nicht sehr viel von Laudtner hielt. Es kam ihm so vor, als sei der Anwalt lediglich Mittel zum Zweck für den Calvinisten. Aber wahrscheinlich ist das bei Fanatikern immer so, dachte er. Und dass Wieri ein Fanatiker war, stand für Ohio außer Zweifel.

Er hatte von der Haushälterin eine Reihe von Schlüsseln erhalten, die unter anderem zum Schreibtisch und ein paar Schränken passen sollten. Ohio probierte sie der Reihe nach am Mittelfach des Schreibtischs aus. Schließlich passte einer. Die Lade ging beinahe geräuschlos auf. Eine Zeit lang starrte Dr. Ohio auf den Inhalt. Das bleibt also tatsächlich übrig vom Leben, dachte er. Ein paar Briefe, angenagte Stifte, Zettel und Ordner. Er zog die Schublade weiter auf. Und eine Pistole, dachte er stumpf weiter und saß da wie gelähmt. Höpfner hatte im hinteren Teil der Schublade eine Pistole deponiert. Sie war nur notdürftig in einen öligen Lappen gewickelt und glänzte metallisch-schwarz im dumpfen Schreibtischlicht. Schnell schob Ohio die Schublade wieder ein Stück zu. Sollte er die Pistole wegen ihm gekauft haben?, schoss es ihm durch den Kopf und er warf einen Blick hinüber zu Wieri. Der saß mit dem Rücken zu ihm wieder über seinen Büchern und krakelte ab und zu in seinem Heft herum.

Ohio spürte sein Herz klopfen, sagte sich aber gleichzeitig, dass es Unsinn sei. Viele Menschen hatten wahrscheinlich eine Pistole, und wenn sie, so wie Höpfner, fast allein in einem abgelegenen Haus lebten, war das auch nicht verwunderlich. Man musste sich schützen. Fragt sich nur, vor welchem Feind.

Dr. Ohio hatte systematisch alle Schreibtischtüren und Schubladen geöffnet und die Briefe und Schriftstücke überflogen, von denen er sich weiteren Aufschluss über Höpfners Familie und die beiden Erben versprach. Er saß gerade noch an einem Brief, als Wieri seine Schreibtischlampe ausknipste und aufstand.

„So. Ich gehe schlafen. Morgen ist auch noch ein Tag", sagte er. „Doktor, Sie wollen die Erben wohl an einem einzigen Abend ausfindig machen?"

„Nein, nein. Ich lese nur noch kurz diesen Brief durch. Aber ich gehe auch bald. Sie haben recht. Morgen ist auch noch ein Tag." Dr. Ohio lächelte höflich. „Ich wünsche Ihnen eine gute Nacht."

Wieri zögerte. Er machte Anstalten, näher zu kommen, was Dr. Ohio durch ein Rücken seines Stuhls und Rascheln mit dem Papier verhinderte. Der Finne drehte sich um.

„Ja, Ihnen auch", sagte er und zog die Tür hinter sich zu.

Dr. Ohio atmete auf. Seit er die Pistole gefunden hatte, war er von einer Nervosität befallen gewesen, die ihn nicht mehr richtig losließ. Erst jetzt konnte er sich wieder ein wenig entspannen. Vorsichtig griff er in die Schublade und zog das schwere Ding hervor.

Dr. Ohio verstand so gut wie nichts von Waffen, aber es war klar, dass die Pistole kein Erbstück von Höpfners Großvater war. Dazu sah sie zu modern aus. Höpfner musste sie selbst gekauft haben. Ohio überlegte einen Augenblick, dann ließ er die Waffe in der Tasche seines Jacketts verschwinden. Er schloss alle Türen und Schubladen am Schreibtisch sorgfältig ab und verließ die Bibliothek.

Zu Hause schenkte er sich einen Whisky ein und ließ sich auf seine Couch plumpsen. Er zog die Pistole hervor und betrachtete das matte, leicht glänzende Metall. Er wusste, dass das Magazin wahrscheinlich im Griff versteckt war, hatte aber keine Ahnung, wie man es öffnete.

Dr. Ohio hatte noch nie Angst davor gehabt, überfallen zu werden. Eine solche Möglichkeit war ihm noch nie in den Sinn gekommen. Ob er nun gutgläubig oder unvorsichtig war, in seinen eigenen vier Wänden – und das waren momentan die Zimmer im Ärzteblock des Sanatoriums – hatte er sich noch nie Sorgen darüber gemacht, jemand könnte in seine Wohnung eindringen und ihn bedrohen. Erst jetzt, als er die Pistole Höpfners in der Hand hielt, sah er sich unsicher um und es befiel ihn ein leichtes Kribbeln in der Nackengegend. Er stand auf und sah in sein Schlafzimmer. Leer. Einsam standen das blütenweiß bezogene, niedrige Bett und sein Kleiderschrank aus dunklem Holz. Was hatte er erwartet? Dr. Ohio schüttelte den Kopf und kehrte zu seinem Whisky zurück. Die Pistole legte er auf den Couchtisch.

6

Ein Bild von Kindern,
die Zeit bleicht die Gesichter
hell und gelb wie Sand

In den nächsten Tagen verbrachte Dr. Ohio viel Zeit in Höpfners Bibliothek. Vor allem abends saß er oft lange am Schreibtisch und durchforstete Briefe und Unterlagen nach Hinweisen auf die beiden Neffen. Fast immer saß auch Värie Wieri bis in die Nacht hinein an seinem Platz und aus den spärlichen Unterhaltungen, die sie führten, hörte Dr. Ohio heraus, dass auch Dr. Laudtner kaum ein Interesse daran hatte, die wahren Erben zu finden. Wieri selbst hatte ja kein Hehl daraus gemacht, dass er sich sowieso für den rechtmäßigen und einzig legitimen Erben des Vermächtnisses von Carl Höpfner hielt. Laudtner hoffte er mit ein paar leicht verdienten Piepen, wie er das nannte, abspeisen zu können.

Ohio machte sich Sorgen. Wieri war ein Fanatiker. Manisch, würde er als Arzt urteilen. Zumindest manche Symptome stimmten überein. Der Finne hatte ein komplett übersteigertes Selbstwertgefühl. Er war überzeugt, von Gott zu etwas Höherem berufen zu sein, und schwadronierte, wenn er sich mit Dr. Ohio unterhielt, auch freizügig darüber. Sobald ihm widersprochen wurde, reagierte er gereizt. Zu schlafen schien Wieri so gut wie gar nicht – und das lag nicht daran, dass es die Zeit der Mittsommernachtswende war, während der es in seiner finnischen Heimat kaum einmal richtig dunkel wurde.

Wieri war überzeugt davon, mithilfe des Buches, dessen Auffinden nur noch eine Frage der Zeit sein konnte, eine neue Ära des reformierten Glaubens einläuten zu können. Ausgangspunkt dafür sollte eine Kolonie gläubiger Calvinisten sein, die sich bei Waldenbuch in der Nähe des Sanatoriums ansiedeln sollte. Von dort aus würde der Siegeszug der treuen Christen, für die er auch schon eine neue Bezeichnung erdacht hatte, starten. Die Appendisten nannte er seine künftigen Jünger, was sich einerseits auf den Anhang zu Calvins Institutio beziehen sollte, den er bald zu finden hoffte. Andererseits waren sie ja seine und Calvins Anhänger. Dr. Ohio verkniff sich die Bemerkung, dass Appendisten ja wohl von Appendix komme, was den Blinddarm bezeichne, der ebenfalls völlig überflüssig sei. Er nahm es als ein Zeichen gesteigerten Größenwahns, dass inzwischen nicht mehr von Calvin und seinem treuen Diener die Rede war, sondern von Wieri und Calvin.

Mit der Suche nach den Neffen kam Dr. Ohio anfangs nicht so gut voran wie mit der Analyse seines Zimmergenossen. Bis zu einem warmen, sonnigen Nachmittag – der Doktor hatte die Fenster der Bibliothek geöffnet und Licht hineingelassen, nachdem er Wieri beim Studium der alten Bücher mit vorgezogenen Vorhängen und Leselampe gefunden hatte.

„Sie werden bald Lamellen ausbilden wie die Pilze“, hatte er gesagt.

Bis ihm also an diesem warmen, sonnigen Nachmittag ein leises „Oh“ entschlüpfte. Wieri fuhr herum wie von der Tarantel gestochen und Dr. Ohio wusste: Er hatte die ganze Zeit nur auf dieses „Oh“, auf irgendeine Reaktion von ihm gewartet. Hatte er sich überhaupt auf seine Texte konzentrieren können, solange Ohio im Raum war? Oder hatte er nicht vielmehr auf seine kleinsten Regungen gelauscht, angestrengt in die Leere hinter den Zeilen seiner alten Wälzer gestarrt und sich fortwährend zwei der Credos der calvinschen Lehre – *Sola gratia* und *Sola fide*, allein durch die Gnade Gottes und durch den Glauben wird der Mensch errettet beziehungsweise gerechtfertigt – vorgebetet?

„Was ‚Oh'?“, fragte der Finne bissig und starrte Dr. Ohio mit gelben, wässrigen Augen an. Seine Wangen waren, wenn das überhaupt möglich war, noch bleicher geworden. Würden seine dürftigen hellbraunen Strähnen irgendeine Spannkraft besitzen, dann hätten sie jetzt zu Berge gestanden. Dr. Ohio tastete unwillkürlich nach der Pistole, die er in der Jacketttasche bei sich trug. Er wusste nicht, warum, aber er hatte sie nach jener Nacht, in der er sie entdeckt hatte, schließlich wieder in die Tasche gesteckt und trug sie mit sich herum. Nicht überall, aber meistens, wenn er sich auf den Weg zu Höpfners Bibliothek machte. Er wüsste allerdings gar nicht, was er damit anfangen sollte, selbst wenn er in die Situation kommen würde, sie benutzen zu müssen.

„Tja", sagte er. „Da ist ein Foto. Und Namen."

Wieri war aufgesprungen und eilte zu ihm an den Schreibtisch.

„Wo?"

Ohio zeigte ihm einen Brief mit einem Bild von zwei Kindern, beide hatten dasselbe struppig schwarze Haar, trugen geringelte T-Shirts und kurze Hosen. Der eine hatte eine dicke Brille auf, seine Knie waren aufgeschlagen. Der andere grinste mürrisch in die Kamera und hielt seinen Bruder fest bei der Hand. Es war unübersehbar, dass die beiden Zwillinge waren.

„Ein Kinderbild", murmelte Wieri. Es sollte abwertend klingen, aber man spürte seine Erregung. Er hatte im Traum nicht damit gerechnet, dass Dr. Ohio etwas finden würde. Und jetzt das.

Das Foto war aus einem zusammengefalteten Brief gefallen, den Dr. Ohio eigentlich zur Seite legen wollte. Hinten waren zwei Namen gekritzelt und ein Datum: Karl und Boris, Sommer 1992 – das heißt, die beiden mussten jetzt um die 30 Jahre alt sein, rechnete Ohio aus.

Dr. Laudtner verließ seine Kanzlei in der Bachgasse ungefähr um 21.00 Uhr. Über den Dächern lag der letzte Lichtschein der untergehenden Sonne, in dem engen Sträßchen herrschte schon zwielichtiges Halbdunkel. Weit und breit war niemand zu sehen. Obwohl es noch warm war, trug der Anwalt einen langen, nur leicht taillierten Mantel, der seinem massigen Körper einen Hauch von Kontur gab. Darunter sah ein Doppelreiher hervor, der ihn stattlich erscheinen lassen sollte, und ein teures, seidenes Hemd. Sein schwarzes Haar war sorgfältig nach hinten gekämmt. Doch die Kleidung und die teuren Cremes und Pomaden, die er aufgetragen hatte, kamen nicht an gegen die allgemeine Schlaffheit seiner Gestalt und seiner Wangen.

Laudtner störte sich daran allerdings nicht. Gut gelaunt pfiff er eine kleine Melodie, als er die Tür abschloss. Er war auf dem Weg in seinen „Klub". So nannten er und ein paar Kollegen und ehemalige Schulkameraden ihr Treffen, das normalerweise einmal pro Woche stattfand. Eigentlich war der Klub das Hinterzimmer eines der besseren Gasthöfe in der Gegend an der Landstraße Richtung Wurmlingen.

Klub nannten sie das Ganze in Anlehnung an die vergangenen glorreichen Tage der russischen und englischen Aristokratie. Hauptsächlich kamen sie zusammen, um ausgiebig zu essen und zu trinken. Auch Glücksspiel und Damen spielten ab und zu eine Rolle, weshalb die Herren stets zu größter Diskretion neigten. Schließlich war der eine oder andere von ihnen verheiratet.

Laudtner schloss also in froher Erwartung eines feuchtfröhlichen Abends die Tür ab, als direkt in seinem Rücken ein Zischen ertönte, das an eine große, erkältete Schlange erinnerte.

„Er hat sie."

Der Anwalt zuckte erschrocken zusammen und fuhr herum.

„Mein Gott, Herr Wieri." Wieri trat aus dem Schatten der Häuserfront. „Sind Sie verrückt geworden?"

„Er hat sie", stieß Wieri noch einmal mit nur mühsam unterdrückter Erregung in der Stimme hervor.

„Wer hat wen?" Laudtner hatte sich schnell wieder im Griff.

„Na, der verdammte Japaner hat die Erben gefunden. Ich habe Ihnen doch gesagt, wir dürfen den Kerl nicht so ohne weiteres in Höpfners Sachen rumstöbern lassen."

Laudtner sah sich schnell in der Gasse um. Immer noch war kein Mensch zu sehen. Nur im Antiquariat, das wenige Häuser von der Kanzlei entfernt lag, brannte noch Licht. Hastig schloss Laudtner die große Glastür, die zu den Büroräumen führte, wieder auf.

„Nicht hier auf der Straße." Das Idyll der engen Gässchen und zusammengekauerten Häuschen hatte auch seine Nachteile. Hier hatten die Wände Ohren und die Häuser verschlafene, aber immer wache Augen. „Kommen Sie rein." Er führte Wieri in sein Büro im ersten Stock und knipste eine kleine Tischlampe an. Sie beleuchtete den Schreibtisch und warf ein undeutliches Licht auf die Schränke und Regale an den Wänden.

„Es sind Zwillinge. Der eine sieht zwar etwas debil aus, aber es sind Zwillinge. Ich habe jetzt keinen Zweifel mehr, dass er sie aufspürt", fuhr Wieri fort. „Und ich brauche Ihnen wohl nicht zu erklären, was es bedeutet, wenn auch nur einer der beiden in der Lage ist, das Erbe anzutreten."

„Eine etwas seltsame Formulierung", sagte der Anwalt lächelnd und bot seinem Besucher einen Stuhl an. Wieri winkte ab.

„Ich weiß nicht, was genau für Sie daran hängt, die Stiftung zu gründen, aber es wird was Dringendes sein. Also tun Sie nicht so, als würde Sie das überhaupt nichts angehen. Warum sollten Sie mir sonst alle diese Informationen zuspielen? Sie hätten mich am ausgestreckten Arm verhungern lassen können. Aber nein, Sie füttern mich schön mit Informationen. Sie geben mir den Hinweis auf die Stiftung, Sie beruhigen mich in Bezug auf die Bibliothek, wegen dieses verdammten Doktors und wegen der Erbschaft. Ihre Gründe waren mir bisher scheißegal. Aber ich will, dass Sie was tun. Ich sehe meine Felle davonschwimmen. Und Ihre bleiben dann auch nicht trocken."

„Das ist schon richtig, lieber Wieri", sagte der Anwalt liebenswürdig. „Nur hilft es uns auch nichts, wenn wir uns gegenseitig anbrüllen. Sie können sicher sein, dass ich die Sache nicht auf die leichte Schulter nehme. Ich gebe zu, dass ich mich verkalkuliert habe. Ich hätte nicht gedacht, dass sich der Japaner die Mühe macht, tatsächlich Höpfners Unterlagen zu durchstöbern."

„Sie haben gedacht, Sie können alles einstreichen, ohne einen Finger zu rühren."

Laudtner lächelte.

„Und wenn? Das ist doch legitim."

„Legitim", machte Wieri den Anwalt nach und verzog abfällig den Mund.

„Ist nicht weltlicher Wohlstand bei den Calvinisten auch ein Zeichen dafür, dass man zu den Gotteskindern gehört?", fragte Dr. Laudtner süffisant. „Sehen Sie sich um." Er machte eine Geste mit der Hand und wies auf die luxuriöse Ausstattung seines Büros mit dem feingliedrigen Mahagonischreibtisch, den Ledersesseln in der Sitzecke für Besucher, dem weichen Teppich, der alle Geräusche von Schritten kommentarlos erstickte wie ein Mull- und Watteknebel die Schreie eines Entführungsopfers. Wieri zuckte mit den Schultern.

„Es gehört schon noch etwas mehr dazu, Dr. Laudtner", sagte er verächtlich. „Und auch den Calvinisten ist bekannt, dass der Schein oft trügt." Bei Dr. Laudtner war er sich nur in einem sicher: dass der

Sündenfall den Menschen tatsächlich völlig verdorben hatte. „Ihre Kanzlei führt seit Jahren Höpfners Geschäfte“, fuhr er fort. „Ein Glücksfall, kein Verdienst. Und die Spatzen schreien es von den Dächern, dass die Buchhandlungen bald pleite sein werden. Es ist vielleicht Höpfners Schuld. Aber die Ihre mindestens genauso. Ich will nicht wissen, wohin das viele Geld geflossen ist, das Sie an ihm verdient haben.“

Unwillkürlich befeuchtete Laudtner seine Lippen mit der Zunge.

„Ich muss doch bitten, Herr Wieri. Und es heißt pfeifen, nicht schreien“, widersprach er der Form halber. Aber es war deutlich zu erkennen, dass der Angriff des Calvinisten an ihm abprallte wie die Kugel eines Damenrevolvers an einem Panzerwagen.

Wieri hob die Hand. „Ich bin nicht hier, um mit Ihnen zu streiten, Dr. Laudtner. So unterschiedlich unsere Motivationen auch sein mögen, wir haben doch dasselbe Ziel. Die Erben dürfen nicht gefunden werden. Liege ich da richtig?“

„Da liegen Sie richtig“, bestätigte Dr. Laudtner. Er lehnte sich zurück und zündete sich einen dünnen Zigarillo an. Wieri verzog angewidert das Gesicht, sagte aber nichts.

„Ich werde mich darum kümmern, Herr Wieri“, fuhr der Anwalt fort. „Ich setze mich mit Dr. Ohio in Verbindung und gehe mit ihm zusammen auf die Suche. Sollten wir tatsächlich einen der beiden finden, dann ...“ Dr. Laudtner zögerte. Er wusste auch noch nicht, was dann sein würde. Er wusste nur, dass Wieri in einem Punkt recht hatte: Die Erben durften auf keinen Fall erben. Denn dann war er geliefert.

Wieri hatte nur knapp daneben getroffen, als er vermutete, dass Laudtners Wohlstand hauptsächlich auf die Buchhandlungen Charlie Höpfners zurückzuführen war. Zwar hatte der Anwalt die angesehene und traditionsreiche Tübinger Kanzlei Laudtner & Söhne von seinem Vater übernommen. Er selbst war aber alles andere als ein gewissenhafter und engagierter Anwalt. Jura hatte er nur studiert, weil er viel zu weich war, um einem Familienskandal standhalten zu können oder zu wollen. So etwas wäre ihm nie in den Sinn gekommen. Es war klar, dass er dasselbe studieren würde wie sein Vater und vor ihm sein Großvater und auch dessen Vater.

So trieb er sich eben an mehreren Universitäten herum – aus Tübingen war er schnell geflüchtet, da stand er zu sehr unter der Beobachtung seiner Verwandten – und war hauptsächlich engagiert im Organisieren von Semesterfeten und Verbindungsfesten. Bei seinen Kommilitonen war er beliebt, von Laudtner veranstaltete Partys waren immer das Highlight des Semesters. Es ging ihm gut, bis eines Tages, als er die Regelstudienzeit schon weit überschritten hatte, sein von hohem Blutdruck geplagter Vater bei ihm auf der Bude erschien. Sein alter Herr explodierte fast und ging anschließend ohne ein weiteres Wort wieder. Aber seitdem wusste Laudtner, was die Stunde geschlagen hatte. Er beendete mehr schlecht als recht sein Studium und trat in die Kanzlei in der Bachgasse ein. Glücklicher- oder unglücklicherweise – Laudtner konnte sich da nie ganz entscheiden – starb sein Vater kurz darauf. Laudtners Desinteresse am Geschäft war es zu verdanken, dass die Kanzlei immer mehr herunterkam. Und deshalb war es ein reiner Glücksfall, dass schon sein Vater die Geschäfte Charlie Höpfners geführt hatte. Das warf genug Geld ab, um sowohl ihm als auch Höpfner einen angenehmen Lebensstil zu ermöglichen, ohne viel dafür tun zu müssen. Darunter litten allerdings die Buchhandlungen erheblich. Aber wen interessierte das schon?

Interessant für Laudtner war auf jeden Fall, dass von seinem Missmanagement und von den, gelinde gesagt, eigentümlichen oder unkonventionellen Zahlungen, die er an sich oder die Kanzlei ausgestellt hatte, nichts bekannt wurde. Und das war nur möglich, wenn die Stiftung gegründet und er Vorsitzender wurde. Wieri betrachtete er dabei nur als kleinen, vielleicht etwas fanatischen Fisch, den er sicher leicht im Griff haben würde. Und er schien recht zu behalten.

„Ich will auf jeden Fall, dass Sie sich darum kümmern", sagte Wieri in einem sanfteren Ton. „Machen Sie sich Gedanken, Dr. Laudtner. Auch wenn es für Sie nur um Ihr persönliches Wohl geht. Es hängt viel davon ab, dass die Erben nicht gefunden werden."

„Seien Sie unbesorgt, mein Freund", sagte Dr. Laudtner. „Ich bekomme das in den Griff."

Danach knipste er die Tischlampe aus und begleitete Wieri nach unten. Als sie an der Tür standen, sagte er: „Herr Wieri, es war gut, dass Sie zu mir gekommen sind. Aber in Zukunft sollten wir uns nicht mehr so offen treffen. Zumindest, solange die Sache nicht zu einem guten Abschluss gebracht ist." Er drückte dem Finnen einen handgeschriebenen Zettel in die Hand. „Da steht die Nummer eines privaten Handys drauf. Wenn es Probleme geben sollte, dann rufen Sie von einem öffentlichen Fernsprecher oder einem anderen Anschluss an. Das gilt natürlich nur, wenn es nicht um etwas Offizielles geht. Sie verstehen?" Er zwinkerte Wieri vielsagend zu. Dann ging er zu seinem Wagen, um den Rest des Abends in angenehmerer Gesellschaft zu verbringen.

Wieri sah ihm nach und zog verächtlich die Nase hoch.

„Mit welch elendem Geschmeiß man sich abgeben muss. Aber es ist für einen guten Zweck", knurrte er leise. Der Zweck heiligt die Mittel, in diesem Fall im wahrsten Sinne des Wortes, dachte er. Dann ging er im Schatten der Häuser mit hängenden Schultern nach Hause.

Ohio betrachtete das Bild mit den Jungen. Es war etwas vergilbt und an den Ecken abgewetzt. Der mit der Brille sah milde und etwas neugierig in die Kamera und lehnte sich gegen seinen Bruder, der ihn an der Hand hielt und ihn zu beschützen schien. Na, ihr Rotzlöffel, dachte Dr. Ohio und legte das Foto schnell beiseite, als Erika in sein Behandlungszimmer trat.

„Doktor, Walton ist schon wieder draußen. Er hat zwar keinen Termin, sagt er, aber er müsse Sie dringend sprechen."

Dr. Ohio sah zur Seite auf den cremefarbenen Fußboden. Müsste mal wieder gereinigt werden, dachte er. Auf dem Teppich hatten sich dort helle Flecken gebildet, wo die Möbel standen.

„Walton", sagte er nachdenklich. „Was halten Sie von dem Mann, Erika?"

„Ich?", fragte Erika irritiert. Es kam nicht oft vor, dass Dr. Ohio sie nach ihrer Meinung zu einem speziellen Patienten fragte. Man konnte diese Frau nicht leicht irritieren, aber ab und zu schaffte Ohio es. Und es freute ihn jedes Mal, wenn es ihm gelang. Erika hatte sich freilich schnell wieder im Griff.

„Wenn Sie mich fragen, ist dem ziemlich langweilig", sagte sie. „Deshalb sitzt er die ganze Zeit hier rum."

„Den meisten Leuten hier ist langweilig", erwiderte Ohio. „Sie sind es gewohnt, die ganze Zeit etwas zu tun zu haben. Und hier sind sie – möglicherweise das erste Mal seit ihrer Kindheit – auf sich allein zurückgeworfen. Sie haben Zeit für sich. Sie könnten denken ..., sich auf Wesentliches konzentrieren. Aber es ist eine Frage der Definition, was wesentlich ist. Und wie soll ein Mensch, für den zeit seines Lebens die Geschäfte, seine Stellung, der Grad der Anerkennung das Wesentliche waren, auf einmal mit sich selbst klarkommen? Er definiert sich nur über Äußerlichkeiten."

„Walton?"

„Die meisten hier." Dr. Ohio machte eine Pause. „Die Deformation ihrer Seelen liegt meist an einem katastrophalen Selbstbild, sofern überhaupt eines da ist, und aufgrund dessen an einer völlig falschen Einschätzung ihrer Wirkung in der Öffentlichkeit. Das bringt Neurosen, Psychosen und Wahnsinn mit sich. Wir sollten es vielleicht einmal mit einem Rorschachtest versuchen."

„Psst. Doktor", flüsterte Erika entsetzt und zog die Tür hinter sich zu. „Sie wissen doch ganz genau, dass dieser fragwürdige Test in Deutschland, ach was, in ganz Europa kaum noch zur Anwendung kommt. Für einen Mann Ihres Rufes wäre es verheerend, ihn einzusetzen."

„Ach was." Dr. Ohio winkte ab. „Es ist eine Methode, die zusätzlich zu anderen sehr wohl hinzugezogen werden kann."

„Das ist ..., ach Doktor. Das ist ... nicht wissenschaftlich."

„Hören Sie, meine Liebe: In Amerika werden diese Tests verwendet, sogar seitens staatlicher Institutionen, das wissen Sie ganz genau. Ich weiß nicht, aufgrund welcher Aversionen Sie sich so sträuben ..."

„Und Sie wissen, dass es an dieser Klinik nicht erwünscht ist", unterbrach ihn Erika resolut. „Wir haben diese Diskussion schon so oft geführt. Es handelt sich um Klecksbilder. Ein Verfahren, das aus den Tintenklecksen eines schwäbischen Schriftstellers hervorgegangen ist. Wenn die Amerikaner auf diese Weise den Geisteszustand ihrer Bevölkerung testen wollen, bitte."

„Ich weiß", seufzte Dr. Ohio. „Aber ... Walton ist Engländer."

Seine Gehülfin verdrehte die Augen. Dr. Ohio sah sie einen Augenblick starr an.

„Na ja.“ Er zuckte mit den Schultern. „Ich habe jetzt keine Zeit. Meiner Meinung nach sitzt er die ganze Zeit wegen Ihnen im Sprechzimmer herum.“

Das Telefon klingelte. Dr. Ohio deutete darauf, als sei das die Bestätigung, dass er unabkömmlich sei, und nahm ab.

„Dr. Ohio“, sagte er. Erika sah ihn einen Augenblick streng an, dann verließ sie das Zimmer, um den gelangweilten Engländer abzuwimmeln.

„Dr. Ohio“, drang Dr. Laudtners etwas rau und heiser wirkende Stimme aus dem Hörer. „Wie geht es Ihnen? Ich wollte mich nur mal kurz erkundigen, wie es mit Ihrer Erbensuche so vorangeht. Auf meine Anzeigen hat sich nämlich niemand gemeldet.“

Welch seltsamer Zufall, dachte Ohio und sah die Gesichter von Laudtner und Wieri vor seinem geistigen Auge aufsteigen. Die Buschtrommeln funktionierten gut hierzulande.

„Zufällig habe ich gestern Abend in der Bibliothek ein Bild mit den Namen der Neffen entdeckt“, sagte er und nahm das Foto in die Hand. „Ich hatte es schon nicht mehr für möglich gehalten ... Aber jetzt dürfte es nicht mehr so schwierig sein, die beiden ausfindig zu machen.“

„Das ist ja wunderbar!“, rief Dr. Laudtner am anderen Ende begeistert. „Wie heißen sie denn? Ich kann mich ja gleich mal dranmachen ... Schließlich haben Sie ja noch einen Nebenjob.“ Er lachte jovial ins Telefon.

Ohio zögerte. Sollte er dem Anwalt die Namen der beiden preisgeben? Dann schüttelte er unwirsch den Kopf. Warum denn nicht?, dachte er. Selbst wenn Wieri ihn angerufen und verständigt hatte ... Was sollte schon dabei sein? Nur, weil er Laudtner nicht leiden konnte, hieß das ja nicht automatisch, dass er ein unsauberes Spiel spielte.

„Karl und Boris Schmidt“, sagte er, und beim lauten Aussprechen der Namen fiel ihm plötzlich ein, dass Höpfner die beiden ihm gegenüber bereits erwähnt hatte. Beiläufig, an einem späten Abend, sie hatten ihr Schachspiel bereits beendet. „Und die Mutter heißt Martha Schmidt, geborene Höpfner.“

Dr. Laudtner lachte gekünstelt. Kurz herrschte Schweigen.

„Ja, danke. Also dann ...“, sagte Laudtner.

„Aber, Dr. Laudtner“, unterbrach Dr. Ohio ihn. „Bitte unternehmen Sie nichts, bevor ich bei Ihnen bin. Ich werde dann meine Gehülfin bitten, mich zu Ihnen in die Kanzlei zu fahren.“

„Doktor. Das ist nicht nötig, wirklich. Ich werde mich um alles kümmern.“ Dr. Laudtners Stimme klang ein wenig gereizt, und das lag nicht ausschließlich am gestrigen Abend.

Aber Dr. Ohio war unerbittlich. „Ich muss darauf bestehen. Sie wissen, was im Testament verfügt wurde, und ich fühle mich verpflichtet, das einzuhalten.“

Wieder herrschte kurz Stille in der Leitung.

„Gut, Doktor“, sagte der Anwalt schließlich. „Ich stelle Nachforschungen an, warte aber auf Sie, bevor ich etwas unternehme. In Ordnung?“

„Das wäre mir sehr lieb“, sagte Ohio höflich.

„Gut. Dann: Auf Wiedersehen.“

„Auf Wiedersehen.“ Ohio legte auf. Ein oder zwei Minuten hörte er einem unaufhörlichen Ticken am Fenster zu. Es war Sommeranfang und die Fliegen waren noch sehr agil. Ein dicker Brummer rammte mit stoischer Beharrlichkeit den Kopf gegen die Scheibe, um ins Freie zu gelangen. Schließlich stand Dr. Ohio mit einem Seufzer auf und öffnete einen Flügel des Fensters. Die Fliege flog stur weiter gegen den anderen. Er winkte sie mit einer nachlässigen Handbewegung hinaus. Dann ging er zu seinem Schreibtisch zurück, nahm das Foto und starrte nachdenklich darauf. So, ihr zwei, dachte er und kam sich vor wie ein freier Mann, der auf einen Schlag Onkel geworden war – oder noch schlimmer: Vater von zwei erwachsenen Söhnen. Damit hatte er sich endgültig in eine Angelegenheit begeben, die ihn eigentlich nichts anging. Aber was Ohio vor allem beunruhigte, war die Allianz zwischen dem Anwalt und dem Calvinisten. Daraus konnte nichts Gutes erwachsen.

7

Müde Gesichter,
der Rauch von Zigaretten
hängt blau in der Luft

In der „Träumenden Taube" herrschte immer das gleiche dämmrige Halbdunkel. Das spärliche Licht einiger dumpfer Wandlampen und die zwei abgeblendeten Billardleuchten erinnerten an ein Aquarium. Wie an ihrem tierischen Pendant im Park schienen die Zeitläufte, ohne eine Spur zu hinterlassen, an der Kneipe vorbeizuziehen. Tageszeiten spielten in diesem Tempel der Zeitlosigkeit genauso wenig eine Rolle wie Jahre oder Epochen. Politische, wissenschaftliche oder gesellschaftliche Neuerungen zählten nicht in diesen Räumen.

Das soll nicht heißen, dass die meist älteren Herren, die sich dort zu jeder Tages- und Nachtstunde trafen, nicht über Politik oder Gesellschaft diskutierten. Zwei oder drei Gestalten fanden sich immer, die an der Theke saßen und beim stoischen Barmann halblaut Zustimmung zu ihren Ansichten über die neuesten Unverschämtheiten der Regierung einforderten. Aber egal, welche Maßnahmen beschlossen wurden und wie sich die Welt veränderte in ihrer politischen, demografischen oder soziologischen Zusammensetzung: Die „Träumende Taube" blieb davon unberührt.

Beim Reden, Schach- oder Kartenspielen an einem der groben Holztische rauchten sie Zigarren, Zigaretten, Pfeife oder Zigarillos wie zur Blütezeit des Tabakkonsums. Eine Sperrstunde schien nicht zu existieren. Es war nie voll in der „Träumenden Taube", aber auch nie ganz leer. Und die Männer an der Theke, am Schachbrett oder beim Kartenspiel hätten ebenso gut in den 60er-Jahren über den Mauerbau und den kalten Winter diskutieren können wie Ende des 19. Jahrhunderts über die Entlassung Bismarcks oder 2011 über den möglichen Friedensnobelpreis für Helmut Kohl, die Staatsverschuldung oder das Bahnprojekt Stuttgart 21.

Höpfner hatte die Kneipe geliebt.

„Wir verlassen jetzt das Raum-Zeit-Kontinuum", sagte er zu Dr. Ohio, wenn sie die „Träumende Taube" betraten. „Nur noch Raum."

Lange Abende saßen sie vor dem Schachbrett, Höpfner qualmte, was das Zeug hielt, und sie tranken eine Flasche Wein.

„Der Wein ist nicht gut, aber dafür die Gesellschaft", sagte Höpfner und prostete Dr. Ohio und den am Nebentisch Sitzenden zu. Er gab sich gern jovial und volksnah und war es auf eine bestimmte Art auch. Er war ein großer, breiter Mann mit einer tiefen Stimme und viel Geld, der es nicht verlernt hatte, mit den Leuten zu reden. Ohio hatte es ihm nie gesagt, aber er mochte ihn. Höpfner hatte trotz seines Alters etwas Kindliches an sich, eine Begeisterung auch für kleine Belange des Lebens.

„Wissen Sie, am meisten interessiert mich bei den Haikus die Thematik. Beziehungsweise die Regeln. Nicht so sehr die technischen oder grammatikalischen Regeln, sondern die fürs Thema eben." Höpfner lehnte sich auf seinem Stuhl zurück und zündete sich zufrieden eine Zigarette an. Ihr Spiel war zu Ende und er hatte gewonnen.

„Nun ja", sagte Dr. Ohio und teilte den letzten Rest aus der Flasche zwischen ihnen auf. „Die sind ja nicht so schwer. Es sollten Naturbetrachtungen ohne Wertung sein, die jeder für sich auslegen kann, wie er will."

„Das ist es ja gerade. Was so einfach scheint, kann sehr schwer sein. Oder doch vertrackt. Sich in seinem eigenen Gedicht einer Meinung zu enthalten, ist oftmals nicht so leicht. Auch wenn es nur drei Zeilen umfasst."

Dr. Ohio lachte.

„Sie können eine andere Form wählen, wenn Sie Ihre Meinung äußern wollen. Sie müssen keine Haikus schreiben."

„Das ist mir schon klar, Doktor. Das habe ich ja gemeint: Vielleicht liegt für mich gerade darin der Reiz, meine Meinung *nicht* äußern zu dürfen."

Dr. Ohio konnte sich noch gut daran erinnern, dass es einiger Diskussionen bedurft hatte, bis Höpfner überhaupt eingesehen hatte, dass Meinungen in einem japanischen Haiku nicht gefragt waren, dass allein Sinneseindrücke über die Natur zählten. Wie die Leser das interpretierten, stand natürlich auf einem anderen Blatt. Und auch hier waren im Laufe der Jahrhunderte, die diese Gedichtform existierte, die Grenzen ausgefranst.

„Tja. Ich habe mich zurzeit viel mit Meinungen und Einschätzungen auseinanderzusetzen", fuhr Höpfner fort. „Und ich war der Versuchung nahe, mein Testament in der Form von Haikus aufzusetzen."

Dr. Ohio musste wieder lachen und schüttelte den Kopf. Manches an der westlichen Welt würde er wohl nie verstehen, auch wenn er noch so lange hier leben würde. Oder waren es die Spleens reicher Leute, die er nicht verstand?

„Es wären keine Haikus mehr, fürchte ich", meinte er amüsiert.

„Das ist wahrscheinlich." Höpfner lachte auch. „Ich bin eben doch kein Schreiber, sondern Händler. Was es mir nicht erspart, meinen letzten Willen aufzuzeichnen."

„Gibt es einen bestimmten Anlass?", fragte Dr. Ohio vorsichtig. Höpfner hatte noch nie über ein Testament geredet und Ohio sah auch keine direkte Veranlassung dazu. Er hatte sich noch nie in die Privatangelegenheiten Höpfners eingemischt.

Höpfner beugte sich über den Tisch und sah ihn lange an. Dann winkte er ab.

„Ich muss es einmal machen ... meine Dinge ordnen", sagte er ernst. „Es liegt einiges im Argen bei mir, Altlasten sozusagen. Etwas, das ich, glaube ich, wiedergutzumachen habe, nachdem ich mich lange Zeit um nichts und niemanden gekümmert habe." Er machte eine Pause und sah Dr. Ohio forschend an. „Ich habe eine Schwester gehabt ... Martha. Sie ist schon vor einiger Zeit gestorben. Aber sie hat zwei Söhne hinterlassen ..." Er gab sich einen Ruck und über sein graues, großes Gesicht zog sich langsam ein breites Lächeln. „Sie glauben gar nicht, wie nervös Wieri auf einmal geworden ist, als er erfahren hat, dass ich an meinem Testament rumdoktore."

Dr. Ohio hatte geschmunzelt und das Thema, soweit er sich erinnerte, nicht weiter vertieft. Das war im Winter gewesen und wenig später waren sie über das regennasse, leicht gefrorene Kopfsteinpflaster der schmalen Tübinger Gassen zur Tiefgarage am Nonnenhaus zurückgeschlittert, den Mantel mit der Hand vorne zusammengerafft, und Höpfner hatte ihn nach Hause gefahren.

Seufzend fuhr Ohio sich durch die Haare und warf Erika einen Blick zu, die neben ihm im Auto saß und den Wagen über die schmale Landstraße steuerte. Er fragte sich, ob die Sache mit dem Testament bei Wieri vielleicht mehr ausgelöst hatte als nur einen kleinen Schrecken. Die Unterhaltung mit Höpfner war ungefähr ein halbes Jahr alt und erst jetzt fiel ihm wieder ein, dass er damals seine Schwester und die zwei Neffen erwähnt hatte. Gab es noch mehr solcher Unterhaltungen, die ihm nicht weiter wichtig vorgekommen waren und die Hinweise auf den Aufenthaltsort der Erben liefern konnten? Ohio blieb nichts anderes übrig, als zu warten, ob seine Erinnerung noch mehr Informationen ausspucken würde.

Immerhin, vielleicht war das Warten und Suchen auch schneller vorbei, als gedacht. Seit seinem Telefonat mit Dr. Laudtner waren einige Tage ins Land gegangen. Es war seitdem nicht viel passiert, außer dass es stetig wärmer geworden war. Aber heute hatte der Anwalt angerufen. Sie waren in Lustnau verabredet, einem kleinen Vorort von Tübingen, der seit einiger Zeit aufgrund einer gehäuften Anzahl von Verkehrsunfällen negative Schlagzeilen in der Presse machte. Laudtner hatte dort nach eigenen Worten eine heiße Spur aufgetan.

Sie kamen von Bebenhausen und Erika bog rechts ab auf die Wilhelmstraße, einen doppelspurigen Zubringer von der Bundesstraße, der im kleinen Lustnau völlig überdimensioniert wirkte. Nach wenigen hundert Metern parkte sie ihren kleinen Wagen vor der angegebenen Adresse. Es handelte sich um ein Optikergeschäft, das aussah, als wäre es direkt aus den 60er-Jahren hierhergebeamt worden. Über der Tür hing eine alte Leuchtreklame in Form einer dicken Brille. Die kleinen Schaufenster waren staubig. Neben ein paar ohnmächtigen oder bereits verstorbenen Fliegen lagen einige altertümliche Gestelle. Wahrscheinlich war es der einzige Laden im Umkreis von 200 Kilometern, in dem noch die klassischen Hornbrillen-Kassengestelle zu haben waren.

Als Ohio und Erika das Geschäft betraten, waren sie überrascht, wie sauber und aufgeräumt die Verkaufsräume waren. Das Glas der Vitrinen und Schaukästen glänzte, eine dezente Hintergrundbeleuchtung erhellte die ausgestellten Brillen. Trotzdem wirkte der Raum schummrig. An den Wänden waren mehrere Spiegel angebracht, die das Licht eher zu schlucken schienen, als es zu reflektieren. Dr. Ohio hatte das Gefühl, dass hier nicht jeder das tat, was er tun sollte. Das stellte sich schnell als richtig heraus, denn weder der Optiker, der das Geschäft führte, noch sein Gehilfe waren anwesend. Stattdessen erschien, kurz nachdem eine schrille Türklingel Dr. Ohios und Erikas Kommen angemeldet hatte, Dr. Laudtner in einer Tür, die zum Keller führte. Er klopfte sich die Hände ab, als hätte er etwas Staubiges angefasst, und kam dann auf die beiden zu.

„Doktor ...!", rief er und senkte dann etwas die Stimme, als er Erika die Hand gab: „Und Frau ...?"

„Meine Assistentin", stellte Dr. Ohio Erika ungerührt vor und hatte scheinbar ihre Begegnung bei der Beerdigung Höpfners vergessen. Erika nickte gleichgültig.

„Die Assistentin, ja", sagte Dr. Laudtner, als erinnere er sich erst jetzt wieder an sie.

„Dr. Laudtner, Sie hatten es so eilig. Was ist denn passiert?", unterbrach Dr. Ohio den Anwalt. Ein Lächeln glitt über dessen Gesicht.

„Ja, wie ich sagte, Doktor. Ich benachrichtige Sie, sobald wir etwas gefunden haben. Bingo. Wir haben etwas gefunden. Beziehungsweise jemanden. Nämlich den ersten Erben." Er machte eine Pause, um Dr. Ohios Reaktion abzuwarten.

„Wie bitte?" Dr. Ohio runzelte die Stirn und Erika bekam große Augen. „Sie haben ihn gefunden? Welchen der beiden?"

„Karl Schmidt. Sie sind allerdings ein bisschen zu spät gekommen. Er und der Optiker wurden eben aufs Polizeirevier gebracht."

„Aufs Polizeirevier? Was hat die Polizei mit der Angelegenheit zu schaffen?" Ohio verstand gar nichts mehr.

„Moment, Moment!", rief Dr. Laudtner und hob die Hand. „Eins nach dem anderen. Also: Es handelt sich um Karl Schmidt, den sein Chef und die Kundschaft hier nur Schmidt nennen. Ich habe beim Landratsamt, dem Standesamt und diversen anderen Ämtern unter dem Mädchennamen der Mutter – Höpfner – und ihrem angenommenen Namen nach den Söhnen gesucht und bin bei Schmidt – Karl – ziemlich schnell fündig geworden."

„Er müsste doch irgendwie von der Erbschaft Wind bekommen haben. Er wohnt ja keine 20 Kilometer weg von seinem Onkel", warf Erika ein. Laudtner hob die Hand.

„Da ist der Haken", sagte er und lächelte Erika gönnerhaft an. Sie verzog den Mund und sah zur Seite. „Seine Karriere ist deshalb über die Ämter so leicht nachzuvollziehen, weil er fast immer sozusagen von ihnen betreut oder zumindest unterstützt wurde. Seine *Karriere*", er betonte das Wort besonders, „war lange Zeit geprägt von Heimen und Werkstätten. Behindertenwerkstätten."

Dr. Ohio traute seinen Ohren nicht. Höpfner hatte einen behinderten Neffen gehabt und sich all die Jahre nicht ein bisschen um ihn gekümmert? Altlasten, dachte er. Plötzlich bekam das, was Höpfner damals in der „Träumenden Taube" gesagt hatte, einen Sinn.

„Sie sagen ‚lange Zeit'", sagte er dumpf. „Und dann? Von was ist sein Leben jetzt geprägt?"

„Tja. Irgendwann muss ein Sozialarbeiter der Meinung gewesen sein, dass Schmidt – Karl – doch auch gut auf sich allein gestellt leben könnte. Er hat ihn an den Optiker hier als billige Arbeitskraft vermittelt, und seit einiger Zeit arbeitet er wohl hier. Führt einfache Handlangerdienste aus, sortiert Brillen ein, Kontaktlinsen und so weiter."

Die Art, wie Laudtner das sagte, ließ Dr. Ohio stutzig werden.

„Was stimmt damit nicht?", fragte er misstrauisch.

„Es wäre bestimmt sehr lustig, wenn es nicht so tragisch wäre und eine Vielzahl von Unfällen nach sich gezogen hätte", sagte Dr. Laudtner, und man sah ihm an, dass er die Sache trotz ihres offenbar tragischen Gehalts sehr komisch fand. „Aber so, wie es aussieht, hat Schmidt über einen längeren Zeitraum Kontaktlinsen mit einer bestimmten Dioptrienzahl in die falschen Hüllen abgepackt. Und dann haben die Käufer ..." Dr. Laudtner schluckte leer und bekam Tränen in die Augen, als habe er sich verschluckt. Er konnte sich nicht mehr beherrschen und stieß ein kreischendes, lautes Kichern aus. „Ist das nicht zum Schießen? Ist das nicht ..." Er hielt sich krampfhaft die Seite. Aber das währte nur kurz, dann hatte der Anwalt sich sofort wieder im Griff. Beinahe jedenfalls.

„Entschuldigung", keuchte er ein bisschen außer Atem, „Entschuldigung. Das ist nicht zum Lachen, aber ich ..." Er stieß wieder einen kleinen Jauchzer aus. „Ich musste mich so lange beherrschen, als die

Polizei hier war." Wieder traten ihm Tränen in die Augen. Seine Nase begann zu laufen, aber er hatte sofort ein großes Taschentuch zur Hand, um die Feuchtigkeit abzutupfen. Dann räusperte er sich. „Er hat also falsche Kontaktlinsen in die Behälter gepackt", sagte er dann ruhiger. „Die Polizei nimmt an, dass das der Grund für die Vielzahl an Verkehrsunfällen in dieser Gegend ist. Und tatsächlich haben die Unfälle zugenommen, seit Schmidt bei dem Optiker aushilft. Sie haben den Leuten gesagt, das Auge müsste sich erst an die Linse gewöhnen ..."

Dr. Ohio hatte die roten Augen, die laufende Nase und den Heiterkeitsausbruch des Anwalts ohne erkennbare Regung aufgenommen. Erika zog verächtlich eine Augenbraue hoch und sah wieder zur Seite. Man kommt sich vor wie bei der Inquisition, wenn man den beiden gegenübersteht, dachte Dr. Laudtner. Dr. Frankenstein und sein Monster. Nicht dass ihn solche Leute beeindruckt hätten. Die Zeiten waren lange vorbei, in denen Dr. Laudtner sich von jemandem beeindrucken ließ, es sei denn, es ging um körperliche Vorzüge.

„Wo ist denn Karl Schmidt jetzt?", fragte Dr. Ohio ruhig.

„Die Polizei hat den Optiker und den Gehilfen nach Tübingen aufs Revier mitgenommen. Es wird wohl eine Anzeige gegen beide erfolgen. Damit ist nicht zu spaßen. Natürlich werde ich Schmidt vertreten", sagte Dr. Laudtner. „Und auch den Optiker, wenn er es wünscht. Ich habe nur noch auf Sie gewartet, Dr. Ohio. Und auf Sie natürlich." Er lächelte Erika an, die gleichgültig nickte.

„Aber, Doktor, ich fürchte, ich muss mit Ihnen etwas unter vier Augen besprechen. Doch das hat noch Zeit. Vielleicht sollten wir jetzt erst einmal aufs Revier fahren."

„Auf jeden Fall." Dr. Ohio drehte sich abrupt um und ging zum Wagen.

Die Polizeidirektion war erst vor wenigen Jahren in einen Neubau ins Gewerbegebiet Steinlachwasen auf die andere Seite des Neckars gezogen. Dr. Laudtner war mit seinem eigenen Auto gekommen und sie fuhren quer durch die Stadt hinter ihm her bis zur Konrad-Adenauer-Straße. Erika saß mit zusammengebissenen Zähnen am Steuer und sagte nichts, aber es brauchte nicht viel Einfühlungsvermögen, um zu wissen, was sie dachte.

Dr. Ohio dagegen hatte Dr. Laudtner schon fast wieder vergessen. Er machte sich Sorgen um Karl Schmidt und wunderte sich über das Gefühl der Verantwortung einem erwachsenen Mann gegenüber, den er noch nie in seinem Leben gesehen hatte. Er fühlte sich in gewisser Weise verpflichtet. Von einem Mann in die Pflicht genommen, der es offensichtlich versäumt hatte, diese Verantwortung selbst zu tragen. Gut, Höpfner hatte seinen Tod nicht voraussehen können, der so abrupt eintrat und diesem defekten Ventil geschuldet war. Seltsam war, dass Höpfner kurz vor seinem Tod ihm gegenüber sein Testament erwähnt hatte. Dieses Bild, das Foto der zwei Jungen, der eine schüchtern, der andere herausfordernd, das war schuld an seiner plötzlichen Fürsorge für die Neffen Carl Höpfners. Ohio wusste es, konnte sich aber keinen Reim darauf machen, warum das so war.

Sie betraten das Polizeirevier hinter Dr. Laudtner. Vor einer verschlossenen Tür saß auf der gegenüberliegenden Seite ein Mann zusammengesunken auf einer Bank und wartete. Es war der Optiker. Er hieß Murnach und war ein Mann mit einem hageren, bis auf ein paar Flusen, kahlen Schädel und einer spitzen Nase. Als er Dr. Laudtner erkannte, sprang er auf und bewegte seinen dürren Körper mit aufgeregt schlenkernden Bewegungen der Arme auf ihn zu. Dr. Ohio fühlte sich augenblicklich an einen Tengu erinnert, ein vogel- und menschenähnliches Monster, das in den japanischen Wäldern lebte. Seine Großmutter hatte ihm und seinem Bruder oft Geschichten über die Tengu erzählt und sie gewarnt. Man wisse nie, ob ein Tengu gute oder böse Absichten habe.

Dr. Laudtner stellte Dr. Ohio und Erika vor und Murnach warf ihnen einen kurzen, stechenden Blick zu. Es könnte sich natürlich auch um Nosferatu handeln, dachte Ohio und schüttelte widerwillig Murnachs schmale Hand mit den langen, spinnenartigen Fingern. Wer sich von diesem Optiker eine Brille anpassen ließ, ging hinterher garantiert mit zwei roten Punkten am Hals wieder hinaus in den Sonnenschein.

Herr Murnach machte sich vor allem Sorgen um sich selbst, kümmerte sich nicht weiter um Dr. Ohio und Erika und versuchte, aus dem Anwalt Informationen zu seinem Fall herauszubekommen.

„Oh je, oh je", jammerte er. „Wie konnte das bloß passieren? Ich hätte besser aufpassen sollen. Aber wer kann denn so etwas ahnen? Steckt der Junge die Linsen in die falschen Hüllen." Es war aber nicht so, dass er alle Schuld auf Schmidt abwälzen wollte. Er hatte einfach Angst. Dr. Laudtner beruhigte ihn.

„Wir werden sehen. Es wird schon nicht so schlimm werden. Es ist ja keiner gestorben, oder?"

„Bis jetzt weiß die Polizei noch von keinem Fall, bei dem jemand zu Tode gekommen ist", sagte Murnach und rollte mit den Augen. Er schien ein harmloser, friedlicher Optiker zu sein, aber Dr. Ohio trat vorsichtshalber einen kleinen Schritt zur Seite.

„Und wo ist Schmidt?", fragte er. Murnach schlenkerte seinen Arm in Richtung Tür.

„Da drin", sagte er. „Sie versuchen gerade, ihn zu verhören. Das dürfte allerdings zu nichts führen. Wenn Schmidt aufgeregt ist, bekommt er sowieso kein Wort heraus. Und ansonsten beschränkt sich seine Kommunikation meistens auf ein Lächeln oder Nicken. Da weiß man aber nicht, ob er einen tatsächlich verstanden hat. Sie sind Psychologe?" Er schien Dr. Ohio zum ersten Mal richtig wahrzunehmen.

Dr. Ohio nickte und konnte es sich nicht verkneifen, daran zu denken, wie sich der Optiker in Gedanken die Lippen leckte. Einen Psychologen hatte er schon lange nicht mehr zum Abendessen. Genervt von der Vorstellung, die schon in eine fixe Idee überzugehen begann, verdrehte er die Augen. Murnach war allerdings zu sehr mit sich selbst beschäftigt, um es zu bemerken.

„Ach Gott, ach Gott. Warum habe ich mir nur eingebildet, er verstünde, was *ich* sage?", rief er verzweifelt.

„Nun, nun", versuchte Dr. Laudtner, ihn zu beruhigen, als die Tür aufging und die Kommissarin und ihr Assistent aus dem Zimmer kamen.

„Dr. Laudtner", sagte sie.

„Ja", sagte der Anwalt schnell und trat auf sie zu. „Wie geht es meinem Mandanten? Kann ich ihn sehen?"

„Ob Herr Schmidt Ihr Mandant ist, muss sich ja erst noch klären", sagte die Kommissarin und warf Dr. Ohio und Erika einen Blick zu. „Und wer sind Sie?"

„Das sind Dr. Ohio und seine Assistentin. Dr. Ohio ist Leitender Psychologe im Sanatorium von Manstorff drüben in Waldenbuch", beeilte sich Dr. Laudtner zu sagen.

„Guten Tag", sagte Dr. Ohio. „Ich bin hier als Testamentsverwalter von Carl Höpfner, der vermutlich der Onkel von Herrn Schmidt war. Ich würde gerne ein paar Worte mit ihm reden, wenn das möglich ist."

Die Kommissarin überlegte und zuckte dann mit den Schultern.

„Unser Psychologe ist gerade bei ihm. Herausbekommen haben wir bis jetzt aber gar nichts. Er sagt einfach nichts. Ich glaube, er kann gar nichts sagen. Micha?" Sie wandte sich an ihren Assistenten. „Geh doch mal rein und frag den Doktor, ob es okay ist, wenn Dr. ...?" Sie sah Ohio fragend an.

„Ohio", sagt er.

„Wenn Dr. Ohio reinkommt. Er ist ebenfalls Psychologe und der Testamentsverwalter."

Spinnengleich sprang jetzt Herr Murnach hinzu.

„Er redet ja kaum. So gut wie gar nicht. Und schon gar nicht, wenn er aufgeregt ist!", rief er und fuchtelte mit seinen dünnen Fingern.

„Sie kommen mit mir", sagte die Kommissarin, ohne sich um Murnachs Worte weiter zu kümmern, packte ihn resolut am Arm und zog ihn mit sich in ein anderes Zimmer. Murnach warf noch einen flehentlichen Blick zurück zu Dr. Laudtner, aber der ignorierte ihn geflissentlich.

Wer wird aus dieser Schlacht wohl als Sieger hervorgehen, dachte Ohio, sah den beiden nach und verbat sich weitere Assoziationen.

Der Assistent kam wieder heraus und nickte Dr. Ohio zu.

„Sie können rein", sagte er und ging dann seiner Chefin und Murnach hinterher.

Dr. Ohio betrat den kahlen, kleinen Raum. An der Wand hingen ein Waschbecken und ein Spiegel. Der Psychologe, ein kräftiger, untersetzter Mann mit einem akkurat geschnittenen Vollbart und goldener Lesebrille, und Schmidt saßen an einem großen Tisch, um den mehrere Plastikstühle standen. Schmidt saß mit dem Rücken zur Tür. Dr. Ohio blieb einen Augenblick stehen und betrachtete seinen runden Rücken und die verwuschelten, vollen, schwarzen Haare.

„Guten Tag. Ich bin Dr. Ohio", sagte er dann. Schmidt rührte sich nicht. Er erwartete aus Richtung der Tür offensichtlich nichts Gutes mehr. Der Psychologe musterte Ohio und nickte ihm zu.

„Dr. Rainer", sagte er und: „Dr. Ohio, setzen Sie sich doch." Er deutete auf einen der freien Stühle. Dr. Ohio setzte sich und sah Schmidt zum ersten Mal ins Gesicht.

Schmidt war klein und schmächtig, sein Gesicht wirkte aufgedunsen. Es war wie von innen ein bisschen aufgepumpt, unbeteiligt, wie kleine, schwarze Murmeln seine Augen. Den Mund hatte er zusammengepresst, sah nach unten und seinem Finger zu, der dort immer auf die gleiche Weise auf die Tischplatte tippte. Auf seiner Nase saß eine Brille, die derjenigen ähnlich sah, die Ohio schon auf dem Foto von Höpfner gesehen hatte.

Hm, dachte Ohio. Das ist er also. Der Erbe. Jetzt war klar, warum Dr. Laudtner so guter Dinge war. Er sah ihn und Wieri schon feixen. Und er wusste schon jetzt, dass es nicht leicht sein würde, aus Karl Schmidt überhaupt etwas herauszubekommen.

„Hat er etwas gesagt?", fragte er Dr. Rainer.

Dr. Rainer schüttelte den Kopf.

„Na ja", sagte er. „Das Übliche. Guten Tag hat er gesagt, aber ich kann Ihnen nicht sagen, ob es lediglich eine Wiederholung meines Grußes war oder ob er mich verstanden hat. In dieser Art hat er ein paar Dinge gesagt, aber das muss, wie Sie wahrscheinlich wissen, nichts bedeuten."

Dr. Ohio nickte.

„Guten Tag", sagte er. Schmidt tippte weiter mit dem Finger auf den Tisch.

„Guten Tag, Karl", sagte Dr. Ohio lauter.

„Guten Tag, Karl", sagte Schmidt und warf einen mausschnellen Blick aus seinen Murmelaugen auf Dr. Ohio. Der seufzte.

„Tja, was soll ich sagen. Wenn er auch eigenständig etwas sagen kann, dann sicher nicht hier und heute. Was meinen Sie?"

„Da bin ich ganz sicher. Wir werden ihn in ein Heim bringen lassen. Ich glaube nicht, dass Murnach heute Abend wieder zu Hause sein wird." Dr. Rainer hob vielsagend die Brauen. Dr. Ohio überlegte nicht lange.

„Ist es nicht möglich, dass Sie ihn zu mir ins Sanatorium bringen?", fragte er. Dr. Rainer runzelte die Stirn.

„Wir haben dort auch schwer kranke Patienten, die rund um die Uhr betreut werden. Ich habe Zimmer frei und genug Personal. Natürlich können Sie ihn jederzeit sehen, wenn Sie wollen", beeilte sich Dr. Ohio zu versichern.

„Hm, na gut", sagte Dr. Rainer nach kurzem Bedenken. „Wenn die Kommissarin nichts dagegen hat, soll's mir recht sein."

Die Kommissarin hatte nichts dagegen und wenig später nahmen Erika und Dr. Ohio Schmidt im Auto mit. Dr. Laudtner verabschiedete sich recht aufgeräumt von ihnen und sagte, er müsse noch mit Murnach über eine mögliche Vertretung seines Falls reden. Sie würden sich später sehen.

„Er war recht vergnügt", sagte Erika, als sie auf dem Rückweg waren.

„Kein Wunder." Dr. Ohio starrte hinaus auf die dunkler werdende Landstraße. „Er weiß, dass Schmidt sein Erbe mit ziemlicher Sicherheit nicht antreten kann. Und ob wir von ihm erfahren können, wo sich sein Bruder aufhält, ist äußerst fraglich."

Dr. Ohio war ziemlich niedergeschlagen. Schmidt war Autist, in welchem Grad war zwar noch nicht klar, aber hilfreich würde er kaum sein. Sie hatten ihn auf der Station einquartiert, wo er ein eigenes Zimmer bekam. Erika und Dr. Ohio blieben in der Nähe, bis alles zu ihrer Zufriedenheit geregelt war und die diensthabende Nachtschwester sie wegschickte. Auf dem Weg zum Aufzug kam Dr. Ohio auf einmal der Gedanke, er könnte seine Gehülfin ja noch auf ein Glas zu sich einzuladen. Vor der Aufzugtür blieben sie stehen.

„Also dann ...", sagte Erika. Sie wirkte etwas müde. Ohio sah ihr kurz in die grauen Augen und streifte ihren etwas zu engen Pullover, als er ihr die Hand gab.

„Ja, dann ..." Etwas in seiner Stimme ließ sie aufhorchen. Ihr Körper straffte sich und sie sah ihn aufmerksam an, sagte aber nichts. Bevor Ohio sich im Klaren war, kam der Aufzug. Er stieg ein und sagte: „Gute Nacht. Bis morgen."

Als er nach unten fuhr, hörte er über sich einen dumpfen Schlag, wie einen Fußtritt. Ich hätte mich bei ihr bedanken sollen, dachte er.

In seinem Appartement ließ Ohio sich auf seine Couch fallen und starrte in die Dunkelheit draußen vor dem Fenster. Er versuchte, seinen Kopf leer zu bekommen. Gerade als der Gedanke an einen Whisky in sein Gehirn schlich, klopfte es. Erschrocken fuhr Dr. Ohio auf. Wer konnte das sein? Er dachte an seine Gehülfin und stellte fest, dass sein Herz zu pochen angefangen hatte. Oder es war ...? Er sah sich um. Dann ging er zu dem Stuhl, über den er achtlos sein Jackett geworfen hatte. In der Innentasche spürte er die Pistole und versteckte sie hinter seinem Rücken. Dann öffnete er die Tür einen Spalt.

„Entschuldige", kam es von draußen. „Es ist schon etwas spät, aber ich dachte, ich sehe mal nach dir."

Dr. Ohio war erleichtert und verwirrt und das Herzklopfen hörte nicht auf.

„Brigitte", sagte er und stieß die Tür vollends auf. „Komm rein." Die Pistole war ihm peinlich und er eilte vor ihr her, um sie schnell wieder in der Jackentasche zu verstecken.

„Ich störe dich!", rief sie von der Tür aus. „Soll ich wieder gehen?"

„Auf keinen Fall", sagte Dr. Ohio und war froh, dass er Erika nicht noch auf ein Glas eingeladen hatte. „Ich bin es nur nicht gewohnt, dass du dir Sorgen um mich machst."

Sie kam herein. Sah ein bisschen müde aus. Als ob sie schon etwas unternommen, erlebt hätte an diesem Abend. Aber Ohio bemerkte es nicht.

„Trinkst du ein Glas?", fragte er, nachdem er die Pistole verstaut hatte.

„Natürlich", sagte Brigitte. „Natürlich trinke ich ein Glas." Sie ließ sich auf die Couch fallen und sah ihm zu, wie er die Flasche Weißwein aus dem Kühlschrank holte. Es war warm in der Wohnung. Abrupt stand sie wieder auf und öffnete die Balkontür. Ein leichter Wind wehte und sie trat hinaus. Man sah ein paar Sterne und einen schmalen Mond, der knapp über dem Horizont hing.

„Hier." Dr. Ohio war hinter ihr hergekommen und reichte ihr ein Glas.

„Danke." Sie lehnte sich an das Geländer und nahm einen Schluck.

Er sah sie an, konnte aber nicht viel erkennen. Es war zu dunkel. Das wenige Licht aus seinem Wohnzimmer blendete ihn. Aber er spürte, dass sie etwas beschäftigte.

„Was ist los?", fragte er, mehr aufs Geratewohl als mit einem bestimmten Ziel.

Sie seufzte.

„Ich frage mich, ob du schuld bist", sagte sie nach einer Weile. Er verzog fragend das Gesicht, aber das konnte sie nicht sehen.

„Wie meinst du das?"

„Unsinn." Sie winkte schroff ab. „Es war nicht so gemeint. Es ist unfair. Es ist ... nur so, dass du nicht so unrecht hattest."

Ohio verstand nicht gleich, was sie meinte. Und langsam, stockend, während er den schmalen Mond betrachtete, der langsam seine Bahn am unteren Ende des Horizonts zog und schließlich überraschend schnell verschwand, erzählte sie, dass seine Vermutung, die Sekretärin ihres Mannes betreffend, nicht so falsch gewesen sei. Ohio musste erst einmal überlegen. Ach ja, er hatte mal eine Bemerkung gemacht über Heinz und seine Sekretärin. Das war schon einige Zeit her, aber es schien etwas Ernstes zu sein. Brigitte hatte ihm ordentlich die Leviten gelesen. Aber was nutzte das schon? Heinz hatte sie betrogen. Der große, fleischige Heinz, der trotz seines dünner werdenden Haars immer noch wirkte wie ein tapsiger, junger Bär.

Als Brigitte erzählte, klang es, als seien kleinere Eskapaden bei Heinz schon öfter vorgekommen. Und trotzdem hatte sie ihre Ehe mit ihm immer für etwas ganz Besonderes gehalten, na klar. Für sie war es immer eine Partnerschaft gewesen, in der man sich rückhaltlos vertrauen konnte. Alles, was Ohio in ihr gesehen hatte, das war Heinz für sie gewesen. Und jetzt so ein profaner, billiger Verrat. Das änderte alles. Und für Brigitte war klar: Sie würde sich von ihrem Mann trennen müssen.

Als sie dann schwieg, sagte Ohio: „Ich kann das nicht glauben." Und er konnte es wirklich nicht glauben. Wie sollte er auch fassen, dass Heinz alles, wonach Ohio sich in den letzten 25 Jahren gesehnt hatte, einfach wegwarf. Er stand da und war von einer Kälte durchdrungen, die nicht von der Temperatur kam.

„Tja. Es ist aber so." Das sollte endgültig oder souverän klingen, aber es klang nur unsicher.

„Du kannst natürlich hierbleiben, wenn du möchtest. Ich schlafe auf der Couch", sagte Ohio.

„Ich weiß“, sagte sie und lächelte. „Aber ich gehe jetzt lieber. Vielleicht komme ich mal darauf zurück.“

Er versuchte nicht, sie zu überreden. Er hatte nie versucht, sie zu irgendetwas zu überreden. Als sie ging und den leichten Hauch ihres Abschiedskusses hinterlassen hatte, war es, als würde sein Herz an einem dünnen Faden ein kleines Stück von ihr hinterhergezogen. Einen Augenblick stand er an der Tür. Komischerweise fühlte er sich fast erleichtert. Er ging zurück und schenkte sich noch ein Glas ein.

Was sollte jetzt werden? Schlagartig wurde ihm klar, dass er sein Leben die letzten Jahre nicht nur auf seiner Erinnerung an die Liebe zu Brigitte, sondern auch auf die Beziehung von ihr und Heinz aufgebaut hatte. Und jetzt gab es diese Einheit nicht mehr, deren emotionaler Nutznießer er gewesen war. Nicht mehr in der Form, von der er hätte profitieren können. Selbst wenn die beiden sich wieder versöhnen würden: Sein Ideal, seine Erinnerung und seine Selbstaufgabe an eine makellose Liebe waren dahin. Sie alle drei waren nur noch Menschen, die von den Eitelkeiten des Lebens getrieben wurden wie alle anderen auch. Und wenn Brigitte das Sanatorium verlassen würde? Er könnte unmöglich hinter ihr herziehen. Oder doch?

Ohio beschloss, ins Bett zu gehen, und lag noch lange mit unter dem Kopf gekreuzten Händen im Dunkeln zwischen den weißen Laken wach. Er war auf einmal froh, dass er noch eine Aufgabe außerhalb des Sanatoriums hatte, und entschlossen, den zweiten Erben auf jeden Fall ausfindig zu machen. Da mochten ihm Dr. Laudtner und Wieri noch so viele Steine in den Weg legen.

8

Durchs milchige Glas
dringt verwaschen die Sonne,
eine Fliege summt

In den nächsten Tagen versuchte Ohio, Schmidt in der Klinik einzugewöhnen und gleichzeitig ein paar kleine Informationen über den Verbleib des zweiten Erben aus ihm herauszubekommen. Das stellte sich als so gut wie unmöglich heraus. Zwar reagierte Schmidt auf den Namen seines Bruders. Wenn man ihm einen Satz sagte, in dem Boris vorkam, hob er den Kopf oder hörte auf, permanent mit dem Finger auf den Tisch zu klopfen. Aber eine brauchbare Information gab er nicht.

Der entscheidende Tipp kam von Erika. Auch sie hatte immer wieder versucht, Schmidt einen Satz, eine Reaktion zu entlocken, die nicht eine unmittelbare Nachahmung des Gesprochenen war. Selbst wenn das ab und zu gelang und sie das Gefühl hatte, dass er sich langsam, ganz langsam an seine Umgebung gewöhnte, so kam doch nichts Verwertbares dabei heraus.

Nach ein paar Versuchen sagte sie: „Zumindest was den Aufenthaltsort seines Bruders angeht, führt das zu nichts. Der einzige Anhaltspunkt, den wir haben, ist Murnach. Nur er kann nützliche Informationen haben."

Dr. Ohio bemerkte überrascht, dass sie „wir" sagte und damit die Angelegenheit sozusagen auch zu ihrer machte. Er hatte nichts dagegen. Im Gegenteil: Erika half ihm, den Überblick zu bewahren.

Brigitte sah er in diesen Tagen selten, und wenn, dann stürzte sie ihn in eine heillose Hoffnungslosigkeit. Die Falten um ihren Mund schienen schärfer geworden zu sein, die Nase spitzer. Sie schminkte sich stärker und begann manchmal, ohne Grund etwas zu laut zu lachen. Ansonsten war sie sehr still und in sich gekehrt, machte sozusagen

Dienst nach Vorschrift in allen Belangen ihres Lebens. Dr. Ohio ging ihr aus dem Weg, so gut es ging. Sie würden sich noch einmal unterhalten müssen, das war klar. Selbst wenn Brigitte es für unnötig halten würde, für ihn war es wichtig. Aber er hatte es nicht eilig und hoffte, etwas mehr Klarheit über seine Gefühle zu bekommen.

Mit Dr. Laudtner genügte ein ziemlich kurzes Telefonat, um klarzustellen, dass Schmidt sein Erbe zurzeit und wahrscheinlich auch zukünftig nicht antreten könne. Genau darüber hatte er mit ihm reden wollen, sagte der Anwalt. Es müsse noch ein Gutachten erstellt werden, dann könne alles seinen juristischen Weg gehen. Wahrscheinlich war er schon dabei, die Verträge für die Stiftung aufzusetzen. Das wurmte Ohio, aber was sollte er machen. Laudtner hatte zurzeit die besseren Karten. Und Värie Wieri sowieso.

Von Wieri hatte er gar nichts mehr gehört. Erst als Ohio wieder in die Bibliothek kam, um Papiere durchzusehen, hörte er Schritte auf dem Gang und kurze Zeit später öffnete der Calvinist die Tür.

„Dr. Ohio!", rief er aufgeräumt. „Guten Abend."

„Guten Abend."

„Ich sehe, Sie haben die Suche immer noch nicht aufgegeben?"

„Natürlich nicht. Warum sollte ich?"

Wieri schien von Ohios zur Schau gestelltem Optimismus irritiert zu sein.

„Nun, ich dachte ...", stotterte er.

„Ja? Was dachten Sie denn?"

Wieri machte ein verkniffenes Gesicht.

„Nun ja, dass Sie nach diesem Vorfall endlich grünes Licht geben würden", sagte er düster. Dann fuhr er eindringlich fort: „Dr. Ohio, die Stiftung muss gegründet werden. Sie müssen doch verstehen, dass jeder Tag, jede Stunde, die Sie mit Ihrer Suche vergeuden, finanzielle und ... spirituelle Folgen hat."

Dr. Ohio war nicht in der Laune zu lachen.

„Höpfner hat der Suche nach den Erben ein halbes Jahr eingeräumt, und wenn wir das vollständig ausschöpfen müssen, dann tun wir das eben", erwiderte er. „Ich weiß nicht, welche großartigen finanziellen Folgen Sie meinen, nachdem das Geschäft mit den Buchhandlungen schon jahrelang mehr taumelt als läuft. Und an die spirituellen Folgen wage ich nicht einmal ansatzweise zu denken."

Wieri funkelte ihn böse an.

„Kein Grund, überheblich zu werden, Doktor."

„Ich werde nicht überheblich. Sagen Sie, auf was Sie hinauswollen, und wir können vernünftig miteinander reden. Auf Ihre Andeutungen kann ich nicht eingehen."

„Dr. Laudtner sagte mir, dass Schmidt das Erbe auf keinen Fall antreten kann", sagte Wieri mit schriller Stimme und starrte Dr. Ohio hasserfüllt an. „Also stehen Sie mir nicht weiter im Weg."

Ohio sah ihn erstaunt an und tastete unwillkürlich nach seiner Tasche, in der sich die Pistole befinden sollte. Er hatte sie aber in seine Nachttischschublade gelegt, als er das Jackett zum Reinigen gebracht hatte. Und dann vergessen, sie wieder einzustecken. Das ist doch lächerlich, dachte er. Als ob ich auf einmal nicht mehr unbewaffnet aus dem Haus gehen könnte. Ich habe nicht mal einen Waffenschein.

„Ich wüsste nicht, dass Dr. Laudtner auch einen Abschluss in Psychologie gemacht hätte, der ihn befähigen würde, solch ein Urteil zu fällen", sagte er kühl.

„Dr. Laudtner nicht, aber Dr. Rainer, der Polizeipsychologe", erwiderte Wieri hämisch. Seine Augen begannen leicht zu tränen und er zog ein zerknittertes Taschentuch heraus, um sie zu trocknen. „Natürlich hat Schmidt auch Glück, denn er kann nicht belangt werden für die Verkehrsunfälle, die er provoziert hat."

„Und was ist mit Murnach?", fragte Dr. Ohio.

„Wen interessiert der schon?" Der Calvinist zuckte gleichgültig mit den Schultern und rieb sich wieder die Augen. Murnach war für die Neubelebung des calvinistischen Glaubensbekenntnisses und die Gründung der Appendisten völlig belanglos und damit auch wertlos für Wieri. Ohio seufzte und zog die Augenbrauen hoch.

Wieri betrachtete das Gespräch offensichtlich noch nicht als beendet, war aber auch nicht gewillt, von selbst etwas zu sagen.

„Und was macht die Suche nach dem Buch?", fragte Ohio schließlich, um das Schweigen zu brechen.

„Es geht voran." Der Finne lächelte kurz und schmal. „Ja, ich habe Grund zur Annahme, dass sich in der Nähe von Genf ...", er brach abrupt ab, „... etwas tut", führte er dann lahm zu Ende.

Dr. Ohio verzog skeptisch den Mund und breitete die Hände aus. Er hatte keine Ahnung, wie wahrscheinlich Wieris Hoffnung auf den Zusatz zu Calvins Schriften war und wie gut die Chancen standen, dass er ihn finden würde. Aber so richtig konnte er nicht daran glauben.

„Wir warten nicht mehr lange", stieß Wieri schließlich hervor. „Doktor, ich warne Sie." Damit verließ er ohne ein weiteres Wort die Bibliothek.

Dr. Ohio packte ein paar Unterlagen in eine Tasche, die er mitgebracht hatte, knipste die Schreibtischlampe aus und ging. Auf dem Weg nach Hause überlegte er die ganze Zeit, wen Wieri wohl mit „wir" gemeint hatte. Die Appendisten, die calvinistische Gemeinde? Die Gläubigen in aller Welt, für die in Wieris Augen nur noch er, Dr. Ohio, die letzte hartnäckige Hürde zur wahren Erleuchtung war? Am wahrscheinlichsten war jedoch, dass er immer noch mit Dr. Laudtner unter einer Decke steckte. Ihre Ziele ließen sich wohl auch weiterhin ganz gut vereinbaren.

Am nächsten Tag fuhr Dr. Ohio zusammen mit Erika zu Dr. Rainer. Er musste unbedingt herausfinden, was Murnach wusste, und der einfachste Weg schien ihm über den Polizeipsychologen zu führen. Tatsächlich hatte er mehrere Gespräche mit Murnach geführt.

„Aber das fällt, wie ich Ihnen ja nicht zu sagen brauche, unter die Schweigepflicht", sagte Dr. Rainer etwas gespreizt und ließ einen Bleistift, den er senkrecht aufgestellt hatte, auf seinen Block fallen.

Sie saßen in seinem Büro. Dr. Rainer war nur ab und zu für Gutachten oder akute Fälle für die Polizei tätig. Ansonsten hatte er in Tübingen seine eigene Praxis. Sie lag nicht sehr weit entfernt von der Polizeidirektion in der Eugenstraße, in einem etwas von der Straße zurückgesetzten Bürgerhaus, das bereits Anfang des letzten Jahrhunderts gebaut worden war. Die grauen Mauern schimmerten halb verborgen durch dunkle Bäume, verschlungene Büsche und Efeu. Abseits des Trubels der Tübinger Altstadt war es ruhiger und durch das offene Fenster hörte man nur von der Hegelstraße das leise Rauschen des Verkehrs. Hier lag auch wochentags eine bleierne Leere in der Straße, wie man sie sonst nur von Sonntagen kennt.

Dicke Teppiche und schwere, tabakgebeizte Holzmöbel ließen das Sprechzimmer kleiner wirken, als es tatsächlich war. Dr. Rainer saß hinter einem ausladenden Schreibtisch, der vollgestopft war mit Blättern, Zetteln, Büchern, mit aus Zeitschriften herausgerissenen Artikeln. Die Jalousien am Fenster hinter ihm waren halb zugeklappt, sodass der Raum im Halbdunkel lag. Dr. Ohio gefiel die Praxis ganz gut. Sie erschien ihm plötzlich als eine mögliche Lösung seines eigenen Dilemmas, ein Entwurf. Ein neues Leben vielleicht. Er hätte allerdings die Topfpflanze, eine Palme mit ausladenden Blättern, dringend mal wieder vom Staub befreit.

Dr. Rainer trug einen karierten Pullunder und starrte die Besucher über seine goldene Lesebrille forschend an. Wie schon auf dem Polizeirevier schien er bestimmte, nicht näher definierte Vorbehalte gegen das Sanatorium zu hegen.

„Ich wollte in erster Linie von Ihnen wissen, ob es wohl möglich ist, Murnach zu sprechen", sagte Dr. Ohio.

„Natürlich. Er ist wieder in seinem Geschäft. Die Polizei hat ihn auf Kaution entlassen. Es besteht keine Fluchtgefahr. Um eine Gerichtsverhandlung kommt er aber sicher nicht herum. Es wird wahrscheinlich um die Unfälle und die Verletzung der Aufsichtspflicht gehen. Ich glaube, der Herr, mit dem Sie damals gekommen sind, wird ihn vertreten."

„Na, dann", murmelte Erika.

Erika wollte gleich weiterfahren zu Murnachs Optikergeschäft, aber Dr. Ohio bestand darauf, zuvor noch auf dem Polizeirevier vorbeizuschauen. Da es in der Nähe von Dr. Rainers Praxis lag, gingen sie zu Fuß. Von der Eugenstraße führte eine Fußgängerbrücke über die Steinlach und Dr. Ohio war der Meinung, sie wären schneller als mit dem Auto. Doch es war ein heißer, staubiger Tag und der Weg durch die verlassenen Straßen zog sich länger, als er gedacht hatte. Ohio kam schnell ins Schwitzen, während Erika die Hitze und der Staub nichts auszumachen schienen. Sie trug einen dunklen Rock und eine etwas zu enge, grüne Bluse. Ihr weißer Kittel, den sie bei ihrem Aufbruch im Sanatorium vergessen hatte auszuziehen, hing über ihrer Schulter. So ging sie so frisch neben Ohio her, als sei sie eben mit ihrer

Morgentoilette fertig geworden. Dr. Ohio konnte nicht umhin, sie zu bewundern.

Auf dem Revier trafen sie die Kommissarin in ihrem Büro an. Sie war wesentlich gesprächiger als Dr. Rainer.

„Murnach hat Schmidt vor ungefähr zwei Jahren bei sich aufgenommen", sagte sie, als Dr. Ohio ihr den Grund seines Besuchs genannt hatte. Die Erbschaftsangelegenheiten interessierten die Kommissarin weniger.

„Ich bin überzeugt davon, dass eine eventuelle Erbschaft für Murnach keine Rolle gespielt hat", sagte sie nach kurzem Nachdenken. „Man kann ihm meiner Meinung nach eigentlich keine Absichten oder Berechnung unterstellen. Wie ich die Sache sehe, hat er Schmidt aus zwei Gründen aufgenommen: Er war eine billige Arbeitskraft, wenn auch nicht besonders effektiv. Und Murnach war sehr allein. Einsam. So erschien es mir, und auch Dr. Rainer deutete so etwas an. Er hat ein- oder zweimal mit Murnach gesprochen."

„Ich weiß", sagte Dr. Ohio. „Er wollte mit dem Hinweis auf die Schweigepflicht aber nichts sagen."

Die Kommissarin sah ihn überrascht an.

„Na ja, wenn das so sein sollte, dann nehmen Sie es eben als meine persönliche Einschätzung", sagte sie dann leichthin. Sie lehnte sich hinter ihrem Schreibtisch zurück, kritzelte eine Weile mit ihrem Stift auf einem Papier und sah Dr. Ohio mit einem gewissen, verschmitzten Blick an. „Murnach hat wohl tatsächlich ein paar Informationen, die Sie interessieren könnten. In unregelmäßigen Abständen hat er Schecks aus dem Ausland bekommen. Nicht viel, sagt er, aber doch immer wieder."

„Aus dem Ausland", sagte Dr. Ohio tonlos. Die Kommissarin nickte.

„Wissen Sie auch, welches Land?", fragte Erika ungerührt.

„Tja, ich glaube, es war Frankreich." Sie beugte sich vor und sah Dr. Ohios Assistentin zum ersten Mal an. Erika machte es nichts aus, dass sie von Frauen im Allgemeinen ignoriert wurde. Sie war es gewohnt, dass Personen ihres Geschlechts ihr oftmals wenig Sympathie entgegenbrachten. Warum sollte die Kommissarin eine Ausnahme machen? „Mehr weiß ich gerade nicht. Ich kann aber die Akte holen lassen. Da müsste ich dann aber doch vorher noch mit dem Nachlassgericht und dem zuständigen Notar telefonieren. Wegen Ihrer Vollmacht."

Dr. Ohio winkte ab.

„Wir versuchen es erst mal bei Murnach selbst. Ich wollte sowieso noch ein paar Informationen wegen Schmidt von ihm. Aber es wäre nett, wenn wir Sie noch mal bemühen könnten, sollte Murnach uns nichts erzählen. Es ist ziemlich dringend."

„Jederzeit." Die Kommissarin lächelte ihn an und gab beiden die Hand.

„Ich hätte sie telefonieren lassen", sagte Erika, als sie draußen vor dem Revier in der Sonne standen. Dr. Ohio zog die Brauen hoch.

„Warum? Vielleicht müssen wir ja noch mal herkommen. Und zu Murnach ist es kaum ein Umweg. Aber natürlich, wenn es Ihnen zu viel wird ..."

„Nein", wehrte Erika schnell ab. „Überhaupt nicht."

Sie stoppte den Wagen vor dem Brillengeschäft. Von außen war, wie üblich, keine Spur von Leben zu sehen. Die Jalousie an der gläsernen Eingangstür war halb heruntergezogen und Dr. Ohio fürchtete schon, der Laden könnte geschlossen sein. Doch die Tür schwang auf und das schrille Klingeln der Glocke zersprengte die staubige Stille in Tausende von kleinen Scherben.

Es war dunkel im Laden und sie mussten ihre Augen nach dem grellen Sonnenschein draußen erst daran gewöhnen, bevor sie Einzelheiten wahrnehmen konnten. Ihre Schritte hatten dünne Staubflusen aufgewirbelt, die zur Begrüßung in den spärlichen Sonnenstrahlen tanzten, die durch den offen stehenden Spalt der Jalousie drangen. Die Luft war stickig und staubig. Es schien niemand anwesend zu sein.

„Hallo!", rief Dr. Ohio. Keine Antwort.

„Er ist nicht da", sagte Erika, als sie eine Weile gewartet hatten. Doch da ging die Tür auf, aus der Dr. Laudtner vor ein paar Tagen gekommen war, und Murnach erschien.

„Doch, doch!", rief er. „Ich bin nur ..., ich bin nur ..." Er sah zur Tür, wo die beiden stehen geblieben waren. „Wer ruft mich?", fragte er wie der Geist aus der Flasche.

„Ich bin es, Dr. Ohio", sagte Ohio unfreiwillig märchenhaft. „Und meine Assistentin. Ich weiß nicht, ob Sie sich an uns erinnern?"

„Oh, Doktor. Wie könnte ich Sie vergessen. Und Ihre reizende Assistentin." Mit ein paar spinnengleichen Bewegungen schlenkerte er seine schlaksigen Glieder in ihre Richtung und blieb dicht vor ihnen stehen. Lächelnd verzieh Erika ihm seinen eingeübten Verkäufercharme.

„Wie geht es Ihnen?", fragte sie.

Mit einer ruckartigen Bewegung wandte er ihr seinen Kopf zu und sah sie mit großen Augen an. Dr. Ohio musste unwillkürlich wieder an den Vogeldämon denken.

„Ach", sagte Murnach weinerlich. „Ach. Sie sehen ja. Hier ist alles verlassen. Ich habe den Laden geöffnet, natürlich. Das Leben muss ja weitergehen." Er kicherte verlegen, als müsse er sich dafür entschuldigen, dass das Leben weiterging. „Aber es kommen keine Kunden. Niemand kommt, um Brillen zu kaufen." Murnach sah beide gierig an, so als würden sie ihm jetzt gleich die Lösung seines Dilemmas verraten.

„Das ist ... ver...ständlich", stotterte Dr. Ohio.

„Das geht vorbei. Die kommen schon wieder", versuchte Erika ihn zu trösten.

Murnach starrte noch einen Moment, wartete, ob noch etwas kommen würde, dann winkte er mit seinen dünnen Armen schlenkernd ab.

„Kommen Sie doch nach hinten", sagte er. „Ich habe Kaffee."

Sie gingen an der Tür, aus der Murnach gekommen war, vorbei in einen schmalen Raum, dessen kleines, schmutziges Fenster milchiges Licht hereinließ. An der Wand zog sich eine kleine Küchenzeile entlang, auf der Ablage stand eine Kaffeemaschine mit aufgebrühtem Kaffee. An einem kleinen Tisch in der Mitte standen zwei Stühle. Sie blieben stehen und Murnach schenkte drei Tassen Kaffee ein. Erika stellte ihre nach einem Schluck vorsichtig auf den Tisch. Er schmeckte etwas staubig.

„Hier haben wir immer gesessen", sagte Murnach. Er lehnte an der Küchentheke und schlenkerte wehmütig seinen Arm zum Tisch. „Natürlich nur, wenn keine Kundschaft da war."

„Schmidt geht es ganz gut", sagte Erika. Dr. Ohio bemerkte es mit einer gewissen Überraschung, aber sie schien Mitleid mit dem Vogelmann zu empfinden.

„Ja", sagte er. „Aber sagen Sie, Herr Murnach: Haben Sie sich denn mit Schmidt unterhalten?"

Murnach lächelte.

„Ach, ja. Das ging schon. Unterhalten ist vielleicht etwas zu viel gesagt. Aber wir haben uns schon verstanden." Er hielt inne. „Habe ich jedenfalls gedacht, bevor diese schreckliche Geschichte mit den Unfällen passiert ist."

„Sie haben Schmidt vor ungefähr zwei Jahren aufgenommen, nicht wahr?"

„Ja."

„Und dann hat er bei Ihnen im Laden ausgeholfen?"

„Ja. Das ging ganz gut, manchmal auch weniger. Aber kleinere Arbeiten konnte er schon ausführen. Und dann haben wir es uns eben gemütlich gemacht und Kaffee getrunken."

Dr. Ohio konnte sich lebhaft vorstellen, wie gemütlich es bei den beiden gewesen sein musste, hier hinten in ihrer staubigen Küche, wo sie beide an ihrer Tasse staubigen Kaffees genippt hatten. Die Kommissarin hatte nicht unrecht: Murnach war wohl sehr einsam. Dr. Ohio hatte noch eine Menge Fragen, aber die konnte er auch später stellen. Jetzt interessierte ihn zuerst einmal die Sache mit den Schecks.

„Die Kommissarin sagte, Sie hätten Schecks, eine Art Unterhaltszahlungen, für Schmidt erhalten?", fragte er so beiläufig wie möglich.

Murnach hob ruckartig den Kopf.

„Unterhaltszahlungen?" Nervös stellte er seine Tasse auf den Küchentisch und verschüttete dabei etwas von seinem Kaffee. „Unterhaltszahlungen. Ja, das ist schon möglich", sagte er leise.

„Was heißt ‚schon möglich'?", fragte Dr. Ohio und runzelte die Stirn. „Herr Murnach, diese Information ist sehr wichtig für mich. Ich weiß nicht, ob man Ihnen gesagt hat, dass ich für die Erbschaftsangelegenheiten von Herrn Schmidt und seinem Bruder zuständig bin. Dazu ist es nötig, dass ich den Bruder finde. Denn Herr Schmidt allein, das werden Sie einsehen, ist nicht in der Lage, das Erbe seines Onkels anzutreten."

„Ich weiß, ich weiß", beeilte sich Murnau zu sagen. Er schlenkerte aufgeregt durch die Küche, stieß gegen einen der Stühle und setzte sich schließlich. „Mein Anwalt hat mir alles erklärt. Ja, es stimmt schon. Ich habe ab und zu Schecks erhalten. Wie man so sagt ... Aber mein Anwalt hat mir geraten, ich soll bis zur Verhandlung auf keinen Fall etwas sagen." Seine Augen huschten von Dr. Ohio zu Erika. Dann senkte er den Blick mit einer ruckartigen Kopfbewegung auf die Tischplatte, als ob er dem Henker die Arbeit erleichtern wollte.

Dr. Ohio sah Erika an und hob die Brauen. Seine Assistentin verdrehte die Augen.

„Ihr Anwalt ist Dr. Laudtner, nicht wahr?", fragte Dr. Ohio sanft. Murnach nickte.

„Na, dann ist doch alles ganz einfach. Dr. Laudtner arbeitet doch mit mir zusammen. Er ist neben mir zum Verwalter der Erbschaft berufen. Sie brauchen also von mir nichts zu befürchten, Herr Murnach. Abgesehen davon hat Dr. Laudtner sicher gemeint, Sie sollten gegenüber der Polizei nichts ohne ihn sagen."

Murnach schüttelte den Kopf.

„Er hat gesagt, ich soll nichts sagen. Alles könnte gegen mich verwendet werden. Dr. Laudtner muss alles erst ganz genau prüfen, hat er gesagt."

Dr. Ohio verzog unwillig den Mund.

„Aber Dr. Laudtner weiß doch ganz genau ..." Abrupt unterbrach er sich. Natürlich wusste Dr. Laudtner ganz genau, dass Murnach eventuell den Aufenthaltsort des zweiten Neffen kannte. Und Dr. Ohio sollte ihn auf keinen Fall erfahren, denn dann wäre die schöne Stiftung flöten, die Höpfner verfügt hatte.

„Herr Murnach", sagte Erika plötzlich. Sie nahm sich den anderen Stuhl, setzte sich zu ihm und legte ihm die Hand auf den Arm. Murnach zuckte zurück, beugte sich aber gleich wieder vor. „Der Bruder von Schmidt hat nichts zu tun mit Ihrem Fall. Wir wollen Schmidt helfen und das muss doch auch in Ihrem Sinn sein. Wir wollen herausfinden, wo sein Bruder ist. Schließlich muss er doch erfahren, was passiert ist, oder nicht?" Sie sah ihm ernst und tief in die Augen und versenkte so den Gedanken, den kleinen Stein in seinem Gemüt. Es war ja keineswegs sicher, dass Murnach Schmidt nur aus menschenfreundlichen Gründen und wegen seiner Einsamkeit aufgenommen hatte. Aber in dem Moment, als der warme Strahl von Erikas Blick ihn traf, war er überzeugt davon, dass es so sein müsse, wie sie sagte. Er nickte.

„Aber Dr. Laudtner ...“, flüsterte er schwach.

Erika entzog ihm einen Grad Wärme und kniff die Augen zusammen. Die Hand ließ sie auf seinem Arm liegen.

„Dr. Laudtner arbeitet mit Dr. Ohio zusammen. Die beiden versuchen, das Bestmögliche für Schmidt zu erreichen. Das ist doch klar, oder?“ Wieder nickte Murnau.

Nach kurzer Zeit hatte Erika ihn so weit, dass er ihr erzählte, was er wusste. Dr. Ohio konnte nur staunen.

„Waren Sie beim Geheimdienst?“, fragte er, als sie wieder draußen auf der Straße standen und zum Auto gingen. Erika sah ihn kokett an.

„Da staunen Sie, was? Ich habe schon ein paar Tricks auf Lager. Aber Sie interessieren sich ja nicht dafür.“ Sie öffnete und stieg in den Wagen. Den Türgriff in der Hand, blieb Dr. Ohio versonnen stehen und beobachtete, wie sie wegen des etwas engen Rocks mit einer eleganten Drehung im Auto verschwand. An was mochte es nur liegen, dass ihm auf einmal alles, was ihm begegnete, wie eine neue Möglichkeit vorkam?

Murnach hatte weder eine Anschrift noch eine Telefonnummer von Boris Schmidt. Die Schecks hatte er immer von einer Poststation in Épernay, Champagne, Frankreich, erhalten. Das waren die einzigen Anhaltspunkte, die Murnach geben konnte. Im Telefonbuch von Épernay war Schmidt nicht verzeichnet. Auch eine Adresse war nicht herauszufinden. Was blieb übrig? Dr. Ohio hatte sich kurzerhand dazu entschlossen zu verreisen. Er würde den Neffen in Épernay schon ausfindig machen. Das wäre ja zum Lachen. Jetzt war er schon so weit gekommen, den Rest würde er auch noch schaffen.

„Du flüchtest“, sagte Brigitte. Sie stand am Fenster seines Schlafzimmers und hatte eine Tasse Kaffee in der Hand.

„Gut möglich“, sagte Dr. Ohio. Seine Reisetasche stand auf dem Bett und er legte ein paar Hemden aus seinem Schrank heraus. „Aber wer kann mir das verdenken? Ich hatte gehofft, dass es so weit kommt, um dann festzustellen, dass es nie so weit hätte kommen dürfen."

„Das ist mir zu hoch", sagte Brigitte und drehte sich zu ihm um.

Dr. Ohio seufzte.

„Sieh mal: Du hast mir immer vorgeworfen, dass ich mein Leben nicht lebe. Dass ich einer Traumvorstellung nachhänge, die niemals Realität werden kann. Ich dagegen habe immer darauf gehofft, dass du eines Tages erkennen wirst, dass Heinz nicht der Richtige für dich ist. Tja, und jetzt, wo ich mich in diesem Traum ganz gut eingelebt habe, wird er Wirklichkeit."

„Ich habe nie gesagt, dass du der Richtige bist", erwiderte Brigitte scharf.

„So war es nicht gemeint. Aber du wirst nicht leugnen, dass du in den letzten paar Jahren nicht mehr so glücklich warst. Oder?"

Brigitte schwieg.

„Wie dem auch sei", fuhr Dr. Ohio fort. „Ich glaube, es ist gar nicht schlecht, wenn ich ein paar Tage weg bin. Für dich bin ich an der ganzen Sache mit dir und Heinz natürlich gar nicht so sehr beteiligt. Aber für mich ist das trotzdem etwas Einschneidendes."

Er packte die Hemden in die Tasche und sie gingen ins Wohnzimmer.

„Und außerdem ..." Dr. Ohio schenkte ihr Kaffee nach. „Außerdem geht es ja tatsächlich um Höpfners Neffen. Ich habe wirklich Hoffnung, dass ich ihn finden werde."

„Sicher", sagte Brigitte spitz, und es klang vielleicht ein wenig giftiger, als beabsichtigt. „Deshalb muss auch unbedingt die Gehülfin mit."

Dr. Ohio grinste.

„Sie hat es mir angeboten. Und sie spricht sehr gut Französisch, während ich gerade mal einen Kaffee bestellen kann."

„Ich spreche auch ganz gut Französisch", sagte Brigitte schnippisch.

Dr. Ohio sah sie ernst an und holte tief Luft.

„Ja, ich weiß. Aber vor einer Minute hast du mir gesagt, dass ich auch nicht der Richtige für dich bin ..."

„Ich habe nur gesagt, dass ich nicht gesagt habe, dass du der Richtige bist", unterbrach ihn Brigitte.

„Wie auch immer. Vor ein paar Jahren, vor ein paar Monaten, wahrscheinlich auch noch vor ein paar Tagen wäre ich glücklich gewesen, wenn du mit mir nach Frankreich gefahren wärst. Aber jetzt ist es vielleicht ganz gut, wenn ich wegfahre. Und wer weiß, was geschieht, wenn ich zurückkomme."

Brigitte sah ihn an und es war unmöglich für ihn herauszufinden, was sie dachte. Sie sah immer noch mitgenommen aus, hatte etwas zu viel Schminke aufgetragen. Sie war am Überlegen, was sie tun sollte, logisch. Yoga, Schwimmen oder Joggen? Auf jeden Fall mehr frische Luft und früher ins Bett gehen. Mehr auf sich achtgeben. Und trotzdem endlich mal wieder ausgehen, ins Kino, Theater, in Bars und Kneipen, so wie früher. Alle diese Dinge, die man sich ausdenkt, wenn man sein Leben ändern will und nicht mehr ganz jung ist.

All die Klischees, vor denen sie sich gefeit gefühlt hatte, erwischten sie jetzt doch noch. Aber Ohio war sich sicher, dass Brigitte ihren Weg finden würde, und dass es, wie immer, der Beste für sie sein würde. Wenn jemand das schaffte, dann sie. Er fragte nicht nach Heinz und wie es wohl weitergehen würde. Er spürte auf einmal ganz deutlich, wie froh er war, seine Koffer packen zu können.

Am Abend vor seiner Abreise rief Ohio bei Dr. Laudtner an.

„Dr. Laudtner, ich habe eine Spur", sagte er.

„Nicht möglich", sagte Dr. Laudtner, und Ohio bemerkte eine gewisse Atemlosigkeit, mit der der Anwalt am anderen Ende auf weitere Informationen wartete. „Und?", fragte er schließlich.

Dr. Ohio erzählte ihm so knapp wie möglich, dass er den zweiten Neffen in der Champagne vermutete. Murnach hätte ihm den Hinweis gegeben. Dr. Laudtner versuchte dieses Mal vergeblich, ihn zu überzeugen, dass er doch die Sache in die Hand nehmen könne.

„Dr. Ohio, lassen Sie mich das erledigen. Das ist doch ein Kinderspiel für mich. Und für die Kanzlei. Sie brauchen sich wirklich keine Umstände zu machen."

„Ach, lassen Sie. Sie haben schon so viel getan. Und ich habe das Gefühl, dass ich es Höpfner schuldig bin. Außerdem tut es mir ganz gut, mal rauszukommen, Dr. Laudtner", sagte Dr. Ohio amüsiert und stellte sich das Gesicht des Anwalts vor, der wahrscheinlich fieberhaft nachgrübelte, wie er ihn von der Reise abbringen könnte. Er war gespannt, ob die Buschtrommeln zwischen ihm und Värie Wieri wieder so gut funktionieren würden wie das letzte Mal.

Er wäre nicht so amüsiert gewesen, wenn er geahnt hätte, was Dr. Laudtner und Wieri bei ihren Grübeleien austüfteln würden.

9

Durch grüne Hügel
blitzt von weit her schroffer Fels
im Dunst des Mittags

In der spärlich durch ein gelbes, flackerndes Bahnhofslicht erhellten Nacht stieg ein schmaler Mann aus dem Vorortzug. Der Wind zerrte augenblicklich an dem kleinen Rucksack, den er in der Hand trug, und riss wild an seiner Jacke. Schwankend unter dem Ansturm der aus den Bergen herabfallenden Böen stand er einen Moment da und kniff die Augen zusammen. Wie eine Insel schwamm der kleine Bahnhof mit seinen zwei Gleisen inmitten der Dunkelheit. Plötzlich, als hätte er nur auf die Ankunft dieses Mannes mit dem letzten Zug gewartet, zuckte ein wilder Blitz über den ganzen Himmel und erhellte für den Bruchteil einer Sekunde die umliegenden schroffen Gipfel der Berge und den sich widerspiegelnden Genfer See, auf dessen kabbeligen Wellen die festgemachten Boote schaukelten. Der Mann rieb sich die Augen, geblendet vom hellen Licht, als ein röhrender Donner losbrach. Er richtete sich so hoch auf, wie es seine geringe Größe zuließ, und es schien, als wolle er mit mächtiger Stimme dem Grollen antworten. Doch beinahe zeitgleich mit dem Donner setzte ein heftiger Regenschauer ein, der vom Wind über die Gleise und den Bahnsteig getrieben wurde. Der Mann duckte sich unter dem Ansturm und durchsuchte eilig seinen Rucksack. Als er schließlich ein dünnes, durchsichtiges Regencape überstreifte, war er schon völlig durchnässt. Die faserdünnen, farblosen Haare hingen ihm klatschnass ins blasse Gesicht. Mit einer wegwerfenden Handbewegung strich er sie aus den Augen und machte sich auf den Weg ins Dorf.

Eine kleine Karte in der Hand, ging der Mann suchend die Hauptstraße entlang. Von ferne sah er vom Regen und von den auf seinem Cape reflektierenden Lichtern der heftig hin- und herwippenden

Straßenlaternen ganz undeutlich aus – wie eine vom Radiergummi verwischte Bleistiftzeichnung. Schließlich schien er gefunden zu haben, wonach er suchte, und eilte darauf zu – die „Auberge de Lion", ein kleiner, einfacher Gasthof an der Straße nach Lausanne.

Wie ein tropfnasses Rumpelstilzchen stand der Mann in der Lobby und wurde von verschiedenen Leuten, die gut gekleidet und satt aus dem angrenzenden Speiseraum kamen, neugierig angestarrt. Er ging zur Rezeption und zog auf dem dunklen Steinboden eine nasse Spur hinter sich her.

„Monsieur Wieri?", sagte der Hotelangestellte am Empfang. Er warf einen Blick auf die aufgeweichte Gestalt und dann auf seinen Bildschirm. „Ah ja, da haben wir Sie. Zimmer 667."

Värie Wieri nahm die Anmeldung und den Schlüssel entgegen und knurrte: „Gibt's noch was zu essen?"

Der Hotelangestellte sah auf die Uhr und dann auf den bemitleidenswerten Zustand des späten Ankömmlings.

„Ich denke schon, wenn Sie sich beeilen. Ich werde in der Küche Bescheid sagen."

Wieri nickte und ging auf sein Zimmer, um sich umzuziehen.

Wenig später saß er an einem kleinen Tisch im Speiseraum. Nur eine Handvoll Gäste waren anwesend. Sie hatten alle schon gegessen und saßen noch auf ein Glas Wein an ihren Tischen. Vor Wieri dampfte ein Teller Ragout. Während er aß, ließ er seine Augen von Tisch zu Tisch wandern und musterte die Leute, als suche er jemanden, wolle aber selbst nicht bemerkt werden. Er schenkte sich ein Glas von dem Schweizer Wein ein, den er bestellt hatte, fand ihn aber etwas schwachbrüstig. Trotzdem nahm er einen großen Schluck, dann rieb er sich die Augen und seufzte missmutig.

Warum saß er hier in einem Kaff bei Genf, in der „Auberge de Lion", bei strömendem Regen? In dieser verdammten Einöde zwischen riesigen, schroffen Bergen und kalten Seen? Wieri wusste es selbst einen Augenblick lang nicht mehr. Gott, warum ...?, dachte er. Aber dann fiel es ihm wieder ein. Er hatte sich schon seit ein paar Wochen vorgenommen zu reisen. Höpfner hatte in dieser Gegend ein kleines Anwesen. Anwesen war eigentlich zu viel gesagt, es war mehr ein heruntergekommener Bauernhof, verpachtet an einen alten Bauern, der einmal im Jahr seinen eher symbolischen Pachtzins an Dr. Laudtner überwies.

Seit einiger Zeit führte Wieri nun schon eine Korrespondenz mit einem Religionswissenschaftler in Genf. Und der hatte ihn darauf aufmerksam gemacht, dass in den alten Bauernhäusern im Umland manchmal wahre Schätze an alten Schriften zu finden seien. Lange ging Wieri dieser Satz nicht aus dem Kopf, aber er konnte ihn nicht in den richtigen Zusammenhang bringen. Bis es ihm eines Tages wie Schuppen von den Augen fiel: Schon Höpfners Großvater hatte ja angefangen, Teile seiner Sammlung in verschiedene seiner Häuser auszulagern. Was, wenn auch das Buch, von dem in Höpfners Testament die Rede war, gar nicht in dieser vermaledeiten Bibliothek im Schönbuch zu finden war? Wie in Borges Bibliothek würde er sein ganzes Leben in einem Labyrinth herumirren, ohne das zu finden, was er suchte. Sollte er sich nicht stattdessen aufmachen und die Schrift, von der er sich nichts weniger als die Erneuerung der Christenheit versprach – inzwischen war er so weit anzunehmen, dass auch die verblendeten Katholiken nicht umhinkommen würden, diese Schrift als die wahre Lehre anzuerkennen –, an der Quelle, dem Ursprung, an Calvins Wirkungsstätte suchen?

Aber er konnte ja nicht weg. Dieser verdammte Dr. Ohio und seine Suche nach den Erben von Höpfner hielten ihn zu Hause in Deutschland fest. Wer hätte schon gedacht, dass dieser Japaner so hartnäckig war? Er nicht und Dr. Laudtner, dieser Schlappschwanz, schon dreimal nicht. In so einer Situation wollte er auf keinen Fall verreisen und möglicherweise zulassen, dass Ohio die Erben ausfindig machte. Das Buch musste warten. Ein paar Wochen mehr oder weniger, darauf kommt es jetzt auch nicht mehr an, hatte er sich gesagt. Jahrhunderte waren ins Land gegangen, ohne dass irgendein Gläubiger auch nur die Existenz der nachgelassenen Schriften Calvins geahnt hätte. Was waren da ein paar Tage. Trotzdem hatte er seine Ungeduld kaum mehr bezähmen können.

Und dann tauchte auf einmal dieser Schmidt als Erbe auf. Der schwachsinnige Schmidt, der sein Erbe mit Sicherheit nicht antreten konnte. Wieri fiel ein Stein vom Herzen und er hatte gedacht, jetzt sei alles geklärt. Freie Bahn, seiner Reise stand nichts mehr im Wege. So schnell wie möglich plante er seine Route und zog los. Höpfners Bauernhof lag südwestlich von Genf, außerhalb eines kleinen Kaffs an der Rhône in einem Gebiet, das auch als Schweizer Champagne bezeichnet wird. Liebliche Hügel und kleine Dörfer zogen sich am Fluss entlang und ins Hinterland, wo man die Ausläufer der mächtigen Berge und des Montblanc sehen konnte. Wieri hatte sich dort gerade in einer kleinen Pension eingemietet und sich vorgenommen, am nächsten Morgen zum Bauernhof zu wandern und sich dem Pächter als einer der Erben Höpfners vorzustellen, als Laudtner anrief.

„Wieri?", fragte er vorsichtig.

„Was gibt's denn, Dr. Laudtner?", antwortete Wieri fast gut gelaunt. Er saß in der Gaststube beim Abendessen und kam sich ein bisschen vor wie Arni Magnusson, der auf seiner Suche nach alten Saga-Manuskripten die Höfe der isländischen Bauern abgeklappert hatte. Nur dass sein Projekt natürlich um ein Vielfaches wichtiger für die Menschheit werden sollte als das Sammeln eines Haufens alter nordischer Handschriften und Papierfetzen aus dem Mittelalter.

„Schlechte Nachrichten, Wieri", sagte Dr. Laudtner. „Ohio hat die Spur wieder aufgenommen und den zweiten Erben ausfindig gemacht. Noch nicht ganz, aber er ist auf dem besten Weg."

Wieri hielt den Atem an.

„Wie kann man denn da vom besten Weg reden, Mann!", brüllte er plötzlich ins Handy. Die anderen Gäste sahen ihn erschrocken an. „Das ist der Supergau", fuhr er gequetscht flüsternd fort.

„Was soll ich machen? Ich habe versucht, ihm die Reise auszureden, aber er wollte unbedingt fahren. Ich kam nicht mehr dazu, geeignete Gegenmaßnahmen einzuleiten."

„Geeignete Gegenmaßnahmen." Wieri schnaubte verächtlich. Wenn Laudtner bei Schmidt nicht solchen Dusel gehabt hätte, wäre auch diese Aktion schiefgegangen. Was hätte Laudtner schon unternommen, wenn Schmidt nicht zufällig schwachsinnig gewesen wäre? Nichts, vermutlich. Er hätte in einer Ecke gesessen und der vergeudeten Chance nachgeweint. Aber nicht mit ihm. Nicht mit Värie Wieri. Er hatte die Nase voll. Jetzt musste eine endgültige Lösung her. Wenn es nicht schon zu spät war.

„Sie hätten lediglich dafür sorgen müssen, dass Ohio nicht mit diesem idiotischen Optiker reden kann, richtig? Das war alles. Das ist nicht schwer. Und dann das. Ich hab mich auf Sie verlassen. Warum habe ich mich auf Sie verlassen?“

„Er wollte nun mal partout fahren. Ich kann ihn ja nicht festbinden. Schließlich ist er ein angesehener Psychologe ...“ Dr. Laudtner klang ziemlich kleinlaut. In der Tat sah er seine Felle davonschwimmen und wusste keinen Rat. Aber, hatte er sich gesagt, sollte der kleine Calvinist doch auch mal was beitragen zur Rettung ihres Erbes, der Stiftung, ihrer Zukunft.

„Ich höre immer reisen und fahren. Wo will Ohio denn hin? Befindet sich der Erbe in Tokio, oder was?“

Dr. Laudtner kicherte.

„Das nicht. Die Spur führt in die Champagne.“

Wieri stockte der Atem. Das konnte kein Zufall sein. Gott hatte ihn hierhergeführt, das war ja ganz klar. Er hatte ihn sanft an der Hand genommen und ihn dahin geführt, wo er am dringendsten gebraucht wurde.

„Sagen Sie das noch mal“, flüsterte er.

„Das nicht. Die Spur führt in die Champagne“, wiederholte Dr. Laudtner.

„Aber ... ich bin in der Champagne“, sagte Wieri leise.

„Sie sind ...“ Dr. Laudtner traute seinen Ohren nicht. „Das ist ja ... Wieri, ich fange noch an, diesen ganzen Klimbim zu glauben, von dem Sie immer reden. Das ist ja wunderbar. Aber was machen Sie da?“

„Diesen Klimbim nennt man Religion. Und wie ich Ihnen gesagt habe, bin ich verreist, um ein Buch zu suchen“, sagte Wieri abweisend. „Aber das ist jetzt nicht so wichtig für Sie. Geben Sie mir die Adresse, unter der Dr. Ohio abgestiegen ist. Dann werde ich die Sache ein für alle Mal erledigen.“

Dr. Laudtner zögerte am anderen Ende.

„Was ist denn?“, fragte Wieri ungeduldig.

„Was heißt denn ‚ein für alle Mal‘? Wieri, das klingt ziemlich endgültig.“

„Möchten Sie endlich diese elende Stiftung gründen? Möchten Sie das Geld? Möchten Sie Ihre Ruhe?“, schnauzte der Calvinist in den Hörer.

„Dreimal ja", sagte Dr. Laudtner. „Aber ich hab die Adresse nicht. Ich gebe Sie Ihnen durch, sobald ich sie habe." Was ging es denn ihn an, was der Finne unter „die Sache ein für alle Mal erledigen" verstand. Hauptsache, er konnte an das Geld ran.

Värie Wieri hatte eine gute Nacht, fühlte er sich doch ganz geborgen in der Hand Gottes, die ihn leitete und ihm den richtigen Weg zeigte. Ein deutlicheres Zeichen konnte ihm nicht widerfahren. In dieser Gegend würde sich sein Schicksal erfüllen, so wie es auch Calvin schon ging. Hier würde er endgültig abrechnen mit den Feinden des Glaubens – Laudtner hatte ihm noch mitgeteilt, dass Ohio seine herausgeputzte Assistentin bei sich hatte – und das Buch finden.

Wie tief war sein Sturz aus den glückseligen Höhen des Himmels, als Dr. Laudtner ihn am nächsten Mittag anrief, um ihm mitzuteilen, dass Ohio und seine Assistentin im East Western Hotel in Épernay abgestiegen waren.

„East Western? Épernay?", blaffte er ins Handy. „Nie gehört."

„Na, Mann. Épernay", sagte Laudtner irritiert. „Sind Sie in der Champagne oder nicht? Épernay liegt im Herzen der Champagne, die berühmtesten Champagner-Häuser haben dort ihren Sitz."

Ein Donnergrollen am Himmel kündigte ein Gewitter an. Wieri blickte aus dem Fenster und sah weit in der Ferne, wie sich über den Bergen hinter Genf ein dunkler Wolkenturm zusammenballte.

„Oh, mein Gott", flüsterte er. Auf einmal fiel es ihm wie Schuppen von den Augen. Ja, natürlich. Die Champagne. Diese kleine französische Provinz, aus der das Prickelwasser kam, nach dem alle Welt so verrückt war. Dieser dekadente Hort des frivolen Trinkens. *Die* Champagne war natürlich gemeint. Wie hatte er auch nur einen kleinen Augenblick lang annehmen können, Höpfners Neffe, Dr. Ohio und seine aufreizende Assistentin würden sich in seiner, Wieris, gottgefälligen kleinen Champagne im sanften, hügeligen Hinterland Genfs aufhalten?

Dr. Laudtner war stutzig geworden.

„Wieri?", fragte er. „Wo, verdammt noch mal, sind Sie?"

„Épernay, East Western Hotel", murmelte Wieri tonlos. „Frankreich. Ich bin spätestens morgen dort. Versprochen. Und dann wird dieses Problem aus der Welt geschafft." Er legte auf.

Ja, und nun saß er erst mal fest zwischen Blitzen, Donnergrollen und Regenschauern und wartete in der „Auberge de Lion" ungeduldig auf den neuen Tag, um mit dem nächsten Zug von Genf aus in die Champagne zu fahren. Die französische Champagne. Das Buch würde warten müssen. Wieder einmal. Wieri sah es vor sich, wie es auf dem Speicher eines alten Bauernhauses lag, wohlbehütet in einer dieser alten Holzkisten, und seiner Entdeckung harrte. Gebunden in hart und schwarz gewordenes Ziegenleder, störrisch wie ein Schild oder Panzer gegen die Unbilden der Natur. Warm und behütet, eingewickelt in ein grobes, robustes Tuch, während draußen der Sturm über das Haus, die Kiste und das Buch hinwegzog. Während draußen viele Stürme über es hinweggezogen waren.

Aber was – und dieser Gedanke trieb ihm den Angstschweiß auf die Stirn –, wenn es nicht so wohlbehütet in seiner Kiste lag? Wenn vielleicht ausgerechnet der heutige Sturm derjenige wäre, der den Schutzwall aus Kiste, Tuch und Einband, der jahrhundertelang standgehalten hatte, durchdringen und die Seiten nässen würde. Er sah buchstäblich die alte Tinte, die heilige Schrift des Meisters, in dünnen Rinnsalen, den kajalverschmierten Tränen einer Frau gleich, auf die harten Dielen des Dachbodens zerfließen, durch die Ritzen sickern und die Strohnester der Mäuse im Gebälk schwärzen. Oder sollte es schon vor Hunderten von Jahren so passiert sein? Würde er nur noch einen alten Klumpen Papier, unleserlich und unverwertbar, vorfinden? Ah.

Wieri schreckte hoch. Er war beinahe der Letzte im Speiseraum. Zornig stürzte er den restlichen Wein hinunter und ging auf sein Zimmer. Nachts freilich wachte er noch ein paarmal schweißgebadet auf und dachte an das Buch. Aber es half nichts. Zuerst musste die Sache mit den Erben aus der Welt geschafft werden.

10

Blinkende Augen,
im schnellen Scheinwerferlicht
steht ganz still ein Reh

In Böen flog der Regen heran und prasselte mal stärker, mal schwächer gegen die Scheibe. Innen klang es, als wäre sie einem wechselnden Bombardement von kleinen Kieselsteinen ausgeliefert. Obwohl der Wohnwagen an allen Ecken zusätzlich zu den blockierten Reifen noch mit Backsteinen abgesichert war, vibrierte er unter dem Ansturm des sommerlichen Gewitters. Im Wohnwagen herrschte ein fahles Halbdunkel und eine den beengten Platzverhältnissen geschuldete Ordnung. An der Tür lag ein dünner, abgewetzter Fußabtreter aus Sisal oder einem ähnlich robusten Material, ansonsten war der Boden mit PVC ausgelegt. An einer Koch- und Essnische, einer schmalen Garderobe und einer Toilettenkabine vorbei führte ein kurzer Gang zu einem hoch gelegenen Bett. Auf dem Stuhl davor lagen hingeworfene Kleidungsstücke.

Der Wind rüttelte schon einige Zeit am Wohnwagen und schließlich erschienen unter der Bettdecke hervor die schwarzen, strubbeligen Haare und die müde blinzelnden, von der Nacht noch dunklen Augen eines jungen Mannes. Ein Ächzen, und er schob den kleinen Vorhang vor dem Fensterchen über seinem Bett zurück und linste hinaus. Schwapp, ergoss sich ein Schwall Wasser gegen die Scheibe. Graues Morgenlicht hatte sich wie ein vollgesogener Schwamm über die pudelnassen Bäume und die Lichtung gelegt, auf der sein Wohnwagen stand. Eine Backsteinmauer leuchtete in verwaschenem Rot.

„Na toll", murmelte Boris und ließ sich zurück in die Kissen fallen. Eine Weile lag er wie ausgeknockt auf dem Rücken. Dann schluckte er leer, um einen bitteren Geschmack loszuwerden, seufzte und stand mit einem Schwung auf. Er zog sich einen dunkelgrünen Pullover über, der auf dem Stuhl lag, und setzte mit langsamen, routinierten

Bewegungen eine Espressokanne auf seinen Zweiplattenherd. Solange der Kaffee kochte, wusch er sich das Gesicht und die Arme. Noch einmal warf er einen Blick nach draußen auf die klatschnassen Bäume, deren Blätter und Äste herunterhingen, als wollten auch sie sagen: „Muss das jetzt sein?“, während der Regen in unverminderter Heftigkeit auf sie niederprasselte.

Er trank Kaffee und blätterte lustlos in einem Heft, das neben ihm auf dem Tisch lag. Ab und zu sah er nach der Uhr und nach draußen. Schließlich stand er auf und mummte sich in ein Regencape ein, zog Gummistiefel an und öffnete die Tür. Es half nichts, er musste los. Boris drehte sich auf der schmalen, dreistufigen Treppe um und schloss die Tür. Dann sprang er mit einem Satz in eine hellbraune Matschpfütze unterhalb der Stufen. Der Regen kam in langen Schlieren über den Boden getanzt und hüllte ihn sofort ein, der Wind trieb ihm die Tropfen ins Gesicht und wehte ihm die Kapuze vom Kopf. Hastig zog er sie wieder über und sah sich suchend um. Sein Auto, ein klappriger, weißer Peugeot, stand nicht weit weg unter einem riesigen, triefenden Baum. Mit schweren, platschenden Schritten ging er über die Wiese und stieg ein. Im Wagen atmete er erst einmal tief durch. Er schälte sich im Sitzen aus dem Regenmantel und warf das nasse Ding nach hinten auf den Rücksitz. Dann fuhr er sich durch die Haare und ließ den Motor an, der nach ein paar orgelnden Geräuschen ansprang.

Langsam rollte er durch ein kleines Tor aus der Einfriedung, eine lange Backsteinmauer, die ein weites, parkähnliches Gelände umfasste, in dessen hinterstem Eck Boris seinen Wohnwagen aufgestellt hatte.

Der lang gesuchte Erbe Höpfners fuhr auf einer schmalen, dunklen Asphaltstraße, die vom Regen dampfte, bis zur Auffahrt auf die Nationalstraße. Die zog sich wie ein gerades Band durch den Wald und an langen Feldern vorbei, machte dann ein paar Kurven, durchschnitt ein kleines Dorf mitsamt Schloss und führte schließlich in einem weit geschwungenen Bogen auf Épernay zu.

Kaum war Boris aus der Einfahrt gerollt, wurde der Regen schwächer, als hätte er nur darauf gewartet, noch jemanden ordentlich zu duschen, um dann seine Tätigkeit nach und nach einzustellen. Als er an den Weinbergen vorbei auf Épernay zusteuerte, klarte im Nordwesten der Himmel auf – und schließlich brach eine warme, fast stechende Sonne durch die Wolken. Der Asphalt und die Erde dampften und das feine Sprühwasser vernebelte die Sicht, sodass Boris seine dunklen, murmelgleichen Augen konzentriert zusammenkniff, um noch etwas zu sehen.

Der Wagen holperte über eine Unebenheit, ein Schlagloch vielleicht oder ein platt gefahrenes Tier. Ob wohl etwas vom Wesen des Tiers an mir hängen bleibt?, dachte Boris, erschrocken von der unerwarteten Erschütterung. An meinem Reifen oder an mir. Er sah es vor sich, platt, das rote Fleisch, die Eingeweide zeichneten sich in weißlichen Schlingen darauf ab. Gürteltier. Es ist hart und ausgetrocknet und liegt schon einige Zeit da. Das Naturkundemuseum kam ihm in den Sinn. Der Regen wird es aufweichen und wieder ein Stück wegspülen, der Vergessenheit entgegen. Vergessenheit, bei Tieren ist das doch keine Kategorie, unterbrach er sich fast ärgerlich.

Ach, der innere Monolog, man kann über ihn sagen, was man will: Den Autofahrer erwischt er doch fast automatisch. Und Boris fragte sich: War ihm der Begriff Gürteltier wegen der Autoreifen oder wegen der Windungen der Gedärme in den Sinn gekommen? Er hatte die Avenue de Champagne erreicht, fuhr ein Stück hinunter und bog dann links ab in einen großen Hof.

Mathematischen Kurven gleich, deren Parameter nicht nur räumlich, sondern auch zeitlich genau aufeinander abgestimmt sind, die sich annähern und schließlich zwangsläufig schneiden, kamen Boris, Dr. Ohio und Erika zur selben Zeit auf dem Parkplatz des Weinguts Mercier an. Ohio und Erika hatten auf der Suche nach dem Erben Höpfners allerdings schon einige Tage in Épernay verbracht und waren inzwischen nicht mehr so sicher, dass sie ihn finden würden. Um ehrlich zu sein, hatte sich Ohio dazu entschlossen, morgen, spätestens übermorgen abzureisen, sollte sich nichts Entscheidendes tun. Und was sollte sich schon tun? Er hatte sich mit Erika die Hacken wund gelaufen. Sie waren auf dem Einwohnermeldeamt gewesen, im Touristenbüro, sie hatten alle größeren Restaurants, Hotels und Bars abgeklappert. Sie hatten Leute gefragt und ein Bild von Schmidt vorgezeigt. Immerhin waren Boris und Karl ja Zwillinge.

Fehlanzeige. Keiner kannte Boris. Im Nachhinein, sagte sich Dr. Ohio, war es ein bisschen blauäugig gewesen, einfach so nach Épernay zu fahren, um einen Mann zu finden, von dem er rein gar nichts wusste. Épernay war keine große Stadt, aber es reichte, um sich zu verstecken oder – verstecken musste sich Boris ja gar nicht, er wusste ja noch nicht einmal, dass er gesucht wurde – einfach nicht gefunden zu werden. Und dann das Umland: Diese Hänge mit den langen Schlangen von Weinstöcken und kleinen Dörfern, die sich zwischen sie schmiegten, von denen kleine, gewundene Straßen wegführten wie Adern, die den Organismus mit dem lebensnotwendigen Saft versorgten. Champagner.

Und das war noch nicht alles. Unten im Tal führte die Marne zu anderen, kleineren Städten, die in Reichweite von Épernay, höchstens ein halbe Stunde Autofahrt entfernt, lagen. Und oben, am Saum des Marnetals, zogen sich lang gestreckte, alte Wälder, in denen weitere Dörfer steckten, alte, verfallene oder eben renovierte Gutshöfe, Schlösser, Winkel, Plätze, an denen sich, überall verteilt, Menschen aufhielten. Diese Weite des Landes, die vielen Schlupfwinkel, die es bot, waren zum Verzweifeln, vor allem, wenn man aus Japan kam, wo die Bevölkerung so zahlreich und der Boden so begrenzt ist.

So waren Ohio und Erika also seit Tagen unterwegs auf der Suche nach Boris. Abends gingen sie in das kleine Restaurant in ihrem Hotel. Dr. Ohio hatte sich schnell an den Champagner gewöhnt, der hier zu allen Tageszeiten, als Aperitif oder auch zum Essen, getrunken wurde. Eigentlich mochte er stille Weine lieber, aber der Champagner hatte etwas Verspieltes und doch die nötige Tiefe, um ihn für sich zu gewinnen. Er freute sich an den Reflexen, die von grünlichgelb bis zu lachsfarben reichten, und an den vielfältigen Aromen, die er erstaunlich schnell herauszuschmecken glaubte.

Erika nahm Champagner zu sich, als hätte sie nie etwas anderes getrunken. Und Dr. Ohio hatte sich an seine Gehülfin gewöhnt wie ..., ja wie? Er war sich ihrer schon länger bewusst und er kannte auch die anzüglichen Bemerkungen – nicht gerade Bemerkungen, vielleicht Blicke, Augenflattern, Augenzwinkern wie das von Manstorff, das ihm doppelt widerlich war, seitdem er wusste, dass er Brigitte betrogen hatte – der Männer, wenn es um seine Assistentin ging. Aber auch Brigitte hatte über sie, über ihr angebliches Faible für ihn, gelächelt.

Sie war ihm eine große Hilfe, das schon. Aber es war etwas mehr als das geworden, während sie die Abende im Restaurant oder an der Bar verbrachten. Sie war ihm angenehm, und wenn sie sich dann schließlich verabschiedeten und jeder auf sein Zimmer ging, dann blieb eine kleine Leere zurück, so als ob die Luft ein bisschen dünner und ein bisschen kühler geworden wäre. Und wenn sie zusammensaßen und sich unterhielten, und Erika mit ihrer Stimme wie dunkler Honig etwas beschrieb, wie zum Beispiel die Herstellung von Rosé-Champagner, dabei vielleicht mit der Hand ihre Worte mit einer bestimmten, ihr eigenen Geste untermalte und ihn mit ihren kühlen, grauen Augen anlächelte, Aufmerksamkeit fordernd, dann wurde ihm wärmer und die Luft schien die richtige Konsistenz zum Atmen zu haben.

Überhaupt konnte sie auf viele verschiedene Arten lächeln, sie konnte ihre Augen zuschalten oder während eines Lächelns komplett einfrieren. Das ging, pling, so schnell, als würde man einen Schalter umlegen.

Nach dem dritten Abend mit ihr bemerkte Dr. Ohio, dass Brigitte und ihre Probleme, die anfangs noch sein Denken beherrscht hatten, in weite Ferne gerückt waren. Und das war ja auch ein Zweck der Reise gewesen: Er wollte Abstand gewinnen und, ganz unabhängig davon, was Brigitte planen würde, sich klar darüber werden, was er denn wollte. Dafür kamen die Abende mit Erika gerade recht. Und, um ehrlich zu sein – es war ja albern, aber ... –, war sie nicht selbst wie Champagner, so frisch und klar? Und war sie nicht wie dieses Land, weich und sanft im Sommer, flirrend wie das Licht, das durch die Blätter der alten Eichen schien, und dunkel und unergründlich wie die grüne Marne? Und dann kühl und abweisend wie der Herbst mit seinen vielen Farben, dem eisigen Atem vor dem Mund und dann wieder Hoffnung verheißend an den milden Sonnentagen, wenn der Nebel aus dem Flusstal die Hänge heraufklettert. Und sie konnte ja schroff und verletzend sein, wie das Land, wenn der Winter seine dünne Eisschicht über die strengen Gesichter der Bauern und die dunkle Erde legte ...

Du meine Güte. Er musste betrunken sein. Unwillig schüttelte er den Kopf. Erika sah ihn erstaunt an. Sie saßen am Abend in der Hotelbar und hatten gerade beratschlagt, wo sie morgen am besten nach Boris suchen sollten.

„Stimmt was nicht?", fragte Erika. Dr. Ohio schüttelte den Kopf.

„Nein, nein." Dass er sich, was er nie für möglich gehalten hätte, vielleicht doch in seine Assistentin verliebt hatte oder kurz davor stand, daran dachte er nicht. Aber Erika dachte daran und spürte eine gewisse Veränderung.

Das war der Stand der Dinge, als sie, von der Suche nach dem Erben Höpfners schon fast verzweifelt, aber hoffnungsvoll in Bezug auf die Möglichkeiten des Lebens, auf Boris trafen. Sie hatten vorgehabt, sich auch hier noch nach ihm zu erkundigen und die Führung durch die Weinkeller von Mercier mitzumachen.

„Da ist er", sagte Erika tonlos und zupfte Dr. Ohio am Ärmel. „Mein Gott, das gibt's doch nicht. Das muss er sein." Sie blieb mitten auf dem Parkplatz stehen und starrte stur in eine Richtung. Ohio folgte ihrem Blick. Er sah einen jungen Mann mit wuscheligen, schwarzen Haaren, der aus einem altersschwachen Peugeot stieg und ein paar Gummistiefel im Kofferraum verstaute. Schnurstracks steuerte er auf den jungen Mann zu, Erika im Schlepptau.

„Was machen Sie denn hier?", rief er fassungslos, als er neben ihm stand. Boris sah ihn überrascht an. An Erika blieb sein Blick ein bisschen länger hängen.

Er lächelte irritiert und sagte: „Ich arbeite hier." Und nach einer Pause: „Ich wüsste nicht, was Sie das angeht. Oder kennen wir uns?" Boris nutzte die Gelegenheit, um Erika noch etwas genauer unter die Lupe zu nehmen.

„Das ist die Frage, mit der ich mich täglich beschäftige", sagte Dr. Ohio. „Kennen wir uns selbst wirklich – und wenn ja, zu wie viel Prozent?"

Erika gab ihm mit dem Ellbogen einen Stoß in die Rippen.

„Sie kennen uns nicht, wir Sie aber schon – theoretisch", beeilte sich Dr. Ohio zu sagen und wollte den Grund ihres Besuchs erklären.

Boris betrachtete die beiden misstrauisch. Was für eine Masche, ihn hier auf dem Parkplatz anzusprechen. Mit welchem Zweck? Waren sie von einer Sekte? Einem Kaufhaus? Autohändler möglicherweise, die neue Verkaufsstrategien ausprobierten, indem sie Leute mit älteren Autos direkt auf Parkplätzen vom Kauf eines Neuwagens überzeugen wollten? Tierschützer, Umweltfanatiker, Steuerbehörde, Trickbetrüger? Alles Mögliche schoss ihm durch den Kopf und er hätte sie wohl einfach stehen lassen, wenn Erika nicht gewesen wäre. Und Dr. Ohio beeilte sich, sein Misstrauen zu zerstreuen, indem er ihm die ganze Geschichte so kurz wie möglich erzählte, denn Boris sah ständig auf die Uhr. Er hatte es eilig. Durch den Regen war er spät dran. Je weiter Dr. Ohio mit seiner Geschichte kam, desto größer wurden seine Augen.

„Sie sind also quasi der Alleinerbe Ihres Onkels und damit gehört Ihnen – wahrscheinlich – ein ziemliches Vermögen", schloss Dr. Ohio schließlich. Boris starrte ihn an.

„Sie wollen mich auf den Arm nehmen", sagte er.

„Keinesfalls."

„Da steckt ein Trick dahinter."

„Kein Trick." Dr. Ohio zog die Augenbrauen hoch. Boris kniff die Augen zusammen, runzelte die Stirn und sah zu Boden. Er scharrte mit dem Schuh an einem Kaugummi herum.

„Hören Sie, ich muss zur Arbeit. Ich kann mich nicht mit Ihnen rumstreiten. Das geht mich alles nichts an. Ich habe meinen Onkel kaum gekannt und will nichts von alldem wissen", sagte er ziemlich grob.

Erika reichte es.

„Hören Sie mal. Der Doktor hat sich beide Beine ausgerissen, um Sie zu finden. Es besteht kein Grund, pampig zu werden, wenn Ihnen jemand die Nachricht einer Millionenerbschaft überbringt", sagte sie ärgerlich.

„Vermutlichen ...", ergänzte Dr. Ohio vorsichtig.

„Vermutlichen ..., was auch immer", fauchte Erika. „Ist doch wahr. Der schaut uns an, als seien wir Verbrecher."

Boris war zurückgewichen und zog die Schultern hoch.

„Moment mal, Moment mal", versuchte er, Erika zu beschwichtigen. „So was habe ich nie gesagt ..."

„Ist doch egal, was Sie gesagt haben. Aber Sie haben es ..." Sie winkte ab. Einen Augenblick standen alle drei da und sahen sich erschrocken an.

„Entschuldigen Sie", sagte Dr. Ohio leise. „Es muss natürlich ein furchtbarer Schock für Sie sein, so plötzlich, und dann ... auf dem Parkplatz ... wir waren sehr ungeschickt. Entschuldigung." Er hob die Hand, um Erika zu bremsen, die Einspruch erheben wollte.

„Wäre es nicht möglich für Sie, heute Abend in unser Hotel zu kommen? Wir können dann alles ganz in Ruhe besprechen. Wir treffen uns in der Lobby. In Ordnung?"

Boris überlegte kurz.

„Ich kann ab acht", sagte er dann.

„Hervorragend." Ohio gab ihm eine Karte mit seinem Namen. „Dann um acht. Wir sind im East Western Hotel untergekommen, das ist nicht weit von hier ..." Er drehte sich um und deutete die Straße hinunter.

„Ich kenne es", sagte Boris und nickte. „Da runter, um den Kreisverkehr, dann links die Straße vor. Da an der Ecke, richtig?"

„Genau. Ich freue mich sehr", sagte Dr. Ohio und schüttelte Boris die Hand. „Dann bis später."

Boris nickte und ging nachdenklich zum Eingang von Mercier.

„Was für ein Psychopath", sagte Erika ärgerlich und sah ihm hinterher. „Sie sind einfach zu sehr Psychiater, Doktor. Ich hätte ihm seinen Erbschein um die Ohren gepfeffert. So ein arroganter Schnösel."

„Erika, darf ich Sie daran erinnern, dass unter anderem Sie es waren, die unter allen Umständen verhindern wollte, dass Wieri und Laudtner die Stiftung bekommen, und mich dazu gedrängt hat, nach dem Erben zu suchen? Das habe ich nicht getan, um ihm jetzt einen Erbschein um die Ohren zu pfeffern", sagte Dr. Ohio ruhig. „Es ist doch ein bisschen viel, auf dem Parkplatz von Wildfremden mit so einer Nachricht überfallen zu werden."

„Hm", machte Erika.

Am Abend trafen sie sich in der von dicken, quadratischen Säulen gestützten Lobby des Hotels. Es war Zufall, dass Dr. Ohio und Erika das einzige Hotel erwischt hatten, das mit geraden Linien und gedeckten Farben einen nüchternen Stil pflegte. In der Regel bestanden die Einrichtungen der Hotels hier in der Gegend aus einem wilden Mischmasch aus Super-U-Bettgestell, Louis-XVI.-Beistelltischchen und mehr oder weniger gekonnten Fälschungen von Gemälden und Radierungen, die galante Szenen der Romantik darstellten. Das East Western mit seiner dezenten Beleuchtung, den rechteckigen Ledersitzen und schlichten Tischen war jedoch nach Dr. Ohios Geschmack.

Er und Erika saßen bereits in der Lobby, als Boris eintraf. Sie sahen ihn durch die Tür kommen und sich suchend umblicken. Ohio stand schnell auf und winkte. Nach einer kurzen, verlegenen Begrüßung gingen sie hinüber ins Restaurant. Ohio wusste nicht, wie es Boris ging, und auch Erikas sphinxhaftes Gesicht vermochte er nicht zu durchdringen, um darin eine Gefühlsregung abzulesen. Aber ihm selbst war erheblich wohler, als sie in einer Ecke saßen und er, die Beine übergeschlagen, seine Ellbogen leicht auf den Tisch stützen konnte. Es war ruhig im Restaurant und von den wenigen besetzten Tischen war nur gedämpftes Gemurmel zu hören.

Boris kratzte sich verlegen am Ohr und schlug ein Bein über das andere, um es sofort wieder herunterzunehmen. Er beugte sich schließlich über den Tisch und sah Dr. Ohio an.

„Dr. Ohio, ich sage es Ihnen am besten gleich. Ich bin eigentlich nicht gekommen, um mit Ihnen zu essen. Wir können die Sache schnell besprechen. Ich habe am Erbe meines Onkels kein Interesse, egal, was es ist. Geld interessiert mich nicht, sein Haus und seine Firma interessieren mich auch nicht. Ich ..." Er brach unvermittelt ab und sah auf seine Hände. Er hatte sich diese kurze Ansprache offensichtlich schon vorher zurechtgelegt, war jetzt aber aus irgendwelchen Gründen nicht mehr zufrieden damit.

Boris verzog den Mund, warf Dr. Ohio einen kurzen Blick zu und zuckte verlegen mit den Schultern. Erika hatte er kein einziges Mal angesehen, obwohl sie ihn eingehend musterte. Sein dichtes, schwer zu bändigendes schwarzes Haar erinnerte an seinen Bruder. Auch die runden, schwarzen Augen waren denen Karls ähnlich. Sie wirkten aber lebhafter. Karls schwarze Kulleraugen hatten Erika an Murmeln oder kleine, glänzende Steine erinnert. Schön, aber tot. Und Boris war um einiges kräftiger als sein Bruder. Er war nicht dick, hatte aber einen kleinen Bauchansatz und schien muskulös. Seine augenblickliche

Verlegenheit passte eigentlich nicht zu ihm. Er war ein hübscher Mann, mit einem ausdrucksvollen Kinn und einem breiten, im Vergleich zu seinen feinen Zügen ein bisschen grob wirkenden Mund.

Wie um Erikas Beobachtung zu entsprechen, richtete Boris sich ein bisschen auf, sah Dr. Ohio fest an und sagte: „Ich danke Ihnen, dass Sie die Mühe auf sich genommen haben, mich zu suchen. Aber ich möchte von meinem Onkel nichts mehr wissen."

Dr. Ohio atmete tief durch und zog die Augenbrauen hoch.

„Zuerst einmal möchte ich Sie bitten, sich diese Papiere hier anzusehen. Das verpflichtet Sie zu nichts." Ohio lächelte verlegen. Er kam sich vor wie ein Vertreter. „Es verpflichtet Sie auch zu nichts, wenn Sie mit uns eine Kleinigkeit essen. Ich würde Sie gerne einladen, Sie können nachher aber auch selbst bezahlen, wenn Ihnen das lieber ist. Ich bin ... ich war wohl so eine Art Freund Ihres Onkels und ich kann Ihnen versichern, auch mir war am Anfang nicht wohl bei der Sache, als ich erfuhr, dass er mich – unter anderem – ausgewählt hat, um seine Angelegenheiten zu ordnen, sollte ihm etwas zustoßen."

Der Kellner kam und brachte ihnen ein Glas Champagner. Boris warf Ohio einen zweifelnden Blick zu, dann nahm er das Glas. Er nickte ihm zu und sah zum ersten Mal auch Erika direkt an. Dann schnupperte er fachmännisch an seinem Glas, nahm einen Schluck und prüfte ihn. Nach einiger Zeit nickte er zufrieden und stellte das Glas auf den Tisch.

„Hier habe ich ein Dokument, eine Kopie des Testaments. Nehmen Sie es nachher mit und sehen Sie es sich in Ruhe an", fuhr Dr. Ohio fort. „Ich weiß nicht, wie lange Sie Ihren Onkel nicht mehr gesehen haben, aber Sie sind der alleinige Erbe. Das heißt tatsächlich, das Haus, das Vermögen und die Buchhandelskette gehören Ihnen. Ich will Ihnen aber auch nicht verheimlichen, dass die Verwaltung der Buchhandlungen schon lange in Händen der Rechtsanwaltskanzlei Laudtner & Söhne liegt und dass noch nicht klar ist, wie viel sie einbringen. Allerdings verstehe ich nichts davon. Ich bin Psychologe. Über die geschäftlichen Aspekte der Erbschaft müssen Sie mit Dr. Laudtner sprechen."

Erika verzog abfällig den Mund. Boris lächelte, wahrscheinlich zum ersten Mal, seit sie ihn gefunden hatten. Kurz nur, als hätte er sie erkannt. Erika runzelte finster die Augenbrauen und kniff den Mund zusammen.

„Es dürfte wohl so knapp 15 Jahre her sein, seit ich meinen Onkel das letzte Mal gesehen habe", sagte Boris zögernd. „15 Jahre, ja. Ich hab so dies und das gemacht ...", seine Augen wanderten schnell zwischen Dr. Ohio und Erika her, „... und schließlich bin ich hier gelandet." Er breitete seinen Arm aus, als zeige er sein Besitztum, das nicht weniger als die ganze Champagne umfasste.

Das Essen kam. Auch Boris hatte eine Kleinigkeit bestellt. Er war im Lauf des Gesprächs deutlich entspannter geworden und berichtete von seiner Arbeit. Er war vor vier Jahren in die Champagne gekommen. Zurzeit führte er hauptsächlich deutsche Touristen durch die Weinkeller von Mercier. Aber er half auch bei der Lese und den Kellerarbeiten, spielte den Chauffeur und erledigte Kurierdienste.

„Sie können sich nicht vorstellen, wie das ist ...", sagte er, „... wenn Sie zwischen den Reben in den vom Morgennebel dampfenden Hügeln stehen. Das Rebholz verbrennt in den kleinen Öfchen und dünne, blaue Rauchfahnen ziehen in den blassen, kalten Morgenhimmel. Ein Becher Kaffee, eine Zigarette ... irgendwo da unten fließt, halb verdeckt vom Nebel, die Marne. Na ja." Boris winkte ab und wurde rot. Dr. Ohio lächelte. Es war, als erinnere er sich an einen sanften Hügel am Biwa-See in seiner Heimat, obwohl er noch niemals am Biwa-See gewesen war. Eine Erinnerung, die nicht die seine war und sich deshalb vielleicht noch fester eingegraben hatte als andere. Die er hütete, weil sie mehr war als nur die Erinnerung an den Ort.

Es klang tatsächlich so, als hätte Höpfners Neffe hier eine Ruhe gefunden, die er lange gesucht hatte.

„Sie können auch beides haben", sagte er nach einer Pause. „Es schadet ja nichts, etwas Absicherung im Rücken zu haben."

„Ach nein." Boris winkte ab. „Reden wir nicht mehr davon. Es wäre nicht das Gleiche."

Dr. Ohio hatte es geahnt und nickte.

„Na, also, so ein Quatsch", protestierte Erika. „Sie können doch auch mit Geld das Leben genießen. Also ..." Ihr fiel auf, dass sich das ziemlich komisch anhörte. „Ja, genau, oder ... was weiß ich", stotterte sie.

Boris runzelte die Stirn. Dann schüttelte er energisch den Kopf.

„Vielen Dank. Das meine ich ernst. Ich weiß es sehr zu schätzen, dass Sie beide gekommen sind", sagte er. „Aber hier fühle ich mich zum ersten Mal wohl und irgendwie zu Hause, seit ich denken kann. Ich bin viel unterwegs gewesen, und hier will ich bleiben."

Er stand auf. Dr. Ohio und Erika begleiteten ihn bis zur Tür des Restaurants und verabschiedeten sich. Morgen wollten sie noch den Weinkeller besuchen und eine seiner Führungen mitmachen. Dann hatten sie vor, mit dem Abendzug zurückzufahren.

Boris verließ das Hotel und weder Erika noch Dr. Ohio bemerkten den schmalen, kleinen Mann mit den farblosen Haaren, der hinter ihrem Rücken von seinem Barhocker sprang und direkt nach Höpfners Neffen das Hotel verließ.

„Tja", sagte Dr. Ohio. „Ein Mann, dem Geld nichts bedeutet. Dass es so was noch gibt."

„Ihnen bedeutet Geld auch nichts", erwiderte Erika, während sie an ihren Platz zurückgingen.

„Das stimmt, aber ... das ist etwas anderes. Und ich bin bestimmt 15 Jahre älter als er." Er sah sie aufmerksam an. Erika zuckte unwillig mit der Schulter.

„Sie haben sich gut gehalten", sagte sie dann und grinste.

„Ja ..." Dr. Ohio schien sie nicht gehört zu haben und nickte nachdenklich mit dem Kopf. „Tja, es scheint unmöglich zu sein, den jungen Mann zum Mitkommen zu überreden."

Erika sah ihn mit hochgezogenen Augenbrauen an.

„Sein Bruder", sagte sie dann.

Es war eine warme Nacht, vor dem Hotel waren noch jede Menge Leute auf der Straße. Boris ging langsam den Gehweg entlang und bog um die Ecke. Er hatte seinen Wagen auf dem Parkplatz direkt hinter dem Hotel abgestellt. Er war in Gedanken versunken und bemerkte die Menschen um ihn herum kaum. Auch nicht den kleinen, schmalen Mann, der einige Meter hinter ihm ging und mit seinen blassen Augen nervös umherschaute. Seine hellen Haare hingen in dünnen, kraftlosen Strähnen herunter auf den Kragen seines schwarzen Mantels, den er trotz des schönen Wetters trug. Eine Hand steckte krampfhaft in der Manteltasche. Auf der Straße fiel der Mann höchstens durch seine seltsame Art zu gehen auf. Er hatte einen festen, entschlossenen Schritt, der aber immer wieder stockte, sobald Boris sein Tempo änderte. Ansonsten wirkte er wie ein Schatten, trotz der hellen Haare irgendwie lichtlos. Sobald er hinter Boris in die dunkle Seitengasse zum Parkplatz abgebogen war, konnte man ihn kaum noch sehen.

Wieri würde sagen, Gott habe einen schützenden Schatten über ihn gelegt, damit er sein Werk der Gerechtigkeit in Ruhe vollenden könne. Andere würden sagen, er sei eine Ausgeburt der dunklen Mächte oder, vielleicht noch schlimmer, einfach eine armselige Gestalt, auf die niemand achtete. Wie dem auch sei, Värie Wieri hatte sich seit dem Nachmittag in der Lobby des Hotels herumgetrieben und gewartet, bis Dr. Ohio und Erika herunterkamen. Wie groß war seine Überraschung, als er sah, dass sie sich mit Boris trafen. Sie hatten den zweiten Erben also tatsächlich gefunden. In Gedanken stieß Wieri ein paar an Dr. Laudtner gerichtete Verwünschungen aus, war gleichzeitig aber froh, noch rechtzeitig gekommen zu sein. Sein Herz klopfte bis zum Hals, als er die drei ins Restaurant gehen sah, und er setzte sich an die Bar, um sie nicht aus den Augen zu verlieren. Als schließlich Boris aufstand, hatte Wieri schon einige Whiskys getrunken. Aber die, so sagte er sich, konnte er auch brauchen bei dem, was er vorhatte.

Boris stieg in aller Ruhe in seinen klapprigen Wagen, der wie üblich nicht gleich ansprang. Er drehte den Zündschlüssel, das Auto gab ein orgelndes Geräusch von sich. Boris drehte den Schlüssel zurück, wartete kurz, dann versuchte er es wieder: „U-iu-iu-iii", stotterte der Motor. Wieri stand am Eingang des Parkplatzes. Mist, dachte er und überlegte fieberhaft, was er tun sollte. Er hatte in seiner Aufregung gar nicht an das Naheliegendste gedacht: dass Boris in sein Auto steigen und wegfahren könnte. Nervös sah er sich um. Auch in der Seitengasse waren einige Passanten unterwegs und es würde nicht unbemerkt bleiben, wenn er auf Boris' Wagen zustürmen würde und ... Andererseits, was sollte er tun? Da erspähte er an der anderen Ecke des Hotels einen Taxistand. Ein Taxi stand dort, der Fahrer lehnte an seinem Wagen und las Zeitung.

Kurz entschlossen rannte Wieri los und winkte dem Taxifahrer schon von weitem.

„Hallo, Taxi!", rief er. Der Mann hob nicht einmal den Blick.

„Taxi, Taxi!", schrie Wieri und wedelte mit den Armen. Jetzt faltete der Fahrer langsam seine Zeitung zusammen und sah hinüber zu dem kleinen Mann, der auf ihn zustürmte. Verwundert sah er ihm zu, wie er auf den Rücksitz seines Wagens sprang und hektisch mit einem Zehn-Euro-Schein fuchtelte.

„Der ist für Sie!", rief Wieri in schlechtem Französisch. „C'est pour vous, folgen Sie dem Wagen." Er streckte den Arm aus und deutete auf die Seitengasse, aber dort war weit und breit kein Auto zu sehen. Sollte Boris bereits weg sein? Das war eigentlich unmöglich. Der Fahrer seufzte, schüttelte den Kopf, als er um sein Auto herumging, und ließ den Motor an.

„Wohin?", fragte er.

„Folgen Sie dem Wagen!", rief Wieri wieder, ohne dass Boris' Auto zu sehen gewesen wäre.

„Welchem Wagen?", fragte der Fahrer gelangweilt. Endlich bog Boris in seinem weißen Auto um die Ecke.

„Na, dem!", schrie Wieri und wedelte mit seinem Geldschein. Der Fahrer gab Gas und fuhr hinter Boris her aus der Stadt.

„Was hält ihn wohl hier?", fragte Erika, als sie und Dr. Ohio wieder an ihrem Tisch saßen.

„Die interessantere Frage wäre wohl: Was hat ihn fortgetrieben?" Ohio schenkte noch einmal ihre Gläser voll. „Es klingt, als wäre Höpfner mit seiner näheren Verwandtschaft nicht gerade nett umgegangen."

„Er war Ihr Freund. Wissen Sie es nicht?"

Dr. Ohio schüttelte den Kopf.

„Ich habe Ihnen schon gesagt, dass ich wenig von Höpfner weiß. Aber er war der Meinung, dass er einiges gutzumachen hätte."

„Wie auch immer." Erika zuckte mit den Schultern. „Ich verstehe nicht, warum er das Erbe nicht antritt. Er kann doch dann immer noch hierher zurückkommen, wenn er will."

„Es würde anders sein“, sagte Dr. Ohio. „Und das weiß er offensichtlich. Er hat hier etwas gefunden, was ihm wichtiger ist als das Erbe.“

„Die Getränke hier sind gut“, erwiderte Erika und nahm einen Schluck aus ihrem Glas. Dr. Ohio lachte.

Das weiße Licht der Scheinwerfer bohrte sich durch die Dunkelheit der Wälder, immer entlang des schmalen Bandes der holprigen, fleckigen Landstraße. Weiter vorne in der Schwärze sah man undeutlich die Konturen der hohen Bäume, deren mächtige Kronen das dunkle Blau des Nachthimmels abschotteten und die undeutlich funzelnden roten Rücklichter von Boris' Wagen. Angespannt sah Wieri nach vorne, mit der Hand umklammerte er den Revolver, der in seiner Manteltasche steckte. Seine Hand war schweißfeucht, aber er bemerkte es nicht. Irgendwann, dachte er, irgendwann muss er doch mal anhalten.

Sie fuhren schon bald eine halbe Stunde hinter Boris her durch die Nacht. Sie hatten die Vororte passiert und waren hinaus aufs offene Land gefahren. Die Straßen wurden enger und die Wälder rückten näher. Werbeschilder flogen vorbei, mit lachenden Mündern und sprudelnden Gläsern voller Champagner, teilweise schäbig und abgewetzt, aus einer anderen Zeit, teilweise neu, vom Scheinwerferlicht glänzend widergespiegelt. Niedrige, graue Mauern kleiner Weingüter glitten vorüber und einige ehemals herrschaftliche Villen und Schlösser, umringt von hohen Mauern.

An einer dieser Mauern fuhren sie jetzt schon einige Zeit entlang und sie musste bald zu Ende sein. Zu Ende, um ein neues Waldstück und dann eine neue Mauer beginnen zu lassen. Er wird doch nicht immer nur einfach geradeaus fahren, dachte Wieri und überlegte, ob Boris etwa Lunte gerochen und bemerkt hatte, dass er verfolgt wurde. Die Rücklichter leuchteten rot auf, dann verschwand erst eines, dann das zweite. Dunkelheit. Boris musste abgebogen sein. Endlich, dachte Wieri und schluckte leer. Sein Mund war trocken, seine Augen starrten Löcher in die Dunkelheit, bis bunte Punkte darin zu tanzen anfingen.

„Schneller“, krächzte er heiser, aber der Fahrer reagierte nicht.

Wieri hatte sich entschlossen, Boris aus dem Weg zu schaffen. Er hatte immer geahnt, dass es dazu kommen würde, aber er hatte nie darüber nachgedacht. Der Weg zum Heil war steinig und es gab keinen Grund, warum er den Kelch nicht würde austrinken müssen. War es jemals leicht gewesen, den Menschen den wahren Glauben zu bringen? Man musste sie zu ihrem Glück zwingen, und nur wenigen war die Kraft gegeben, die Weitsicht und die Gelegenheit, sie auf ihrem Weg ein Stück näher zu Gott zu bringen. Dass Wieri dafür eventuell einen Menschen ziemlich abrupt in die Nähe seines Gottes befördern musste, hielt er für unerlässlich und bestenfalls für eine Probe der Festigkeit seines Glaubens. Was sollte er schon anderes tun? Seit Jahrhunderten schon warteten die Menschen auf ihren Erlöser. Jahr um Jahr, Stunde um Stunde musste die Kirche zusehen, wie Zweifler, sogenannte Denker, Philosophen, Analytiker, Skeptiker und Naturwissenschaftler ihr Schritt für Schritt den Boden abgewannen, den sie doch über Jahrhunderte mit dem fetten Dünger des Heilsversprechens im Jenseits beackert und von dem sie ungezählte Seelen abgeerntet hatte.

Die wahre Lehre jedoch, dachte Wieri, und manchmal versponnen sich seine Sinne in den alten Schriften, die er jetzt jahrelang im Auftrag Höpfners und dann im Auftrag des Herrn durchforstet hatte, die wahre Lehre jedoch hat niemand je gehört. Die wahre Lehre bringe ich, den Menschen ein gottgefälliges Leben und Gott die Verehrung, die ihm zusteht. Gott ist keine Marionette, die dem menschlichen Willen und der Profitgier unterworfen ist. Die Menschen müssen wieder den Regeln Gottes gehorchen, nicht andersherum.

Was war das Leben eines Mannes, wenn dafür ein ganzes Volk, die ganze Menschheit gerettet würde? Värie Wieri war ein Philanthrop, er liebte die Menschen, er liebte den gläubigen Menschen. Alle anderen waren sowieso verdammt. Boris bedeutete lediglich den Anfang. Ein kleines, ein läppisches Opfer, nicht der Rede wert. Der Weg ist hart und steinig und er wird steinig bleiben, dachte Wieri. Aber am Ende steht das geheiligte Werk der Appendisten, leuchtend und klar sah er es vor sich, im goldenen Schein der ...

„Der Wagen ist weg", sagte der Taxifahrer. Wieri saß ihm im Nacken wie eine kleine Schlange mit einem großen Kopf und starrte mit brennenden Augen weiter in die Dunkelheit. Er hatte nichts gehört und sah nichts mehr.

„Der Wagen ist weg", sagte der Fahrer noch einmal, dieses Mal lauter, und drehte sich halb zu Wieri um. Er erschrak, als er in das verzerrte, bleiche Gesicht des Calvinisten blickte, dessen Augen ins Jenseits zu starren schienen. Abrupt bremste er ab und blieb stehen.

„Hören Sie", sagte er laut, und ein schriller Ton in seiner Stimme deutete eine aufkommende Panik an. „Ich fahre jetzt nicht weiter. Da vorne ist kein Auto mehr. Der Wagen ist weg. Wo wollen Sie hin? Oder soll ich Sie hier rauslassen?"

Wieri kam zu sich. Er schüttelte leicht den Kopf. Seine Züge entspannten sich und er rieb sich die Augen. Dann starrte er wieder nach vorne in die Dunkelheit. Kein Zweifel: Der Wagen war weg. Die roten Rücklichter waren nicht mehr zu sehen.

„Ist das zu fassen?", zischte er. „Der Wagen ist wirklich nicht schnell gefahren und Sie verlieren ihn. Das ist nicht zu fassen."

„Er ist um eine Ecke gebogen. Als wir dort angekommen sind, war er nicht mehr zu sehen", verteidigte sich der Fahrer. „Ich bin noch eine Weile weitergefahren, aber es war nichts mehr zu sehen."

Sie fuhren die Straße langsam zurück, aber sie konnten nichts entdecken. Das Auto war weg. Zwar gab es einige Einfahrten und kleine Abzweigungen auf Gehöfte, Wiesen und Felder, aber welche Boris genommen haben könnte, war unmöglich festzustellen.

Wieri saß düster grübelnd in die Lehne des Rücksitzes gedrückt, als sie nach Épernay zurückfuhren. Am ersten großen Kreisverkehr stieg er aus und der Fahrer machte, dass er wegkam. Wieri ging zurück zum East Western Hotel. Dort war es schon dunkel, nur in der Bar und in einigen wenigen Zimmern brannte noch Licht. Er durfte das Hotel jetzt nicht mehr aus den Augen lassen. Nur Dr. Ohio und seine Assistentin konnten ihn zu Höpfners zweitem Erben führen.

Boris ahnte nichts von seinem Verfolger und dem Glück, das er gehabt hatte, ihm entkommen zu sein. Er war in Gedanken versunken den Weg nach Hause zu seinem Wohnwagen gefahren und hatte den Wagen, der ihm so hartnäckig gefolgt war, gar nicht bemerkt. Seinen Peugeot parkte er unter dem alten Baum und dann stand er noch lange auf der großen Wiese, die von der langen, ziegelroten Mauer eingefasst war. Das Grundstück gehörte zu einer großen, alten Villa, die man über einen Fußweg erreichte und die im Besitz von Mercier war. Als Boris vor vier Jahren hier angekommen war, hatte man ihm erlaubt, seinen Wohnwagen in diesem Eck des Grundstücks aufzustellen, und seitdem lebte er hier.

Er starrte hinauf zu den Sternen im mondlosen Himmel. Das hatte ihm noch gefehlt. Nach all den Wanderungen, die er hinter sich hatte, all den vielen Orten, an denen er gewesen war, sollte er zurückkehren nach Deutschland und das Erbe seines ungeliebten Onkels antreten. Er sah hinüber zu seinem Wohnwagen, der an der Mauer zu lehnen schien, als ob er nicht mehr die Kraft hätte, auf Reisen zu gehen. Der dastand, als wolle er sagen: „Wir fahren doch nicht? Oder?"

„Keine Sorge", flüsterte Boris und ging schlafen.

11

Ein sonniger Tag,
im feuchten Keller wühlen
Maden und Würmer

Die beschlagene Scheibe des Badezimmerfensters ließ das blasse Morgenlicht milchig erscheinen. Dr. Ohio stand vor dem Spiegel und betrachtete sein graues, altes Gesicht. Sie hatten viel getrunken. Mit der Hand fuhr er sich über die spärlichen Bartstoppeln, die während der unruhigen Nacht durch seine papierne Haut gebrochen waren. Er runzelte die Stirn und warf rasch einen Blick aus dem Badezimmer.

Nachdem Boris gestern gegangen war, hatte Ohio eine deutliche Erleichterung verspürt. Die Verpflichtung, in die Höpfner ihn gezwungen hatte, und der er sich nicht hatte entziehen können, war erledigt. Er hatte beide Erben aufgespürt. Was die zwei mit ihrem Erbe anfingen, war nicht seine Sache.

Ohio hatte noch eine Flasche Champagner bestellt, um mit Erika auf den guten Ausgang ihrer Reise anzustoßen. Seine Gehülfin war freilich anderer Ansicht.

„Was heißt hier guter Ausgang", sagte sie entrüstet, als er das Glas hob. „Der eine kann nicht, der andere will das Erbe nicht antreten. Sie könnten bei Boris wenigstens noch den Bruder ins Spiel bringen." Sie verzog verächtlich den Mund. „Denken Sie an Laudtner."

Dr. Ohio lächelte.

„Schmidt wird an der Sache nichts mehr ändern. Da bin ich sicher. Boris hat sich entschieden."

„Trotzdem", beharrte Erika halsstarrig. „Ich glaube, er entscheidet sich anders, wenn er seinem Bruder helfen kann."

Ohio versprach ihr, es zu versuchen, obwohl er nicht begeistert war. Was sollte Boris mit dieser Information schon anfangen? Sie konnte höchstens dazu dienen, ihm ein schlechtes Gewissen zu machen, wo er keines zu haben brauchte. Sein Bruder war auch die letzten zehn Jahre, wahrscheinlich noch länger, ohne ihn ausgekommen. Warum sollte er das auf einmal nicht mehr schaffen?

Später, im schwimmenden Licht der Bar, betrachtete Dr. Ohio seine Assistentin. Sie hatten die ganzen Tage nie über ihre Arbeit gesprochen, und auch nie über sich. Jetzt erzählte ihm Erika, dass sie ihr Medizinstudium hingeschmissen und später eine Ausbildung zur medizinisch-technischen Assistentin gemacht hatte. Ohio fragte nicht, warum sie ihr Studium aufgegeben hatte. Er stellte erstaunt fest, dass er es gar nicht wissen wollte. Er genoss einfach – die Frage, ob das auch am Champagner lag, stellte er sich erst später –, dass sie da war.

Spät in der Nacht waren sie zusammen zum Aufzug gegangen. Erika hatte sich bei ihm untergehakt und er konnte ihre weichen, vom Wein etwas trägen Bewegungen spüren und ihren Duft riechen, einen leichten Hauch ihres Parfums, das fast verflogen war. Er brachte sie bis zu ihrer Zimmertür.

„Ja, dann ... Gute Nacht", sagte sie zögernd, zog ihren Arm unter seinem hervor und schloss auf.

„Gute Nacht", sagte er und spielte mit seinem Zimmerschlüssel. „Schlafen Sie gut."

„Sie auch." Erika drückte kurz seine Hand und gab ihm einen kleinen Kuss auf die Wange.

Unentschlossen blieben sie einen Augenblick stehen, dann lächelte Dr. Ohio, drehte sich um und ging den Gang entlang. Es kam ihm wieder so vor, als würde die Luft plötzlich um ein paar Grad abkühlen. Er wandte sich noch einmal zur Tür um und sah gerade noch, wie sie sich schloss. Sein Herz klopfte auf einmal laut. Aber, das bedeutet ..., dachte er. Doch der plötzliche Temperaturabfall hatte ihn ein bisschen ernüchtert. Er zögerte. Die Aufzugtür ging auf. Zwei Leute stiegen aus. Ein Paar, dachte Ohio. Sie sahen ihn verwundert an. Hatte er sie angestarrt? Er gab sich einen Ruck, ging zum Aufzug und fuhr in sein Stockwerk. Im Zimmer setzte er sich aufs Bett. Für wen spare ich mich auf, verdammt noch mal?, fragte er sich und ärgerte sich gleichzeitig maßlos über die Frage. Brigitte? Hatte sie ihn jemals in Betracht gezogen? War sie jemals in ihn verliebt gewesen? Doch ja, sagte er sich. Wahrscheinlich schon. Ganz kurz, ein ganz schmales Zeitfenster lang hatte die Chance bestanden, dass sie beide ein Paar werden. Vor 25 Jahren.

Dr. Ohio hatte sich rasiert und versucht, den leichten Kater unter der Dusche wegzuspülen. Er ging den langen Hotelkorridor entlang zum Aufzug. Weiter vorne sah er drei Männer in schwarzen Anzügen stehen. Die Tür zu einem der Zimmer stand offen und helles, weißliches Licht fiel auf den Teppich des Flurs. Als Ohio die Tür passierte, sah er automatisch hinein und stockte, nur kurz. Auf einem großen Bett saß eine junge Frau, nur spärlich eingehüllt in ein weißes Laken. Ihr schlankes Bein ragte bis zum Knie darunter hervor. Die Zehen waren mit rotem Nagellack lackiert, und das Betttuch war ihr halb über die rechte Brust heruntergerutscht. Die langen, schwarzen Haare fielen über ihre Schulter. Vor ihr stand ein kräftiger, älterer Mann, der sie anstarrte, wild auf sie einredete und ab und zu hinüber zur Badezimmertür zeigte. Dann gab er ihr einen Stoß gegen die Schulter und sie raffte das Tuch fester um sich.

Die Frau sah mit leeren, trotzigen Augen und angestrengt gerunzelter Stirn an ihm vorbei, so als sei er gar nicht vorhanden und als kämpfe sie mit einem imaginären Dämon, der sie quälte. Dabei fokussierte sich ihr Blick auf Dr. Ohio, der hinter den Männern in den schwarzen Anzügen vorbeiging. Er verzog die Mundwinkel zu einem entschuldigenden Lächeln. Sie schlug die Augen nieder und lächelte ebenfalls. Dann sah sie ihn wieder an, anders dieses Mal. Dr. Ohio warf einen Blick auf die Anzugträger und ging schnell weiter. Das Ganze dauerte nicht länger als zwei Wimpernschläge.

Ohio war unangenehm berührt. Was ging ihn diese Szene an? Sein Lächeln war ein Reflex gewesen, und die Frau hatte ihn missverstanden. Oder wollte sie ihn missverstehen? Ihr Lächeln war das der unausgesprochenen Komplizenschaft. Ihr war vielleicht die Szene peinlich, nicht aber die Sache an sich: Dass sie von ihrem Mann in flagranti mit einem Liebhaber erwischt worden war. Die Männer dagegen waren sehr aufgeregt. Allerdings machten sie auf Dr. Ohio den Eindruck, als ginge es dabei eher um eine Frage des Rechts auf einen Seitensprung als um den Vertrauensbruch selbst. Der Einzige, dem die Szene peinlich war, das war wohl er.

Erika wartete unten in der Lobby und sah so frisch aus wie jeden Morgen. Das blonde Haar hatte sie streng nach hinten zu einem Pferdeschwanz zusammengefasst, die blaugrauen Augen blickten Dr. Ohio klar und undurchdringlich an. Sie trug ausgewaschene Jeans und eine etwas zu enge Bluse und begrüßte ihn wie immer, ganz gleich, ob im Sanatorium oder hier im Hotel, mit einem munteren „Guten Morgen, Doktor", als er aus dem Aufzug kam. Dr. Ohio mochte es gern, es klang immer ein bisschen überrascht. So als hätte sie ihn jetzt nicht erwartet, würde sich aber sehr freuen, ihn zu sehen. Er atmete auf. Er hatte befürchtet, der gestrige Abend hätte vielleicht etwas zwischen ihnen verändert. Aber das war nicht der Fall. Warum auch, fragte er sich. Es war ja nichts vorgefallen, und solange das so blieb, warum sollte sich etwas ändern? Er bekam wieder schlechte Laune, die sich erst während ihres ausgiebigen Frühstücks besserte.

„Ja, fresst nur", flüsterte Värie Wieri hasserfüllt und befeuchtete sich an der Bar die Lippen mit bitterem Kaffee. Das Hotel war ausgebucht, er hatte kein Zimmer mehr bekommen und zu viel Angst gehabt, in ein anderes Hotel zu gehen. Wer wusste denn schon, was Ohio und seine Assistentin planten? Also hatte er, in seinen Mantel gewickelt, eine ungemütliche Nacht im Park gegenüber verbracht und die Eingangstür des Hotels nicht aus den Augen gelassen, sieht man einmal von den wenigen Augenblicken ab, in denen ihm die Lider heruntergesunken waren und er in einen unruhigen, hektisch blitzenden Sekundenschlaf gefallen war.

Jetzt saß er mit brennenden, roten Augen an der Bar und stippte ein Croissant in den Kaffee. Bitter, alles bitter, dachte er und wurde von einem kleinen Schauder überlaufen, der ihm noch vom feuchten, kalten Parkboden anhaftete. Ach, die Prüfung war hart, sie wurde immer härter. Was denn? Wollte er sich wegen einer solchen Lappalie selbst bemitleiden? All das folgte doch dem Plan, war ihm vorherbestimmt, gehörte dazu und steigerte seine Entschlossenheit, seine Kaltblütigkeit und seine Überzeugung nur noch. Wer würde aus dieser Prüfung hervorgehen im Glanz einer neuen Christenheit? Kein Höpfner, kein Schmidt und erst recht kein Dr. Ohio. Er lachte etwas zu laut, als er an Höpfner dachte. Nein, er, Värie Wieri, würde als der

Erneuerer des Glaubens gefeiert werden. Mit glänzenden, fiebrigen Augen bestellte er noch eine Tasse Kaffee.

Dr. Ohio und Erika erhoben sich und gingen ohne Eile zum Ausgang. Natürlich, dachte Wieri, ausgerechnet jetzt, wo ich eben noch eine Tasse Kaffee bestellt habe. Ach, das gehörte alles dazu. Nichts würde vergessen werden, so viel war sicher. Er knurrte in sich hinein und folgte den beiden. Sie schlenderten die Straße entlang zur Avenue de Champagne. Es war ein warmer Tag und die Sonne drang langsam durch den morgendlich bedeckten Himmel.

„Also gut", sagte Dr. Ohio. „Ich werde mit ihm über seinen Bruder sprechen. Ich habe es Ihnen schon gestern versprochen, wenn ich mich nicht täusche. Aber ich werde nicht versuchen, ihn zu überreden."

„Na ja, das mache ich dann schon", sagte Erika gut gelaunt. Dr. Ohio blieb stehen und sah sie ernst an, aber seine Gehülfin ließ ihn gar nicht zu Wort kommen. Sie hakte sich bei ihm ein und zog ihn einfach weiter.

„Keine Sorge, Doktor, es wird schon alles gut gehen. Und Boris hat ja nicht gerade den Eindruck gemacht, als wüsste er nicht, was er wollte."

Dr. Ohio zog die Augenbrauen hoch und seufzte ergeben. Weder er noch Erika bemerkten den schwarzen Schatten, der ihnen folgte.

Sie bemerkten ihn auch nicht, als sie sich in die Besucherschar bei Mercier einreihten, um die Führung von Boris mitzumachen. Mercier besaß einen 18 Kilometer langen Keller. Die Gänge waren in den weichen Kreideboden geschlagen worden und lagen bis zu 30 Meter tief unter der Erde.

„Es ist wirklich beeindruckend", sagte Boris, der sie entdeckt hatte und zu ihnen gekommen war. „Auch wenn die Aufmachung manchmal ... nun ja ... ein wenig kitschig ist. Aber Sie werden es ja sehen."

Dr. Ohio hatte den Eindruck, dass er sich wirklich freute, ihn und Erika zu sehen. Er nickte zerstreut und nahm ihn beiseite.

„Hören Sie, wir haben doch noch fünf Minuten Zeit? Ich habe noch einen Punkt, über den ich gern mit Ihnen reden möchte."

Boris' Miene wurde verschlossen, aber er fing sich gleich wieder.

„Sicher“, sagte er kühl und warf einen Blick hinüber zu Erika, die ihm aufmunternd zulächelte, aber stehen blieb. Sie gingen ein paar Schritte nebeneinander her, bis sie hinter einem riesigen Holzfass, das die große Empfangshalle dekorierte, ein ruhiges Eck fanden.

„Tja, wissen Sie“, begann Dr. Ohio verlegen. „Ich halte es für meine Pflicht – Sie wissen es ja selbst –, Sie darauf aufmerksam zu machen, dass Ihr Bruder seinen Erbteil natürlich nicht antreten kann ...“

Boris fuhr auf und funkelte Dr. Ohio mit seinen schwarzen Augen an.

„Nun ja, er ist nicht ... er ist auf Hilfe angewiesen. Er hat einen bestellten Vormund und hat in letzter Zeit bei einem Optiker namens Murnach gelebt. Zurzeit ist er bei mir im Sanatorium untergebracht.“ Und Ohio erzählte in groben Zügen, was passiert war.

Boris unterbrach ihn: „Ja, Doktor, dass mein Bruder nicht erben kann, ist mir klar. Kommen Sie zum Punkt. Um was genau geht es denn eigentlich?“

Dr. Ohio zuckte mit den Schultern.

„Tja. Ich wollte klarstellen, dass Ihr Bruder, wenn Sie das Erbe annehmen würden, ebenfalls davon profitieren würde. Das ist alles. Ansonsten fällt alles der Stiftung zu, die, wie ich Ihnen erzählt habe, von Dr. Laudtner und Värie Wieri, dem früheren Assistenten Ihres Onkels, geführt würde. Das heißt, die beiden hätten vollen Zugriff auf alles.“

„Ich kann mir nicht vorstellen, dass Geld für meinen Bruder eine große Rolle spielt“, sagte Boris ein wenig zynisch. Aber er war ins Grübeln gekommen.

„Das glaube ich auch nicht. Trotzdem erleichtert es manchmal doch eine Menge. Ich weiß, dass Sie von Ihrem Geld ab und zu etwas an Murnach geschickt haben ... Aber um Ihren Bruder auf Dauer gut unterzubringen, wird das nicht reichen. Und ich glaube, dass ihm in einer guten Einrichtung durchaus geholfen werden kann. Sicher besser als bei Murnach, auch wenn er die besten Absichten gehabt haben mag.“

„Ich weiß nicht ...“, sagte Boris gedankenverloren. Er hatte auf einmal eine sehr weiche Stimme, wie die eines Jungen, der traurig ist, dass die Katze oder der Hund gestorben ist. „Wegen all dieser Geschichten bin ich doch eigentlich weggegangen. Ich wollte nichts mehr damit zu tun haben und einfach etwas Neues anfangen. Und jetzt ..."

„Ich kann das verstehen", sagte Dr. Ohio mitfühlend. „Ich möchte auch, dass Sie wissen, dass ich es Ihnen als Letzter vorwerfen werde, wenn Sie Ihr Leben so weiterführen, wie Sie es für richtig halten. Das habe ich auch immer versucht." Hatte er das? „Es gibt für Sie meiner Meinung nach nicht mehr moralische Verpflichtung als vorher", fuhr er fort. „Ich werde nichts bewerten. Ich will nur, dass Sie alle Aspekte kennen. Und von Laudtner und Wieri haben Sie und Ihr Bruder sicher nichts zu erwarten."

„Sie mögen die beiden nicht?", sagte Boris fragend.

„Erika kann die beiden nicht ausstehen. Ich halte sie für ... hm, schwer zu sagen. Ich bin überzeugt, dass sie das Vermögen Ihres Onkels nicht in seinem Sinne einsetzen würden."

„Das würde ich vielleicht auch nicht tun", sagte Boris heftig. Was immer in dieser Familie vorgefallen war, es saß tief in ihm.

Es klingelte. Boris fuhr auf.

„Ach Gott, die Führung. Ich muss ... wir müssen los, Doktor. Kommen Sie." Er nahm Dr. Ohio am Arm und zog ihn mit sich zu einer Gruppe von Touristen, bei der auch Erika stand.

„Denken Sie drüber nach", sagte Dr. Ohio noch zu ihm. Boris nickte kurz und begann mit der Führung.

Mit einem großen Aufzug fuhr die gesamte Gruppe langsam nach unten. Die Kabine war auf einer Seite mit einer Panoramascheibe ausgestattet, die den Blick auf das Gestein freiließ. Erika und Dr. Ohio sahen sich an. Jetzt wussten sie, was Boris mit „ein bisschen kitschig" gemeint hatte: In den Hohlräumen vor dem kahlen Fels waren in Abständen zerzauste Puppen vor einer naiv gemalten Landschaft oder in grob gestalteten, verstaubten Bauernzimmern zu sehen. Die verschiedenen Szenen sollten wichtige Abschnitte im Leben des Firmengründers Eugène Mercier darstellen. Erika grunzte und stieß Dr. Ohio den Ellbogen in die Rippen, als der Puppen-Eugène in einem Fesselballon über Paris an ihrer Scheibe vorbeischwebte.

„Entschuldigung", flüsterte sie, hielt sich die Hand vor die Augen und unterdrückte ein Lachen.

Es kam noch besser. Unten angekommen, bat Boris alle Teilnehmer der Führung, in einen kleinen Zug zu steigen, der durch die unterirdischen Gänge des Mercier'schen Kellers tuckerte, während er per Mikrofon vom Champagner im Allgemeinen und dem des Hauses Mercier im Besonderen erzählte. All das wirkte tatsächlich ziemlich lächerlich, verblasste allerdings vor den lang gezogenen, gitterartig angelegten Gängen der Keller, die Kilometer um Kilometer in den weichen Kreideboden geschlagen worden waren. Und es wäre tatsächlich schwierig bis unmöglich, sie zu Fuß zu erkunden.

Meistens waren die Gänge im rechten Winkel zueinander angeordnet. Es gab ein paar Haupttrassen, auf denen auch das Bähnchen fuhr, und unzählige Nebengänge, die 50 oder 100 Meter weiter in einem dumpfen, lichtlosen Dunkel versanken, das Champagner, aber auch alle möglichen Albträume der Welt beinhalten konnte. Die Hauptgänge waren erleuchtet vom kalten, ab und zu nervös zuckenden Licht schmutzig weißer Neonröhren.

Erika und Dr. Ohio hielten sich an Boris und stiegen vorne in den ersten Wagen des Zügchens. Wieri setzte sich allein ganz nach hinten in den letzten Wagen. Er wollte die Örtlichkeit erst einmal studieren, aber er spürte, dass sie sich vorzüglich für sein Vorhaben eignen würde. Hier unten würden sie ihm nicht entgehen. Der Zug ruckte an und Boris begann seinen Vortrag. Wieri hörte nichts, oder nur so viel, wie nötig war, um sicherzugehen, dass sein Opfer sich noch im Zug befand, das heißt, das gleichmäßige Rauschen von Boris' Stimme. Er versuchte, sich den Weg und die Anordnung der Gänge einzuprägen. Denn würde er sich hier verirren, dann konnte er wahrscheinlich verhungern, bevor jemand ihn fand. Das Einzige, was einem hier unten in der Nacht begegnen konnte, waren seine eigenen Dämonen. Wenn man Glück hatte.

Sie waren schon ein Stück gefahren, als er bemerkte, dass der vordere Wagen des Zugs immer schon um eine der scharfen Ecken gebogen war, bevor die hintersten folgten. Das würde ihm Gelegenheit geben, unbemerkt aus dem Wagen zu springen. Die Leute hatten sich alle möglichst weit vorne in die Wagen gedrängt. Wenn alles glattlief, könnte er also abspringen, einen Gang entlanglaufen, ein paar gezielte Schüsse auf Boris abgeben und unbemerkt wieder hinten einsteigen. Endlich. Dabei fiel ihm ein, dass in diesem Fall auch Dr. Ohio und Erika daran glauben mussten. Denn wenn die Polizei kam und er hinten im Wagen saß, war die Verbindung schnell hergestellt.

Er hatte nicht viel Zeit, darüber nachzudenken, und hatte es auch nicht vor. Eine so gute Gelegenheit würde nicht wiederkommen. Im Notfall konnte er auch in den Gängen verschwinden. Solange er sich nicht zu weit weg vom Licht bewegte, würde er schon wieder zurückfinden. Ein Heide und eine Ketzerin mehr, was soll's, dachte er zähneknirschend. Die Bahn bog um eine Ecke. Jetzt oder nie. Wieri sprang aus dem Wagen und verschwand in einem der seitlich abzweigenden Tunnel, ohne dass jemand es bemerkte.

Das Bähnchen ratterte weiter und Wieri hörte, wie Boris' Stimme schnell verflog. Er riss den Revolver aus der Tasche und stürzte vorwärts, ohne sich weiter umzusehen. Aber schon nach ein paar Metern musste er langsamer gehen. Dunkelheit umfing ihn und auf einmal hörte er überdeutlich Schritte und hastigen Atem. Er wandte sich um, aber es war niemand zu sehen. Die Schritte und der Atem waren seine eigenen, zurückgeworfen von den kahlen, aschgrauen Kreidewänden. Von ferne hörte er die Geräusche der Bahn. Panik durchzuckte ihn, aber nur kurz. War da vorne nicht ein Licht? Er musste seinen Plan ausführen, er musste sich würdig erweisen ... und ... gab es nicht die Berichte von Nahtoderfahrungen, bei denen die Betroffenen von einem starken Licht am Ende des Tunnels berichteten? Natürlich. War das nicht so etwas, wie neu geboren werden? Und stand er nicht gerade im Begriff, neu geboren zu werden?

Er hetzte weiter, vorbei an mehreren Seitentunneln, die er links liegen ließ. Vorne, der direkte Weg geradeaus, das war der richtige. Er betete darum, dass die Bahn noch nicht vorbeigefahren war. Sein Herz klopfte, vor Anstrengung, aber auch vor Freude, als er am anderen Ende des Gangs auf die große Haupttrasse des Kellers und die Schienen stieß. Sie mussten hier vorbeikommen. Schnell zog er sich wieder einige Meter in den Seitentunnel zurück, aus dem er gestolpert war, und versuchte, seinen Atem zu beruhigen. Das lächerliche Ausflugsbähnchen mit den Champagner-Touristen kam näher und das Klappern und Rattern der Räder auf den Schienen erinnerte an eine Spielzeugeisenbahn. Schon konnte er Boris' Stimme hören und in den nächsten Sekunden würden sie an ihm vorbeifahren.

Er versuchte, sich die ungefähre Höhe vorzustellen, auf der Boris stehen würde, und zielte, als die Bahn auch schon herankam. Sie war nicht schnell, aber schneller als gedacht, und er musste einige Schritte machen, um Boris ins Visier zu bekommen. Dann drückte er ab.

Aber, ach, die Nerven. Gott würde ihm schon die Hand führen, hatte er gedacht, aber nicht daran, dass Gott es seinen Schützlingen oftmals nicht leicht macht. Außerdem: Die Hand führen vielleicht, aber die Waffe entsichern? Das musste er schon selbst machen. Wieri war müde, überreizt und aufgedreht zugleich nach der im Freien durchwachten Nacht, und auch die Anspannungen der letzten Tage waren nicht spurlos an ihm vorübergegangen. Seine Augen fühlten sich an, als würden sie groben Sand mahlen, und seine Schulter schmerzte vom Liegen auf dem kalten Boden letzte Nacht. Er zerrte an einem kleinen Hebel herum, um die Waffe zu entsichern, schaffte es, aber da war die Bahn schon fast vorbei. Trotzdem legte er an und feuerte einmal, zweimal, dreimal auf Boris. Die Schüsse hallten durch die Gänge, waberten in den Gewölben. Es war, als teilten sie sich, und jedes Echo eines Schusses suchte sich einen anderen Weg, um die gesamten 18 Kilometer des Kellers mit diesem hässlichen Donner bis in den kleinsten Schlupfwinkel verschimmelter Spinnen auszufüllen.

Einige Sekunden lang war es das einzige Geräusch, das zu hören war. Dann kreischten Bremsen und Menschen gleichzeitig los. Wieri, der kurz versucht hatte zu erkennen, ob er getroffen hatte, verschwand in seinem Tunnel und rannte, egal wohin. Hauptsache weg. Er konnte sich auch später noch darum kümmern, wie er hier wieder herauskam. Also bog er ab, hinein in die dunklen Gänge, bei denen man nie sicher sein konnte, ob einfach das Licht fehlte oder ob es sich um schwarze Materie handelte, die einen zäh aufnehmen und langsam ersticken würde, sobald man in sie hineinrannte.

Als Wieri das Gefühl hatte, dass seine eigenen Schritte lauter waren als jedes andere Geräusch in seiner Umgebung, blieb er stehen. Im selben Moment wurde er sich seiner unwürdigen Flucht bewusst. Warum musste er überhaupt wegrennen? Nun gut, dachte er, das Gesetz, auch Gottes Gesetz. Aber für den Fortschritt, den Glauben waren immer Opfer nötig gewesen und ... Er fragte sich ernsthaft, ob er nicht lieber vor die Menge hätte treten sollen, um zu ihnen zu sprechen. Aber langsam wurde sein Gehirn nach der psychischen und physischen Anstrengung wieder mit Sauerstoff versorgt und ihm wurde klar, dass das wohl ein Fehler gewesen wäre. Zuerst brauchte er auf jeden Fall das Buch. Und warum Boris gestorben war ... Von ihm aus konnte das in den Gründungsmythos der Appendisten einfließen, ihm war es egal. Er würde nur milde dazu lächeln. Denn im richtigen Rahmen sollte auch die Milde ihren Platz in seiner neu entstehenden Gemeinschaft finden.

Wichtiger als das war jetzt allerdings herauszufinden, ob Boris auch wirklich gestorben war. Und dazu musste Wieri unerkannt aus dem Kellergewölbe entfliehen. Er sah sich um. Die Schwärze war vollkommen, bis auf einen weißen Punkt hinter ihm, der wahrscheinlich einen beleuchteten Tunnel darstellte. Vorsichtig tastete Wieri sich vorwärts und fragte sich, wie er nur mit so einem Affenzahn hier hereingerast sein konnte, ohne sich anzustoßen oder gegen die nächste Wand zu rennen. Es war feucht, ab und zu platschte es leise unter seinen Füßen und seine Hand streifte an der kühlen Wand entlang – er wollte nicht wissen, welches Getier an den Mauern lauerte.

Wie ein Wetterumschwung in Jakarta kippte plötzlich sein Zustand. Gerade noch war er außer Atem gewesen, erhitzt, erregt. Jetzt, im Dunkeln, seinen mutmaßlichen Verfolgern vorerst entronnen, überkam ihn ein Frösteln, seine Zähne schlugen klappernd aufeinander, er fühlte, wie die Feuchtigkeit durch seinen Mantel kroch, als wäre er gar nichts, er spürte, wie sein Atem vor ihm kondensierte, ohne es zu sehen. Seine Wangen waren kalt, Wieri fuhr mit einer Hand darüber und spürte sie kaum. Er war in einen schwarzen, blinden Herbst eingesperrt und das Licht da vorne flackerte nur, klein und dünn. Er atmete schwer, als würde den Tunneln die Luft ausgesaugt und als füllten seine Lungen sich immer mehr mit Feuchtigkeit anstatt mit Sauerstoff. Aber das Licht wurde größer, langsam, es war wieder da und führte ihn.

Und tatsächlich, mit letzter Not erreichte er den Hauptgang mit den Schienen. Die Luft war ihm wunderbarerweise nicht ausgegangen in den dunklen Gewölben. Sein Mantel war an der Seite mit Spuren eines schmierigen, grauen Films beschmutzt, auch seine Finger trugen Spuren der Kreidewände. Die Kälte steckte ihm in allen Knochen, aber er war unverletzt und unentdeckt. Auf dem Gang befand sich kein Mensch und Wieri folgte den Gleisen, die ja irgendwann zurückführen mussten zum Aufzug und an die Oberfläche.

Wieri war angeschlagen, aber nicht ausgeknockt. Die letzten 24 Stunden hatten ihm viel abverlangt und so fest sein Geist auch war, spürte er doch das Nachlassen seiner physischen Kräfte. Endlich konnte er den Bibelspruch „Denn der Geist ist willig, aber das Fleisch ist schwach" auch auf etwas anderes beziehen als auf Helmi, die in der siebten Klasse vor ihm gesessen hatte. Er sah sie vor sich, Helmi mit ihren dicken, blonden Zöpfen und den klaren Augen. Im Sommer trug sie leuchtende Kleider oder T-Shirts mit weiten Ausschnitten, und aus ihrem braun gebrannten Gesicht strahlten makellos weiße Zähne.

Sie war ein sehr höfliches und freundliches Mädchen und alle Jungen in seiner Klasse beneideten ihn, denn sie wohnte in derselben Straße wie er und sie gingen oft zusammen zur Schule. Värie war auch damals schon blass und schmächtig gewesen, und wenn sie nebeneinander hergingen, kam es vor, dass man ihn aufgrund des strahlenden Lächelns und der strotzenden Körperlichkeit Helmis gar nicht wahrnahm. Hinzu kam, dass er zu dieser Zeit – nicht schlimm, aber eben permanent – von Pickeln geplagt wurde.

Helmi war höflich und freundlich – bis sie den Eingang des Schulgebäudes erreicht hatten. Sobald sie ihre Freundinnen erblickte, existierte der kleine Värie nicht mehr für sie. Und seien wir ehrlich: Sie behandelte ihn nicht unfair. Sie behandelte ihn so, wie ein 14-jähriges Mädchen einen hässlichen Jungen behandelt, der sie anhimmelt. Wie Luft. Aber Värie wurde von Dämonen geplagt, jede Nacht. Er sah Helmi vor sich in ihrer ganzen Pracht, ihren lachenden Mund, ihre braune Haut ... Und er konnte den Versuchungen nicht immer widerstehen.

Aber jetzt hatte er seinen Geist gestählt und der zerrte und schleppte seinen schwachen Körper mit ungebrochenem Willen nach vorne. Wieri erreichte den Aufzug, mit dem er, wie die anderen, an Eugène Mercier und seiner famosen Gondel vorbeigeschwebt war. Kein

Mensch war zu sehen. Gegenüber stand eine Tür einen Spaltbreit offen, die nur fürs Personal bestimmt war. Mit leisen Schritten und vor Anstrengung brennenden Augen ging er im Dunkeln das Treppenhaus nach oben und öffnete die Tür zur Empfangshalle. Sie befand sich versteckt direkt neben den Toiletten, sodass er schnell darin verschwinden konnte, ohne dass ihn jemand bemerkte. Dort wusch er sich die Hände und stopfte seinen verdreckten Mantel in einen Mülleimer. Um ihn notdürftig zu verbergen, warf er jede Menge Papierhandtücher darüber.

In der Empfangshalle herrschte ein wildes Durcheinander. Verschiedene Gruppen standen ratlos herum, die Fremdenführer besprachen sich mit dem Personal hinter dem Ticketschalter und an den Eingängen waren Polizisten postiert. Wieri stellte sich unauffällig zu einer Gruppe, die englisch zu reden schien. Langsam begab er sich immer weiter hinein, bis er von englisch sprechenden Touristen umgeben war. Es schien, als habe die Polizei eine Art Schleuse errichtet, um von jedem Besucher die Personalien aufzunehmen und ihn zu befragen. Von Boris, Dr. Ohio und Erika war keine Spur zu entdecken, was Wieri als gutes Zeichen deutete. Aber er musste hier raus, ohne seine Identität preiszugeben. Also ging er unauffällig wieder zurück zu der Tür, aus der er gekommen war, und stieg die Treppen weiter nach oben.

Er landete auf einem Flachdach, das nach vorne den Blick auf den Parkplatz erlaubte, der ungefähr zehn Meter unter ihm lag. Dort standen mehrere Kranken- und Polizeiwagen mit rotierendem Blaulicht. Die Sanitäter lehnten an ihren Autos, unterhielten sich und rauchten Zigaretten. Mögliche Opfer waren offensichtlich schon abtransportiert.

Wieri drehte sich um und traute seinen Augen nicht. Das ganze Gebäude war in einen Hang hineingebaut, sodass die Höhe an der dem Parkplatz gegenüberliegenden Ecke kaum zwei Meter betrug. Ein Klacks für ihn. Hastig eilte er nach hinten zum Rand des Dachs, sprang hinunter, wischte sich den Staub ab, den seine Hose beim Hinfallen eingefangen hatte, und ging zur Straße. Dann schlenderte er betont lässig an der Einfahrt zu Merciers Weinkeller vorbei und die Avenue de Champagne hinunter. Wieri war so müde, dass er sich über die ungeheuerliche Leichtigkeit seiner Flucht kaum freuen konnte. Er musste schlafen, unbedingt.

Im nächsten Hotel mietete er sich ein Zimmer. Nachdem er ein heißes Bad genommen hatte, legte er sich zwischen die weißen Laken und sank in wirren Bildern von blutenden Leibern, beschmutzten Büchern, dem Blau der Polizeilichter in den Schlaf. Und zwischen allem leuchteten Helmis blonde Zöpfe.

12

Im sumpfgrünen Teich
blinkt der Rücken des Goldfischs
unter den Weiden

Dr. Ohio und Erika saßen im Krankenhaus von Épernay und warteten auf einem langen, schmalen Korridor, in den kein Sonnenstrahl des schönen Sommertags von draußen drang, vor einer weißen Tür. Der Gang wurde erhellt von grellem, weißem Licht, das sie an die Neonröhren im Keller von Mercier erinnerte. Nur das Flackern fehlte. Der Gang war leer, nur ab und zu bog jemand in weißem Kittel geräuschlos um die Ecke und verschwand gleich wieder hinter irgendeiner Tür. Bei jedem leisen Schlagen sah Dr. Ohio auf und senkte dann seinen Blick wieder auf den gelben, ausgetretenen Linoleumboden. Zum ersten Mal, seit er mit Erika unterwegs war, sehnte er sich nach seiner kleinen Wohnung, seinem Sessel, dem Ausblick aus dem Fenster auf die dunklen Wälder und die Wiesen und nach einem Glas Whisky. Manchmal trafen sich seine und Erikas Augen, dann lächelte sie, sagte aber nichts.

Die Sanitäter hatten ausnahmslos alle Personen, die an Boris' Führung teilgenommen hatten, ins Krankenhaus gebracht. Ein bisschen übertrieben, fand Erika. Nachdem alle ihre Personalien, die Anschrift und ihren derzeitigen Aufenthaltsort angegeben hatten, wurden sie in Krankenwagen weggebracht. Ein paar kleinere Verletzungen gab es tatsächlich. Die meisten rührten daher, dass die Leute vor Schreck in Deckung gegangen oder von dem langsam fahrenden Zug gesprungen waren. Nichts Bedeutendes. Bis auf einen.

Die Tür ging auf und Boris kam heraus. Um sein Handgelenk war ein Verband gewickelt. Er war etwas weiß im Gesicht und seine dunklen Augen blickten ernst. Er lächelte Erika und Dr. Ohio zu.

Die Schwester winkte Erika zu sich. Diese hatte sich geweigert, vor Boris zur Untersuchung zu gehen, und sich durchgesetzt. Sie war die Letzte, die hineinmusste. Alle anderen hatten das Krankenhaus längst verlassen.

„Und? Wie geht's Ihnen?", fragte Dr. Ohio besorgt.

„Alles okay." Boris winkte ab. „Es ist nur ein tiefer Kratzer. Ich hab mich wohl irgendwo aufgerissen, als ich vom Zug gesprungen bin.

„Aber es stimmt", sagte er nach einer Pause und als ob er ein vorher unterbrochenes Gespräch weiterführen wollte. „Er hat es wohl auf mich abgesehen gehabt. Ich habe ihn nur undeutlich gesehen, im Schatten des Seitengangs, aber die Augen ..." Boris schüttelte den Kopf. „Es ist kaum zu glauben." Boris sah Dr. Ohio staunend an, wie ein Kind, dem man ein Märchen erzählt.

„Ich glaube es selbst kaum", sagte Ohio kopfschüttelnd. „Aber es ist so." Wieder herrschte Schweigen. Er sah zu Boden scharrte mit dem Fuß.

„Gibt es was Neues?", fragte Boris schließlich.

„Er lebt ... noch", sagte Ohio. „Aber sein Zustand ist kritisch." Er schüttelte den Kopf. „Mein Gott, wer konnte das ahnen? Das ist doch ..."

Sein Blick glitt ab. Er sah den Mann vor sich, mit dem Gesicht nach unten hatte er neben den Gleisen gelegen. Ein paar Leute schrien und duckten sich in die kleinen Wägen. Der Mann, ein älterer Engländer oder Amerikaner mit einem sauber gestutzten, weißen Kinnbart in einem hellbeigen Seniorenblouson, war mit einer leichten Drehung aus dem Zug geschleudert worden. Dr. Ohio und Erika saßen nur einen Wagen weiter hinten und konnten beobachten, wie er – Ohio war er bereits aufgefallen, weil er dauernd aufgestanden war, um Fotos zu schießen – schlaff wurde, die Spannung verlor wie eine gelöste Saite und von den Schüssen getragen nach links fiel. Ein paar Meter vor ihm im Dreck reflektierte seine silberglänzende Digitalkamera das Licht der Neonröhren.

Das Bähnchen war wenige Meter weiter hinten zum Stehen gekommen, Boris kam mit seinem blutenden Arm angerannt. Dr. Ohio stieg aus und rief automatisch: „Ich bin Arzt. Bleiben Sie zurück, bitte." Ja, er war Arzt. Aber was nutzte das schon. Er stand über dem Mann, durch dessen graues Jackett kreisrunde Löcher geschossen waren, aus denen ein wenig Blut sickerte. Was sollte er schon tun, außer dafür sorgen, dass der Mann so liegen blieb und möglichst schnell Hilfe kam?

„Tja, wenn er nicht zufällig aufgestanden wäre ...", sagte Boris jetzt im Krankenhaus zu Dr. Ohio. Der nickte nachdenklich.

„... dann lägen Sie jetzt auf dem Operationstisch. Oder wären tot."

„Oh, Mann."

Erika kam zurück.

„Das hat aber lange gedauert. Ist alles in Ordnung?", fragte Dr. Ohio.

„Ich muss in Zukunft eine Brille tragen", sagte sie.

„Das steht Ihnen bestimmt ausgezeichnet", sagte Boris schnell und lächelte sie an. Dr. Ohio verzog das Gesicht zu einem mitleidigen Lächeln. Erika verdrehte genervt die Augen.

„Es ist alles in Ordnung. Können wir jetzt endlich gehen?"

Ohio wollte Boris dazu bewegen, zu ihnen ins Hotel zu ziehen. Das sei sicherer, meinte er. Aber Boris schüttelte den Kopf. Er war eher der Meinung – und Dr. Ohio konnte nicht umhin, seine Argumente anzuerkennen –, dass, sollte der Anschlag ihm gegolten haben, ihn der Mörder am ehesten über Dr. Ohio und Erika ausfindig gemacht hatte. Das bedeutete, er wusste, wo die beiden abgestiegen waren.

„In meiner Hütte da draußen dagegen", sagte er, als sie auf dem Parkplatz des Krankenhauses standen, und zeigte unbestimmt in eine Richtung, „da findet mich keiner so leicht. Und wüsste der Kerl, wo ich wohne, dann hätte er es bestimmt dort versucht. Es liegt ziemlich einsam."

„Tja, dann ...", sagte Dr. Ohio. „Mag sein, dass Sie recht haben. Aber mir ist nicht wohl bei dem Gedanken, dass Sie mutterseelenallein irgendwo da draußen sitzen", und er wedelte ähnlich wie Boris unbestimmt mit dem Arm, „und der Kerl Sie eventuell doch noch erwischt."

„Oh, hm", machte Boris verlegen und lächelte Erika und Dr. Ohio mit seinen schwarzen Augen an. „Machen Sie sich keine Sorgen um mich. Ich kann schon auf mich aufpassen. Aber ... ich wollte Sie sowieso fragen, ob ich Sie beide nicht zum Essen einladen darf? Was Großes wird es nicht geben. Ich könnte ein paar Steaks in die Pfanne hauen und vielleicht Bratkartoffeln ..."

Dr. Ohio sah Erika an, die zuckte mit den Schultern, was wohl so viel hieß wie „von mir aus", wenn er es richtig interpretierte. Ganz sicher war er da nie. Aber ihm kam die Einladung sehr gelegen. Er mochte Boris, auch wenn er ihm etwas geheimnisvoll vorkam. Immer dachte er, Höpfners Erbe hätte etwas zu verbergen, auch wenn er beim besten Willen keine Ahnung hatte, was das sein könnte. Aber was wusste er auch schon von ihm? So gut wie nichts.

Jedenfalls musste er Boris nicht allein lassen, auch wenn er nicht wüsste, was er tun sollte, wenn der Mörder tatsächlich aufkreuzen sollte. Und so, wie der heute vorgegangen war, würde er sie alle drei vermutlich einfach über den Haufen schießen. Aber er hielt Boris' Theorie für vernünftig. Und danach wusste der Mörder nicht, wo er wohnte.

Sie quetschten sich in Boris' kleinen Peugeot, fuhren durch die Stadt und nahmen eine Ausfallstraße, als Dr. Ohio plötzlich einfiel, dass der Mörder ihnen ja folgen könnte.

„Sagen Sie mal, Sie kennen hier doch sicher ein paar Weinbauern?", fragte er.

„Sicher", sagte Boris und nahm die Ausfahrt aus einem Kreisverkehr.

„Gibt es da auch welche, deren Höfe zwei Einfahrten haben? Ich meine so, dass man von zwei verschiedenen Seiten rein- und rausfahren kann?"

Boris überlegte.

„Ja, die meisten haben ihre Höfe in den kleinen Dörfern oberhalb von Épernay. Da geht das manchmal."

„Könnten wir durch einen durchfahren?", fragte Dr. Ohio und erklärte den beiden seinen Plan. Wenn sie auf einen privaten Hof fahren und ihn auf der anderen Seite wieder verlassen könnten, dann ließen sich eventuelle Verfolger gut abschütteln. Boris pfiff leise durch die Zähne.

„Doktor, Sie haben vielleicht Ideen. Waren Sie beim japanischen Geheimdienst, oder was?", fragte er grinsend.

„Nein, aber ich war mal auf einem Bauernhof", sagte Dr. Ohio harmlos.

„Also, da wäre Jacques, das ist am nächsten", murmelte Boris. „Aber Jacques' Hund dreht immer durch, wenn man schnell in den Hof reinfährt. Das ist nichts. Und Patrice bekommt Ärger mit seinem Alten, weil der gleich wieder irgendeinen Unsinn von seinen Kumpels wittert ... Aber bei Paul könnten wir durchfahren", sagte er plötzlich laut. „Das ist allerdings ein ganz schöner Umweg."

„Macht ja nichts. Wir haben doch Zeit", meinte Dr. Ohio und warf ab und zu einen Blick nach hinten, um zu sehen, ob ihnen ein Wagen folgte. Er konnte nichts Auffälliges entdecken.

Sie waren auf die Route Nationale eingebogen und fuhren gleich wieder rechts ab auf eine Landstraße, die sich schnell verengte und durch den Wald schlängelte. Nach einiger Zeit kamen sie wieder heraus und sahen Épernay und den Fluss in weiter Ferne schräg unter sich liegen. Weiter vorn lagen die Weinberge und ein paar kleine Dörfer. In einem davon bog Boris plötzlich von der Hauptstraße ab, gab Gas und fuhr den Hang hinunter. Unten bremste er scharf, bog rechts ab und raste eine noch kleinere Straße wieder hinauf, bis sie an ein Schild gelangten, das so schnell vorbeiflog, dass Dr. Ohio nur „Dégustation" lesen konnte. Dort bogen sie in eine kleine Einfahrt ein, die sich weiter hinten zu einem großen Hof öffnete. Boris beschleunigte und Dr. Ohio sah nach hinten, ob ihnen jemand folgte. Es war kein anderer Wagen zu sehen.

Währenddessen fuhr Boris mit einem Affenzahn an einer Scheune vorbei, bog dahinter scharf links und sofort danach rechts ab und sie befanden sich wieder auf einer Dorfstraße, die steil nach oben führte. Wieder drückte Boris das Gaspedal durch und sie rasten aus dem Dorf hinaus und dem Wald entgegen. Dort tuckerten sie gemächlich eine schnurgerade kleine Straße entlang und kamen schließlich wieder auf die Route Nationale. Das Ganze hatte vielleicht zwei Minuten gedauert. Alles, was Dr. Ohio beim Zurückblicken bemerkt hatte, waren ein paar flatternde Hühner.

„Nicht schlecht", murmelte er. Boris schmunzelte.

Als sie beim Wohnwagen ankamen, war es früher Abend. Boris parkte den Wagen unter dem großen Baum und sie stiegen aus.

„Das ist aber ein schönes Plätzchen", sagte Erika. Die Wiese war auf der einen Seite von der hohen Ziegelmauer umgeben, auf der anderen dehnte sie sich weit bis zum Waldrand. Nahe dem großen, alten Baum stand noch eine Gruppe Bäume und weiter unten, nur wenige hundert Meter entfernt, war ein kleiner Weiher zu sehen.

„Und wo wohnen Sie?", fragte sie, nachdem sie sich umgesehen hatte.

„Na, hier", sagte Boris verlegen und deutete auf den alten Wohnwagen. „Tja, die Eigentümer des Grundstücks haben mir diesen Platz überlassen, als ich hier angekommen bin. Das Grundstück gehört Mercier."

Dr. Ohio atmete tief die frische Luft ein und ging langsam hinüber zu dem Wagen, der auf seinen Stützen und halb an die Ziegelmauer gelehnt ein bisschen altersschwach aussah. Erika war stehen geblieben und sah Boris zweifelnd an.

„In dem Ding?", fragte sie.

„Na, hör mal", sagte Boris trotzig und vergaß in seiner Empörung das Siezen. „Dieses ‚Ding' genügt mir voll und ganz. Es ist wasserdicht, hat eine Heizung, einen Herd und ein Bett. Wenn's dir nicht passt ..."

„Schon gut, schon gut", meinte Erika, „ich hab es nicht so gemeint. Ich war nur etwas überrascht, das ist alles. Entschuldige."

„Ich weiß schon, dass es keine vollwertige Wohnung ist. Aber ich bin gern hier draußen."

„Das glaube ich!", rief Dr. Ohio, der vom Wohnwagen aus weiter in die Wiese hineingegangen war. Von dort hatte man einen wunderschönen Ausblick ins Tal. Links spickten zwei Türmchen des nahen Herrenhauses durch die Baumkronen und ganz weit unten funkelte ein kleines Stück vom Fluss. Im Weiher schnappten die Fische nach den in der Abendsonne schwirrenden Insekten.

Boris baute in aller Eile einen Gartentisch und Stühle auf. Dann begab er sich in seine Küche – so nannte er seinen Herd – und brutzelte Steaks mit Bratkartoffeln. Beim Essen besprachen sie ihr weiteres Vorgehen.

„Eins ist mal sicher", sagte Dr. Ohio und kaute genüsslich auf einem Stück Fleisch. „So wie bisher kann es nicht mehr weitergehen. Und ich fürchte, zumindest bis diese Geschichte ausgestanden ist, können Sie hier auch nicht mehr bleiben."

Boris schenkte ihm Rotwein ein.

„Sind Sie ganz sicher, dass er es auf mich abgesehen hat?"

„Sie sind doch selbst sicher", sagte Dr. Ohio. „Haben Sie nicht gesagt, Sie hätten gesehen, wie er auf Sie gezielt hat?" Er nahm einen Schluck. „Mmh, sehr gut."

„Der ist aber nicht aus dieser Gegend." Boris lächelte bedauernd, als wäre er verpflichtet, seinen Gästen nur Spezialitäten aus der Region anzubieten.

„Wenn der Mann nicht zufällig aufgestanden wäre, um ein Foto zu schießen ... zu machen", sagte Erika, „dann lägen Sie jetzt im Krankenhaus. Kommen Sie, Doktor. Wir sind doch derselben Meinung", wandte sie sich plötzlich an Ohio. „Wir wissen doch, wer für den Anschlag verantwortlich ist, oder?"

Dr. Ohio hob die Hand.

„Sagen wir lieber, wir beide haben einen begründeten Verdacht", sagte er vorsichtig und fuhr an Boris gewandt fort: „Viele Leute und viele Gründe, Sie umzubringen, gibt es nicht. Aber die wenigen Gründe sind stichhaltig."

„Ich ahne, was Sie sagen wollen, aber ich kann es einfach nicht glauben." Boris sah beide betroffen an.

„Ich habe unseren Verdacht noch nicht der Polizei mitgeteilt. Ich will niemanden vorschnell verleumden. Aber was sollte es sonst für Gründe geben, auf Sie zu schießen?"

„Verleumden." Erika schnaubte verächtlich. „Wer soll denn sonst infrage kommen, außer dieser verrückte Calvinist oder der schmierige Anwalt?"

„Sie meinen Dr. Laudtner und ... wie hieß der Assistent meines Onkels?"

„Wieri. Värie Wieri. Ein Finne. Ein fanatischer Finne, dessen Verstiegenheiten tatsächlich dazu führen könnten, dass er zu einem Mord fähig wäre. Bei Dr. Laudtner kann ich mir das nicht vorstellen. Er ist meiner Meinung nach zu feige. Aber ganz auszuschließen ist es nicht. Es kommt auf die Prioritäten an. Und Geld steht bei ihm ziemlich weit oben." Dr. Ohio schaufelte noch ein paar Bratkartoffeln auf seinen Teller.

„Darf ich? Schmeckt ausgezeichnet."

„Greifen Sie zu." Boris nickte aufmunternd. Dann wurde er nachdenklich. „Tja, wer auch immer es war: Er hat dem armen Mann jedenfalls drei Kugeln in den Rücken gejagt. Es ärgert mich noch jetzt ... Ich hätte ihm gleich folgen sollen. Es wäre ein Kinderspiel gewesen, ihn zu schnappen."

„Na ja", meinte Erika lakonisch. „So im Dunkeln? Was hätten Sie gemacht? Er hatte ja wahrscheinlich noch ein paar Kugeln in seiner Pistole. Ich glaube, da passen mehr als drei rein."

Boris schmunzelte.

„Das kommt auf den Typ an. Aber Sie haben recht. Wahrscheinlich hatte er noch welche übrig. Ich würde mal mindestens auf drei weitere tippen." Er wechselte mit einem leisen Bedauern wieder zum Sie, nachdem Erika das Du nicht beibehalten hatte.

„Kennen Sie sich aus?", fragte Erika interessiert.

„Ein bisschen", sagte Boris ausweichend. „Aber das hätte Ihnen auch jedes Kind sagen können."

„Wieso?", fragte Erika ärgerlich.

„Na ja", meinte Dr. Ohio, „ich glaube, in den klassischen Revolver passen sechs Kugeln. Sie wissen doch, die Dinger, die in den Western benutzt werden und mit denen die Kinder als Spielzeug rumrennen. Ich kenne mich nun wirklich nicht aus, aber heutzutage gibt es auch Waffen, in die mehr als sechs Kugeln reinpassen."

„Hm", machte Erika. „Ich war nie als Cowboy verkleidet."

„Das macht doch nichts", sagten Boris und Dr. Ohio gleichzeitig und lachten.

Die Sonne war am Untergehen und die Blätter der Bäume glühten in ihrem klaren Licht. Der Himmel war gelbrosa gefärbt und die Wiese leuchtete. Wäre diese Sache mit dem Anschlag nicht gewesen, dann ... Dr. Ohio wusste auch nicht, was dann wäre, aber ihn überkam eine seltsam melancholische Stimmung. Er hatte Boris beobachtet und es war ihm nicht entgangen, dass er sehr um Erika bemüht war. Das war kein Wunder, es wäre eins gewesen, wenn es anders gewesen wäre. Aber es war auch noch nie – jedenfalls, seit er Erika kannte – vorgekommen, dass sie sich so lange und eingehend mit einem anderen Mann unterhalten hatte. Allerdings, sagte er sich, habe ich ja keine Ahnung, was sie in ihrer Freizeit macht.

Sollte das Eifersucht sein, was er da spürte und als Sentimentalität kaschierte? Und wenn schon. Warum nicht den Sonnenuntergang genießen und noch ein Glas von diesem ausgezeichneten Wein?

Boris schlug vor, einen kleinen Spaziergang zu machen, hinüber zum Gut, das zwischen den Bäumen lag. Erika wollte gerne, aber Dr. Ohio winkte ab.

„Wenn ich mir noch einen Schluck von Ihrem Wein nehmen darf, dann bleibe ich lieber hier und genieße die letzten Sonnenstrahlen", sagte er.

Erika verzog ein bisschen den Mund und warf ihm einen finsteren Blick zu. Aber Dr. Ohio ließ sich nicht überreden. Boris hatte nichts dagegen, im Gegenteil. Er holte noch eine Flasche Wein aus dem Wohnwagen und öffnete sie.

„Und Sie wollen wirklich nicht mit? Es gibt dort einen beeindruckenden Garten", versuchte er es noch einmal höflich, und das war mehr, als Dr. Ohio von ihm erwarten konnte. Er hatte das Gefühl, als ginge es Boris um unausgesprochene Rechte oder besser gesagt, nicht deutlich offen liegende Beziehungen. Dieses Mal bemerkte es Dr. Ohio sofort. Nur Erika schien davon nichts mitzubekommen.

„Können wir jetzt endlich?", fragte sie ungeduldig. „Sonst ist es dunkel, bis wir dort sind."

„Ich komme", sagte Boris, warf Dr. Ohio einen Blick zu und rief über die Schulter: „Aber lassen Sie ja das Geschirr stehen. Das räume ich nachher auf."

Ja, dieses Mal hatte Ohio sofort bemerkt, dass ein anderer Mann Interesse an derselben Frau hatte. Boris wollte das von Anfang an klarstellen, obwohl es nicht einmal einen Grund dafür gab. Aber hatte Ohio vor 25 Jahren überhaupt die Chance gehabt, Manstorffs Absichten Brigitte gegenüber zu erkennen? Er hatte nicht das Gefühl, dass Heinz ihm damals auch nur das kleinste Zeichen gegeben hatte, wie es um ihn stand. Aber möglicherweise hatte Ohio es einfach nicht verstanden?

„Möglich", seufzte er und schenkte sich ein Glas Wein ein.

Er sah den beiden nach, wie sie durch die Wiese hinüberschlenderten zu den Bäumen. Boris war ein bisschen kleiner als Erika. Ihre schmalen Gestalten wurden noch halb von der Sonne angestrahlt, die Beine waren im Schatten. Erikas blondes Haar leuchtete. Boris' schwarzer Schopf wandte sich ihr einmal zu und Dr. Ohio hörte sie laut lachen. Dann waren sie zwischen den Bäumen verschwunden.

Zum ersten Mal seit dem Anschlag war Ohio allein und konnte sich fragen, was um Himmels willen er hier eigentlich machte. Hatte er nicht genug mit seinen eigenen kleinen Sorgen zu tun? Sicher, niemand würde auf ihn schießen, während er sich überlegte, wie es denn eigentlich mit ihm weitergehen sollte, nachdem sein, nun ja, perverses System des leidtragenden Dritten zusammengebrochen war. Das war also in gewisser Weise weniger spannend als das Schicksal von Boris und dessen Bruder. Aber es war seines und er hatte auf einmal das dringende Bedürfnis, sich darum zu kümmern.

Weder er noch Brigitte wussten, was sie jetzt miteinander anfangen sollten. Beziehungsweise ob sie überhaupt etwas miteinander anfangen sollten. Und diese Tage mit Erika in der Champagne, die er so genossen hatte und während derer er kaum einen Gedanken an Brigitte verschwendet hatte? War das jetzt alles vergessen, weil ein junger Kerl ankam und einen Spaziergang mit ihr machte? Lächerlich, sagte Ohio sich. Aber er konnte es nicht ganz leugnen: Ein bisschen fühlte er sich wie ein verlassener Liebhaber, obwohl außer einer gewissen Vertrautheit nichts zwischen ihm und Erika gewesen war. Und er fühlte sich Brigitte gegenüber ein wenig schuldig, obwohl er sie gar nicht betrogen hatte. Und wenn schon, dachte er verächtlich. Wie sollte ich eine Frau betrügen, die seit 25 Jahren mit einem anderen Mann verheiratet ist? Ihr wäre es wahrscheinlich ganz recht gewesen, wenn ich ... Hm. Er sollte sich selbst einweisen, zu weiteren Schlüssen konnte er sich im Augenblick nicht durchringen.

Damit war das Thema vorerst für ihn erledigt. Er dachte an Värie Wieri und einen kurzen Moment sah er sich erschrocken um. Was, wenn der Finne ihnen trotz aller Vorsichtsmaßnahmen gefolgt war? Er saß hier wie auf dem Präsentierteller und die beiden anderen spazierten sorglos durch die Wiesen. Aber es war alles ruhig, nur die Bäume rauschten leise und ab und zu trug der Wind das Geräusch eines vorbeifahrenden Autos zu ihm. Das Bild des Mannes, der niedergeschossen worden war, kam Ohio wieder in den Sinn. Wie er mit dem Gesicht nach unten neben den Schienen gelegen hatte. Und vor ihm die im kalten Licht der Neonröhren glänzende Digitalkamera. Das leise Röcheln.

Für Ohio stand außer Zweifel, dass kein anderer als Wieri die Schüsse auf Boris abgefeuert haben konnte. Laudtner kam dafür nicht infrage. Aber als Informant taugte er ganz gut, denn woher sonst sollte Wieri überhaupt wissen, wo sie sich aufhielten? Und der Calvinist? War offensichtlich übergeschnappt. Ohio hielt die Luft an. Wie betäubt starrte er auf sein Weinglas. Ein schrecklicher Verdacht wuchs mit blitzartiger Geschwindigkeit in ihm – war Höpfners Tod vielleicht gar kein Zufall gewesen? Konnte es sein, dass Wieri nachgeholfen hatte?

„Phuu, wenn die Sonne eine Weile weg ist, wird es aber ziemlich kalt hier draußen."

„Ach, komm. Es ist Sommer. Stell dich nicht so an."

„Mir ist trotzdem kühl. Hast du vielleicht eine Strickjacke in deinem Campingwagen?"

„Warte. Ich hol dir einen Pullover."

Erika und Boris hatten sich offensichtlich auf ein dauerhaftes Du verständigt. Das war ja nicht weiter verwunderlich, schließlich waren sie ungefähr im gleichen Alter. Die beiden tauchten hinter dem schon fast dunklen Baum auf, unter dem das Auto stand, und Boris lief zum Wohnwagen.

„Sie haben was verpasst, Doktor", sagte Erika. „Der Garten der Villa ist wirklich wunderschön."

„Gab es denn überhaupt noch genug Licht?", fragte Ohio. Es sollte beiläufig und wie ein vernünftiger Einwand klingen, aber seine Stimme kam ihm etwas hohl und gequetscht vor. Erika schien es nicht zu bemerken.

„Am Anfang schon", sagte sie vergnügt. „Dann ist es tatsächlich zu dunkel geworden. Aber Boris kennt sich ja ganz gut aus hier und wir haben den Weg zurück leicht wiedergefunden."

„Mhm."

Erika setzte sich neben ihn und legte kurz ihre Hand auf seinen Arm. Er empfand es fast wie einen elektrischen Schlag und zuckte zusammen.

„Ich glaube, er hat sich entschieden", flüsterte sie mit einem Nicken zum Wohnwagen hin. „Mal sehen, aber ich habe so ein Gefühl ..."

Fast hätte Dr. Ohio den Zweck ihres Hierseins ganz vergessen. Es war natürlich richtig, ohne eine Entscheidung von Boris konnten sie heute eigentlich nicht gehen. Allerspätestens morgen, wenn er wieder zur Arbeit fahren würde, müsste er erklären, wie es denn nun weitergehen sollte. Erika schien das Problem keine Sekunde aus den Augen verloren zu haben. Ohio beschloss, ihr nichts von seinem Verdacht zu erzählen. Warum sollte er die anderen unnötig nervös machen? An Höpfners Tod war nichts mehr zu ändern. Darum sollte sich die Polizei kümmern, wenn sie alle wieder zurück in Tübingen waren.

Boris kam aus dem Wohnwagen zurück, in der Hand einen großen, dicken Pullover.

„Hier", sagte er und hielt ihn Erika hin. Sie zog ihn über und rieb sich die Arme. Zum ersten Mal sah Ohio seine Gehülfin in einem Kleidungsstück, das ihr zu groß war. Steht ihr auch gut, dachte er.

Sie saßen noch eine Weile und plauderten. Boris hatte Kerzen gebracht, die einen warmen Lichtkreis um den Tisch zogen. Über ihnen leuchteten aus dem nachtblauen Himmel ein paar Sterne und ganz schwach war weiter hinten am Horizont der Lichtschein von Épernay zu sehen. Die Dunkelheit um sie herum wurde immer schwärzer. Dr. Ohio wurde es wieder unbehaglich zumute. Sie saßen hier gut beleuchtet mitten in der Dunkelheit. Wenn irgendjemand die Absicht hatte, sie aus der Welt zu schaffen, dann gaben sie jetzt eine hervorragende Zielscheibe ab.

Er drängte zum Aufbruch. Es war schon spät und sie mussten noch nach Épernay zurückkommen. Boris erbot sich, sie zu fahren, und da ihnen nichts Besseres einfiel, kletterten sie alle wieder in den kleinen Peugeot. Die Unterhaltung wollte nicht mehr so richtig in Schwung kommen und nach ein paar Kilometern verstummten sie. Boris konzentrierte sich auf die weißen Leuchtkegel seiner Scheinwerfer, die sich die Straße entlangfraßen, und horchte auf das gleichmäßige, aber ziemlich laute Geräusch seines Motors. War da nicht ein ungewöhnliches Klopfen?, dachte er.

Dr. Ohio war schlagartig müde geworden. Er ließ sich vom Motorgeräusch einlullen und sah zum Seitenfenster hinaus, konnte aber nicht viel erkennen. Ab und zu schossen ein Zweig, ein Baum, ein paar Büsche vorbei. Wenn sie an einer Wiese vorbeikamen, wurde es etwas heller und er drückte sein Gesicht an die Scheibe, um nach oben in den Sternenhimmel sehen zu können. Dann wieder zog sich eine lange Mauer entlang der Straße. Was Erika machte, konnte man nicht so genau sehen. Sie saß auf dem Rücksitz im Dunkeln, und wenn Boris ab und zu in den Rückspiegel linste, sah es so aus, als würde sie schlafen.

„Nun ja", sagte Boris nach einer Weile ins Dunkel des Wagens. Er räusperte sich. Müde bewegten sich seine Mitfahrer. Dr. Ohio wandte träge den Kopf.

„Nun ja", sagte Boris noch einmal. „Ich habe mir die ganze Sache noch mal durch den Kopf gehen lassen ..."

Erika setzte sich auf und rutschte nach vorne. Dr. Ohios von der Müdigkeit stumpfe Augen fanden den Weg zurück in die Wirklichkeit.

„Und?", fragte er, als Boris seine Pause zu lang werden ließ.

„Also, ich habe mich entschieden, Urlaub zu nehmen und mit Ihnen nach Tübingen zu kommen. Was dann passiert, wird man ja sehen. Aber ..."

„Gute Entscheidung", unterbrach ihn Erika von hinten und drückte ihm die Schulter. „Das ist ... großartig."

„Das finde ich auch", sagte Dr. Ohio. „Dort wird sich alles aufklären und dann können Sie immer noch sehen, wie Sie weiter vorgehen wollen."

„Es sind hauptsächlich zwei Dinge, die mich dazu bewegen, mit Ihnen zu fahren", fuhr Boris unbeirrt fort. „Zum einen das, was Sie über meinen Bruder gesagt haben. Wahrscheinlich kann man ihm wirklich ein besseres Leben ermöglichen, auch wenn es nur die äußeren Umstände sind. Wer weiß schon, was das für einen Einfluss auf ihn hat."

„Er ist ja schon älter, Ihr Bruder", sagte Dr. Ohio. „Aber ich bin sicher, dass es Möglichkeiten der Verbesserung gibt. Natürlich müssen wir aufpassen, vor allem beim Tempo und dem Grad an Veränderungen."

Boris nickte.

„Und zweitens kann es nicht angehen, dass ein Wahnsinniger wegen meines Erbes Menschen umballert. Und wenn ich gehe, sind wenigstens die Leute, mit denen ich arbeite, wieder sicher. Wer weiß, was der Verrückte sonst noch anstellt? Wenn er es tatsächlich auf mich abgesehen hatte, dann wird er uns folgen. Und dann kriegen wir ihn."

Der letzte Satz war leicht dahingeworfen, aber er klang überzeugend und beeindruckte Erika und Dr. Ohio.

Sie erreichten Épernay und Boris ließ sie an einer Kreuzung nicht weit vom Hotel aussteigen. Er wollte keine unnötige Aufmerksamkeit auf sich ziehen. Es war ja möglich, dass der Attentäter über seinen missglückten Anschlag im Bilde war und vor dem Hotel auf der Lauer lag. Sie verabredeten sich für den nächsten Vormittag bei Mercier, wo Boris seinen Urlaub beantragen wollte. Spätestens in zwei oder drei Tagen, meinte er, würden sie abreisen können. Dr. Ohio nickte und sah dem Wagen hinterher, bis er im nächsten Kreisverkehr verschwand. Zwei oder drei Tage waren eine lange Zeit. Zeit genug für Wieri, sich einen neuen Plan zurechtzulegen. Und dieses Mal könnte er mehr Glück haben ...

13

Sanfter Regen fällt
und der kalte Fluss scheint wie
flüssiges Metall

In den nächsten Tagen regelte Boris seine Angelegenheiten. Nach dem Tod des angeschossenen Mannes waren die Führungen in den Kellern sowieso bis auf Weiteres von der Polizei untersagt worden.

Der zuständige Kommissar schien der Aussage von Dr. Ohio und Erika keine sonderlich große Beachtung zu schenken. Er nickte mit dem Kopf und machte sich Notizen.

„Wir gehen jeder Spur nach", sagte er ernst. „Aber, das werden Sie verstehen, zuerst suchen wir natürlich im Umfeld des Opfers. Niemand hat gesehen, dass der Täter explizit auf den Fremdenführer gezielt hat."

Erika übersetzte Dr. Ohio, was der Beamte gesagt hatte. Er zuckte mit den Schultern.

„Vielleicht. Ich weiß es nicht. Aber ich bin dafür, dass wir mit Boris so schnell wie möglich zurückfahren. Erst wenn er das Erbe angetreten und ein neues Testament aufgesetzt hat, ist er in Sicherheit."

Der Kommissar hatte nichts gegen ihre Abreise. Sie mussten ihm lediglich die Adressen hinterlassen, unter denen sie in Deutschland zu erreichen waren.

Danach gingen sie zum Bahnhof und kümmerten sich um Zugverbindungen für die Rückfahrt. Sie versuchten, sich unauffällig zu benehmen, sahen sich aber dauernd um, ob ihnen eventuell jemand folgte. Weder Erika noch Dr. Ohio entdeckten auch nur einen Schatten von Wieri.

Aber er war da.

Der Finne ließ sie nicht mehr aus den Augen, seit er nach dem Anschlag aus seinem ohnmachtähnlichen Schlaf erwacht war. Er war sofort zu Mercier gegangen, um in Erfahrung zu bringen, ob Boris noch lebte. Er musste nicht lange warten, bis er ihn auf dem Parkplatz entdeckte. Sah man von einem lächerlichen Verband an seinem Unterarm ab, der kaum eine lebensbedrohende Wunde verhüllen konnte, schien er keinen Kratzer abbekommen zu haben. Wieri wurde es schwarz vor Augen vor Enttäuschung und Wut. Seine Mühe, sein Leid und die Qualen, die er für die gerechte Sache durchgestanden hatte, waren umsonst gewesen. Nicht umsonst, sagte er sich mühsam, nachdem er sich wieder einigermaßen beruhigt hatte. Am Ende der Prüfungen wartet die Erfüllung.

Seinen zweiten Wutanfall bekam Wieri, als er bemerkte, dass er mit seinem Mantel offensichtlich auch seine Pistole im Mülleimer bei Mercier entsorgt hatte. Er konnte also nicht unmittelbar zur Vollendung seines Auftrags schreiten. Bei Licht besehen war das jedoch sein Glück. Denn wenn er in wütender Umnachtung wild auf der Straße herumgeballert hätte, wäre Boris jetzt vielleicht tot, aber er selbst mit ziemlicher Sicherheit hinter Gittern.

Schweren Herzens machte er sich also wieder an die Beobachtung von Boris, Dr. Ohio und Erika.

Als der Doktor und seine Assistentin sich am Nachmittag auf dem Bahnhof nach Zugverbindungen erkundigten, war klar, dass sie bald abreisen würden. Zu dritt, das stellte Wieri keinen Augenblick infrage.

Er fragte am Schalter nach den nächsten passenden Zügen. Natürlich war es ein gewisses Wagnis, seine Opfer aus den Augen zu lassen. Theoretisch könnte die Sache mit dem Bahnhof eine Finte gewesen sein, um ihn in die Irre zu locken. Und während er sich nach Zugverbindungen erkundigte, würden die drei die Stadt mit dem Auto verlassen. Trotzdem war es unerlässlich. In seinem Hirn begann ein neuer Plan zu reifen, sollten sie tatsächlich mit dem Zug fahren. Und dafür wäre ihm die Pistole sowieso hinderlich gewesen. Im Zug hätte er sie nicht benutzen können. Es gab dort zu viele Zeugen und zu wenig Fluchtmöglichkeiten.

Zu seiner Erleichterung erfuhr er, dass es an diesem Abend keine vernünftige Verbindung nach Süddeutschland mehr gab. Die einzige Möglichkeit wäre ein Umweg über Paris, und er glaubte nicht, dass sie das auf sich nehmen würden. Wollte er seinen Plan, der immer mehr Gestalt annahm, durchführen, dann brauchte er Zeit. Er musste dafür noch ein paar Besorgungen machen. Also setzte er alles auf eine Karte. Wenn Gott ihm noch eine Chance einräumen wollte, dann würden Dr. Ohio, seine Assistentin und Boris erst morgen fahren. Pünktlich zum Morgengrauen würde er wieder vor dem Hotel wachen, um sie nicht zu verpassen.

Wieri hatte richtig getippt. Tatsächlich hatten die drei Tickets für den Zug am nächsten Tag. Sie fuhren mit dem Taxi zum Bahnhof, Wieri folgte ihnen im nächsten. Er schleppte einen schweren Rucksack und trug eine Schaffneruniform der französischen Bahngesellschaft SNCF. Den ganzen letzten Abend hatte er mit Vorbereitungen für seinen Plan verbracht.

Auf dem Bahnhof herrschte viel Betrieb, den Zug am späten Vormittag nahmen aber nur wenige Leute, sodass Boris, Dr. Ohio und Erika ein Abteil für sich allein hatten. Die Schiebetür stand halb offen und ließ das Raunen vereinzelter Stimmen aus den Nachbarabteilen und dem Gang herein. Ab und zu sausten ein paar Kinder vorbei, die von ihrer Mutter wieder eingefangen wurden. Mehrere Male ging auch Wieri in seiner Uniform an ihrer Tür vorbei, ohne dass sie ihn erkannt hätten, und traf die letzten Vorbereitungen für seinen perfiden Plan.

Der Zug fuhr an. Dr. Ohio sah aus dem Fenster. Das schöne Wetter der letzten Tage hatte einem bedeckten Himmel und Nieselregen Platz gemacht, der die vorüberziehenden Weinberge, den Fluss und die Dörfchen mit einem schmutzigen, grauen Schleier bedeckte. Sie hatten die Stadt schnell hinter sich gelassen und auch der Fluss war nicht mehr zu sehen. Die Strecke führte durch einen triefenden, dunklen Wald, dessen Tannen die schweren Äste wie verletzte Flügel hängen ließen. Ans Marnetal und die umliegenden Wälder schlossen sich endlose Felder an. Nur eine einzelne Scheune oder eines von vielen Kriegerdenkmälern durchbrach ab und zu die Eintönigkeit. Ohio fragte Boris danach.

„Ja, Doktor", sagte Boris ein wenig gönnerhaft, reckte die Arme und richtete sich in seinem Sitz auf. „Wir fahren durch ein geschichtsträchtiges Stück Frankreich. In der Kathedrale in Reims wurden die meisten der französischen Könige gekrönt. Und diese Erde hier ist fett vom Blut von Millionen von französischen und deutschen Soldaten. Die Denkmäler stammen aus dem Ersten und dem Zweiten Weltkrieg. Hier in der Gegend fanden große Schlachten statt."

Erika sah Boris missbilligend an und holte sich ein Buch aus ihrer Reisetasche. Dr. Ohio nickte ein paarmal langsam und sah wieder nach draußen.

Trist wehte ein leichter Wind den Regen über das stumpfe, scheinbar endlose Gelb des Weizens und der Sonnenblumen und färbte die in Stein gemeißelten Gesichter der Soldaten dunkelglänzend. Ihre Gewehre mit aufgesetzten Bajonetten richteten sie halb abwehrend, halb vorwärtsdrängend gen Himmel. Würde man ein Stück Papier fliegen lassen, dachte Dr. Ohio, dort hinten, am blassen Horizont, würde es bestimmt über den Rand der Welt geblasen und sich im unendlichen Grau des Universums verlieren. Hier war also das Ende der Welt.

„Was haben denn die Japaner im Ersten Weltkrieg getrieben?", fragte Boris plötzlich.

Dr. Ohio war unangenehm berührt. Er mochte das glimmend aufscheinende Interesse in der Tiefe von Boris' dunklen Augen nicht. Und das Thema lag ihm nicht, er hatte sich nie weiter gehend damit beschäftigt. Auch sein Land konnte auf eine lange und nicht immer ruhmvolle Militärgeschichte zurückblicken.

„Oh, wir Japaner", sagte er gleichgültig und sah wieder nach draußen, „wir waren auch keine Waisenknaben. Kurz vor dem Ersten Weltkrieg haben wir Korea besetzt. Während des Krieges war Japan Verbündeter Großbritanniens und hat unter anderem die deutsche Kolonie in Tsingtao eingenommen. Böse Zungen behaupten, das geschah hauptsächlich wegen des Bierrezepts der Deutschen." Ohio lächelte unverbindlich. „Nun ja. Japan war, wenn es in der Weltpolitik mitmischte, immer auch ein kriegerisches, ein stolzes Land. Aber ich weiß nicht allzu viel darüber. Im Übrigen gab es in Japan eine lange Zeit der kompletten Abschottung von der Welt."

Erika ließ kurz ihr Buch sinken und sah ihn nachdenklich an. Dann las sie weiter.

„Wie haben Sie meinen Onkel eigentlich kennengelernt?", fragte Boris nach einer Weile und rüttelte Dr. Ohio erneut aus seinen Gedanken.

„Das war Zufall. In seiner Buchhandlung in Waldenbuch ... Unser Sanatorium liegt in der Nähe. Es war ein ähnlich trüber Tag wie heute."

„Die beiden haben Schach gespielt, in einer unsäglichen Kneipe", warf Erika ein. „Und Dr. Ohio hat ihm beigebracht, Haikus zu schreiben."

„Beigebracht." Ohio lachte. „Ich hab es ihm in zweierlei Hinsicht nicht beigebracht", betonte er. „Erstens bin ich kein Haiku-Lehrer und zweitens, das muss man leider sagen, hatte Ihr Onkel wenig Talent zum Dichten."

„Haikus?", fragte Boris.

„So nennt man kurze, japanische Gedichte. Sie haben seine Leidenschaft für die Calvin-Forschung abgelöst. Worüber Wieri sehr ärgerlich war. Er konnte nicht verstehen, wie man sein Interesse so abrupt von etwas so Erhabenem auf etwas dermaßen Profanes lenken konnte. Profan in seinen Augen."

„Das klingt schon mehr nach meinem Onkel. Das war immer so: Er hat eine Sache angefangen, um sie im nächsten Moment liegen zu lassen", sagte Boris ungnädig. Dr. Ohio kam seine Meinung ein bisschen angelernt vor. So als habe er das Urteil von jemand anderem übernommen. Von jemandem, den er nicht hinterfragte. Dr. Ohio tippte auf seine Mutter, Höpfners Schwester. Wahrscheinlich hatte Boris selbst seinen Onkel ja nur als Kind kennengelernt.

Eifrig ratterte der Zug über die Ebene, als hätte er einen wichtigen Auftrag zu erledigen. Linker Hand der Bahngleise verlief in einiger Entfernung ein großer Wald. Ab und zu brach jetzt die Sonne durch das eintönige Grau, dann regnete es wieder. Es war um die Mittagszeit, im Zug herrschte schläfriges, milchiges Waschraumlicht.

Dr. Ohio döste vor sich hin. Auch Boris hatte die Augen geschlossen. Beim Schlagen einer Tür dehnte und streckte er sich.

„Ich geh mal auf die Toilette." Er gähnte und deutete nach vorne.

Dr. Ohio war in den zwei Tagen, die sie noch in Épernay verbringen mussten, und auch kurz vor der Abreise auf dem Bahnhof sehr nervös gewesen. Jeden Moment hatte er damit gerechnet, dass etwas passieren könnte, dass Wieri oder wer auch immer seinen Anschlag auf Boris wiederholen würde. Erst als sie im Zug saßen, hatte er innerlich aufgeatmet und während der monotonen Fahrt waren seine Bedenken langsam eingeschlafen. Hätte er auch nur im Entferntesten geahnt, dass Wieri seine Vorbereitungen längst abgeschlossen hatte und sich nur wenige Meter entfernt von ihnen befand ...

Der Finne hatte im Übergang zum nächsten Waggon Posten bezogen und behielt die Tür ihres Abteils scharf im Auge. Lange hatte sich nichts getan und er befürchtete schon, Boris würde niemals herauskommen. Er kaute den letzten Rest seines Daumennagels ab und überlegte angestrengt, was er unternehmen sollte, als Boris die Tür öffnete und langsam nach vorne zur Toilette ging. Endlich. Wieri klopfte das Herz bis zum Hals.

Er hatte sich etwas wahrhaft Großes ausgedacht. Während Dr. Ohio, Boris und Erika sich vom eifrigen Rattern des Zugs einlullen ließen, hatte er die beiden angrenzenden Toiletten mit einem Gemisch aus Waschbenzin, Öl und ein bisschen Kalk präpariert. Er hatte sich die Zutaten gestern Abend beschafft und selbst zusammengemixt. Es war ein todsicherer Brennstoff und vor allem: Es war mit Wasser so gut wie nicht zu löschen. Die perfekte Todesart für Ketzer.

Wieri hatte das Zeug in dünner Schicht auf die Tür, den Fußboden und einige Plastikteile aufgetragen und dann eine Spur nach draußen gelegt. Wenn er es richtig berechnet hatte, musste er nur vor der Tür die Lunte anzünden, nachdem er die Toilette von außen verschlossen hatte, und Boris würde in der kleinen Kabine verbrennen oder durch die giftigen Gase ersticken wie auf einem Scheiterhaufen.

Man könnte vielleicht annehmen, dass die Aussicht auf einen solchen Tod Wieri ein kleines bisschen Mitleid für seinen Widersacher abringen würde. Das Gegenteil war der Fall. Der Calvinist war begeistert von seiner Idee. Beiläufig und ohne darüber nachzudenken, stellte er sie in eine Reihe mit den exakten Strafen der mittelalterlichen Inquisition. So klar und logisch lag alles vor ihm. Boris musste beseitigt werden. Sein Tod musste schmerzhaft und qualvoll sein. Das würde seine Seele reinigen und ihn von seiner Schuld befreien.

Und folgte Wieri nicht einer Weisung, einer Offenbarung, die ihn sozusagen zum verlängerten Arm Gottes machte? Es ging ja nicht um Geld, es ging darum, unzählige Seelen zu retten. Er hatte gestern auch keine Skrupel gehabt, einem scheinbar unbescholtenen und unschuldigen Schaffner mit einer runden, handlichen Eisenstange ordentlich eins überzuziehen, ihn zu entkleiden und sich mit der Uniform davonzumachen. Es war notwendig. Er brauchte den Universalschlüssel für die Türen im Zug.

Ob der Mann noch lebte? Das war unwahrscheinlich. Wieri hatte mehrere Male zugeschlagen, um ganz sicher zu gehen, dass er ihn nicht verraten konnte. Die Schirmmütze war hinten etwas lädiert, aber das fiel nicht weiter auf.

In gebührendem Abstand folgte er Boris zur Toilette.

Im Zug war es durch den warmen Regen und die stickige Luft schwül geworden. Ohio sah mit halb geschlossenen Augen aufs vorbeifliegende Land und fragte sich, ob er wach war oder schlief. Er hörte, wie Erika an der Tür mit einer Frau sprach, und wandte schwerfällig den Kopf. Die Frau hielt ein Kind an der Hand und schimpfte. Dann ging sie weiter nach hinten.

„Was ist denn?", fragte Dr. Ohio, als Erika sich wieder hingesetzt hatte.

„Ach." Erika winkte ab. „Ihr Kleiner ist auf der Toilette in irgendwas reingetreten. Sie sucht einen Schaffner, um sich zu beschweren."

„Mhm." Ohio blinzelte. Er überlegte, ob er Erika fragen sollte ... Sollte er sie fragen? Und vor allem, wie sollte er sie fragen, was sie von Boris hielt? Und was würde sie antworten? Das musste er natürlich vorher wissen, denn sonst wäre die Frage absurd. Aber wenn er ihre Antwort wüsste, wäre die Frage überflüssig. War das ein Dilemma oder einfach Unsinn? Er beobachtete Erika dabei, wie sie ihn betrachtete. Dann lächelte sie. Ohio dachte an sie und Boris, wie sie in der untergehenden Sonne spazieren gegangen waren, um sich den Garten der Villa anzusehen.

Auf einmal hatte er ein seltsames, flaues Gefühl im Magen, so als würden sich krampfartige Bauchschmerzen ankündigen. Wie ein elektrischer Schlag fuhr es ihm ins Hirn und das Blut schoss ihm in den Kopf. Er richtete sich abrupt auf.

„Wie lange ist Boris eigentlich schon weg?", fragte er äußerst ruhig.

Erikas Lächeln erstarrte. Erst jetzt war Ohio sich sicher, dass sie ihn bis eben freundlich angesehen hatte. Es war, als würden ihre blaugrauen Augen einfrieren.

„Ein bisschen zu lange, wenn man bedenkt, dass er auf eine stinkige Zugtoilette wollte", sagte sie mit einem Blick auf die Uhr.

Dr. Ohio sprang auf.

„Ich gehe nachsehen."

„Ich komme mit."

In welche Richtung war Boris gegangen? Nach vorne, dachte Ohio und hastete den Gang entlang bis zur Toilette am Verbindungsstück zum nächsten Waggon. Schon von weitem konnte er das Toilettenschild sehen. Es zeigte ein rotes Männchen: Besetzt. Er war kaum um die Ecke gebogen, als er am unteren Türspalt dünne, weißliche Qualmschwaden hervordringen sah. Er drückte mit der Hand gegen die Tür und zog sie mit einem erschrockenen „Au" wieder zurück. Sie war glühend heiß.

„Schmidt!", rief er. Ein ersticktes Husten antwortete ihm.

„Ich versuche, die Tür einzutreten." Ohio nahm Anlauf, so viel der enge Raum hergab, und trat mit dem Fuß dagegen. Keine Wirkung, außer einem leichten Schmerz im Knöchel.

„Wir brauchen einen Schaffner", sagte Erika atemlos und sah sich um. Weit und breit war kein Mensch zu sehen. Aber ihr Blick fiel auf die Notbremse. Sie stieß Ohio an und zeigte auf den roten Hebel.

„Natürlich", murmelte er. Bei einem Nothalt würde auf jeden Fall ein Schaffner kommen, und der musste einen Schlüssel haben. Er zögerte kurz, dann zog er mit aller Kraft an dem Hebel. Ein Zittern durchlief den Zug, als würde er sich zusammenkrümmen. Schub und Bremse arbeiteten gegeneinander. Ohnmächtig stöhnend gab der Zug nach und wurde ruckartig langsamer. Ein ohrenbetäubendes Kreischen setzte ein, als die Bremsklötze auf den metallenen Schienen schleiften und Funken sprühten. Dann stand der Zug und für den Bruchteil einer Sekunde war es ganz still. Dr. Ohio meinte sogar, das Feuer hinter der Toilettentür hören zu können. Dann hörte man das Rumpeln von Gepäckstücken, erschrockene Rufe und Schreie. Türen wurden aufgerissen und im Nu waren die Gänge verstopft.

Wo kamen all die Leute auf einmal her? Bis vor wenigen Minuten schien der Zug wie ausgestorben.

Nachdem Wieri die Lunte gezündet hatte, machte er sich schleunigst auf den Weg zum hinteren Ende des Zugs. Es war ja leider unmöglich für ihn, die Brandfalle zu überwachen. Er konnte nur hoffen, dass in den nächsten 15 Minuten niemand auf die Toilette musste. Wieri suchte sich ein leeres Abteil, in dem er die Schaffneruniform loswerden konnte. Er hatte sich gerade umgezogen, als der Zug mit ohrenbetäubendem Kreischen stoppte. Damit hatte er nicht gerechnet. Er begann sofort nachzurechnen. Boris dürfte seit ungefähr zehn Minuten in der Toilette eingeschlossen sein. Wieri hatte zu wenig Erfahrung, um zu beurteilen, ob das reichte, um den Tod durch Verbrennen oder Ersticken herbeizuführen. Er brauchte Klarheit.

Auf dem Gang herrschte Chaos. Schon an der Verbindung zum nächsten Waggon blockierten eine Menge Leute den Weg. Alle wollten wissen, was passiert war, und aus den wenigen Informationen, die von weiter vorn zu ihnen drangen, entstanden die wildesten Gerüchte. Die Einfallslosesten machten aus dem Nothalt einen Terroranschlag. Logisch, dachte Wieri. Das Unerklärliche heißt heutzutage nicht mehr Wunder, sondern Terroranschlag. Wieri kämpfte sich mühsam und mit einer gehörigen Portion Grobheit weiter. Ein Trio an der Tür zum nächsten Waggon mutmaßte, die Fritteuse des Schnellimbisses in der Mitte des Zugs sei in die Luft geflogen.

Je weiter Wieri vordrang, desto näher kam man der Wahrheit. Noch einen Waggon weiter brachte jemand eine verstopfte Toilette ins Gespräch, was sogar Wieri stutzen ließ. Er sah den gepflegten und peinlich akkurat gekleideten jüngeren Mann, der diesen Verdacht geäußert hatte, ungläubig an.

„Glauben Sie im Ernst, dass jemand wegen einer verstopften Toilette die Notbremse zieht?“, fragte er und schüttelte den Kopf.

Der Mann zuckte mit unwissender Arroganz mit den Schultern.

„Wenn auch noch das Klopapier fehlt ...?“, rief jemand von hinten. Die Umstehenden lachten.

Was für eine Welt. Wieri kämpfte sich weiter.

14

Von weither ein Ton,
Zeit ist ein kleiner Vogel,
der fliegt in der Nacht

„Wir brauchen einen Schaffner!“, schrie Dr. Ohio. Er hatte noch einmal vergeblich versucht, die Toilettentür einzutreten. Durch die Ritzen drang der Qualm immer stärker hervor. Es kam ihm wie eine Ewigkeit vor, bis etwas passierte. Er befürchtete, dass der Erbe Höpfners in einer Zugtoilette erstickte oder verbrannte.

Tatsächlich dauerte es nicht lange, bis aus dem vorderen Teil des Zugs eine Schaffnerin kam, eine junge, kräftige Frau, die sich energisch einen Weg durch die aufgeregte und neugierige Menge bahnte.

„Hierher!“, rief Erika und winkte mit den Armen.

„Haben Sie die Notbremse gezogen?“, fragte die Schaffnerin empört, als sie Erika und Dr. Ohio erreichte.

„Schnell, öffnen Sie die Tür.“ Ohio zeigte auf den weißen Qualm, der jetzt auch aus den seitlichen Ritzen der Tür drang. „Da ist jemand drin.“

Die Schaffnerin betrachtete ihn misstrauisch, bemerkte aber ebenfalls den Rauch. Sie kniff die Lippen zusammen, holte einen Vierkantschlüssel heraus und drehte ihn ein-, zwei-, dreimal. Dann gab es ein klickendes Geräusch.

„Da hat jemand von außen abgeschlossen“, sagte sie leise zu Dr. Ohio und drehte sich zu den Leuten um, die auf dem Gang standen und jede Neuigkeit an die weiter hinten Stehenden weitergaben.

„Treten Sie bitte zurück!“, rief sie, und gleich darauf reflexartig: „Es besteht keine Gefahr, aber halten Sie Abstand.“

Vorsichtig öffnete sie die Tür einen Spalt und sah in die Toilette. Dr. Ohio spähte über ihre Schulter. Auf dem Boden und an den Wänden züngelten kleine bläulichgrüne und orangefarbene Flammen, der ganze Raum war voll weißlich grauem Rauch. Zischend schmolz das Plastik an den Wänden herunter und verbreitete einen ätzenden Gestank. Die Schaffnerin öffnete die Tür vollends und Dr. Ohio drängte sich an ihr vorbei.

Boris hatte sich aufs Waschbecken geflüchtet und hing mit dem Gesicht an einem kleinen Toilettenfenster, das einen winzigen Spalt offen stand. Mit einem Fuß stützte er sich auf dem Klodeckel ab. Der beißende Qualm kam Dr. Ohio in dicken Wolken entgegen und nahm ihm sofort den Atem. Er hielt die Luft an, umfasste Boris an der Hüfte und zog ihn mithilfe der Schaffnerin auf den Gang. Dort übernahm ihn Erika.

„Nehmen Sie kein Wasser“, keuchte Boris. „Es geht nicht aus.“

So schnell die Leute gekommen waren und sich um die Toilette geschart hatten, so schnell wichen sie jetzt zurück, als sich der ätzende Qualm in den Gängen verteilte. Das führte zu noch mehr Stau und Verwirrung, da die weiter hinten Stehenden immer noch nach vorne drängten. Es drohte eine Massenpanik. Die Schaffnerin riss einen Feuerlöscher aus der Halterung und zielte auf den Boden der Toilette. Einige Leute öffneten die Fenster im Gang.

Dr. Ohio und Erika nutzten das Chaos und schleppten Boris hinüber zur Tür. Ohio öffnete und sprang die drei Stufen hinunter. Er verschwendete keinen Gedanken an ihr Gepäck. Sie mussten es zurücklassen. Es lag auf der Hand, dass Wieri hinter diesem Brand steckte, und die Gefahr war zu groß, ihm im Zug in die Arme zu laufen.

Boris spürte, dass nur noch Erika an seiner Seite war. Er sah sie mit glänzenden, schwarzen Augen an.

„Ich glaube, ich habe mich in dich verliebt“, flüsterte er.

„Ach, du lieber Himmel“, stöhnte Erika und warf ihn die letzte Stufe hinunter in Dr. Ohios Arme.

„Das ist Ihr Retter“, knurrte sie, aber nur Boris hörte es.

Der Regen strömte in warmer, weicher Gleichgültigkeit auf sie herunter. Erika und Ohio hakten Boris unter und schleppten ihn, so schnell seine wackligen Beine es zuließen, über die Gleisböschung, vorbei an einem schmalen Feld und hinein in den angrenzenden Wald. Dort ließen sie sich erschöpft fallen.

Sie lagen auf dem feuchten Waldboden. Boris versuchte keuchend, Atem zu schöpfen. Dr. Ohio sah zwischen den tropfenden Bäumen durch hinunter auf den stehenden Zug, aus dem jetzt immer mehr Menschen herausdrängten, und über die weite, trostlose Ebene. Er kam sich vor wie auf einem Schlachtfeld in einem Film des japanischen Regisseurs Kurosawa.

Auf seinem Weg nach vorne roch Wieri die Dämpfe von schlecht verbrennendem Plastik und schwerem Öl schon lange, bevor er in die Nähe der Toilette kam, in der Boris eingeschlossen sein musste. Die Leute wichen zurück, viele drängten zur Tür ins Freie. Wieri sah sich um und sein Blick fiel aus dem Fenster. Er schlug sich an die Stirn und wurde vor Ärger ganz weiß. Natürlich, wäre er ausgestiegen und außen entlang des Zugs nach vorne gegangen, dann wäre er viel schneller gewesen. Er hätte sich ohrfeigen können, dass er nicht früher auf die Idee gekommen war. Aber jetzt war es zu spät.

An der Unglücksstelle gab es keine Hinweise auf einen Toten, geschweige denn eine schrecklich entstellte Leiche, deren Anblick den Leuten das Entsetzen ins Gesicht getrieben hätte. Niemand war zu sehen, der auch nur im Mindesten in Mitleidenschaft gezogen worden wäre. Eine Schaffnerin hantierte mit einem Feuerlöscher, ein zweiter Bahnangestellter stand mit einem weiteren hinter ihr.

„Was ist passiert?", fragte Wieri dumpf.

„Das sehen Sie doch", gab die Schaffnerin ärgerlich zurück. „Es brennt." Sie schoss einen langen Stoß Löschpulver auf eine wieder aufflackernde Flamme auf dem Fußboden.

„Waren Leute hier drin? Ich meine, ist jemand verletzt worden?"

Der Ton seiner Stimme ließ die Schaffnerin kurz aufblicken. Sie ließ den Feuerlöscher sinken.

„Kannten Sie sie? Ich glaube, sie sind da raus und nach da drüben gerannt." Sie zeigte in Richtung Wald.

„Ich kenne niemanden", sagte Wieri hastig. „Ich wollte nur wissen, ob jemand verletzt ist. Ich bin Arzt. Ich sehe mal draußen nach." Schnell zog er sich zurück.

Wie groß war sein Dulden, seine stumpfe Ergebenheit in Gottes unergründliche Wege, als ihm klar wurde, dass auch dieser Anschlag schiefgegangen war. Seine Augen schwammen über von Tränen der Wut. In ihm riss etwas, seine letzte Verbindung. War es nun an der

Zeit, die letzte, die entscheidende Frage zu stellen? Mein Gott, warum hast du mich verlassen? Wieri wurde es schwarz vor Augen, rauchschwarzer Zorn vernebelte ihm Sicht und Sinne. Er keuchte schwer und drängte sich an den ihn umgebenden Leuten vorbei, die ihm Platz machten, weil sie seine Glaubenskrise für Übelkeit hielten, ausgelöst durch die Dämpfe des Brandes.

Draußen setzte er sich ins nasse Gras und rang nach Luft. Wieder fühlte er Tränen aufsteigen und sah nach oben in die warmen Regentropfen, die aus dem hellgrauen Himmel gleichmäßig auf ihn niederfielen. Sie vermischten sich mit seinen Tränen und er schmeckte das verdünnte Salz, leckte es mit der Zunge von seinen Mundwinkeln. War er der Fehler? War er unfähig? Oder hatte er etwa den falschen Schluss gezogen und all die Menschen, die er auf dem Gewissen hatte, waren gar nicht für die gute, gerechte Sache gestorben? Nur langsam wich die Schwärze vor seinen Augen wieder der grauen Farbe des Himmels. Gott, hilf mir, dachte er. Er sah mit großen Augen traurig um sich – wie nach schwerer Krankheit.

Er konnte Dr. Ohio, Erika und Boris nicht entdecken. Sie waren geflüchtet. Aber er wäre nicht Värie Wieri gewesen, wenn er nicht die Kraft gefunden hätte, die Dinge wieder ins richtige Licht zu rücken. Denn das, ging ihm auf einmal auf, war seine letzte Chance. Wären die drei hiergeblieben, dann gäbe es keine Möglichkeit mehr, an sie heranzukommen. Aber so musste er sie nur in diesem Wald oder im nächsten Ort ausfindig machen, um seine Aufgabe doch noch zu Ende zu bringen. Gott hatte ihn nicht verlassen. Er prüfte ihn nur hart, wie schon so oft. Und Wieri war entschlossen, diese Prüfung endgültig zu bestehen.

Nachdem Wieri seinen Rucksack aus dem hinteren Zugabteil geholt hatte, stapfte er los. Er ging denselben Weg zum Wald, den auch Dr. Ohio, Erika und Boris genommen hatten.

Die drei saßen immer noch an derselben Stelle zwischen den nicht sehr dicht stehenden Bäumen, kaum 20 Meter innerhalb des Waldes, als Wieri auftauchte. Erika entdeckte ihn als Erste. Sie sah ihn klein, nass und blass den schmalen Pfad am Waldrand entlangstapfen.

„Doktor“, flüsterte sie tonlos.

„Was ist de...?", fragte Ohio laut. Er sah sich Boris' Augen an, die ziemlich rot, aber nur leicht geschwollen waren. Ohio verstand nicht viel davon, aber er schien Glück gehabt zu haben. Noch bevor er das letzte Wort gesprochen hatte, drehte sich Erika um und hielt ihm den Mund zu.

„Psst", flüsterte sie. „Da vorne." Langsam löste sie ihre Hand und zeigte auf die schmale Gestalt, die da am Waldrand entlangging.

„Wieri", sagte Dr. Ohio atemlos. „Das ist ..." Er war überzeugt davon gewesen, dass Wieri hinter den Anschlägen steckte. Aber ihn jetzt leibhaftig keine hundert Meter weit weg den Waldweg entlanggehen zu sehen, war wie ein Schock für ihn. Er starrte sprachlos, zu keiner Regung fähig, auf den völlig durchnässten Mann.

„Kommen Sie. Nichts wie weg hier", flüsterte Erika. Nicht auszudenken, wenn er sie hier finden würde. Er würde mit ihnen allen kurzen Prozess machen, und wenn es gut lief, würden ihre Leichen in ein paar Jahren entdeckt werden. Aber Boris hielt sie auf. Er hatte sich auf die Ellbogen gestützt und sah Wieri nach.

„Nicht bewegen", krächzte er heiser. „Jede Bewegung und jedes Geräusch könnten ihn auf uns aufmerksam machen. Wenn wir einfach ruhig sind und stillhalten, entdeckt er uns nicht. Er geht ja nicht mal in unsere Richtung."

Erika und Ohio sahen sich an. Boris hatte recht. Also duckten sie sich, blieben mit angehaltenem Atem zwischen den Bäumen sitzen und ließen den kleinen Calvinisten nicht aus den Augen, bis er weit weg hinter einer Biegung verschwunden war. Wieri wandte keinen Blick von dem schmalen Pfad. Nur ein-, zweimal war er stehen geblieben, um mit zusammengekniffenen Augen den Weg entlang nach vorne zu schauen. Unbeirrt folgte er seinem Pfad, wie er das immer getan hatte.

Sobald Wieri außer Sicht war, rafften sich Dr. Ohio und Erika auf. Boris hatte sich so weit erholt, dass er mit ihrer Unterstützung leidlich gehen konnte. Sie bahnten sich einen Weg mitten in den Wald hinein und gingen eine Zeit lang abseits von allen befestigten Wegen, um nicht doch zufällig auf Wieri zu stoßen. Der Wald war nicht allzu dicht und sie kamen ganz gut voran. Boris erzählte in kurzen, abgehackten Sätzen, dass er das Fenster der Toilette einen Spaltbreit hatte öffnen können, um frische Luft zu bekommen. Ansonsten wäre er sicher erstickt ...

„Dass ich überhaupt da reingegangen bin ..." Er blieb stehen, um Atem zu schöpfen, und schüttelte ärgerlich den Kopf. „Früher wäre mir das nicht passiert."

„Sprechen Sie nicht so viel", sagte Dr. Ohio angestrengt und blickte konzentriert auf den Waldboden. Boris hing schwer an ihm, den Arm um seine Schulter gelegt. „So, wie es aussieht, haben wir noch ein ganzes Stück vor uns. Wir können nur hoffen, dass uns jemand aufgabelt und ins nächste Dorf mitnimmt."

Boris nickte. Erika ging schweigend weiter und sah Boris von der Seite an. Was meinte er mit „Früher wäre mir das nicht passiert"?

Der Regen ließ nach und hörte schließlich ganz auf. Am späten Nachmittag kam die Sonne durch und sie ließen sich auf einer kleinen Lichtung nieder, die nahe einem breiten Weg gelegen war, um sich ein bisschen aufzuwärmen und ihre Kleider zu trocknen. Der Wald erschien ihnen riesig, er nahm kein Ende. Es war natürlich auch möglich, dass sie im Kreis gegangen waren, aber daran mochte Dr. Ohio nicht denken. Er hatte wirklich keine Lust, die Nacht auf dem feuchten Waldboden zu verbringen. Lang ausgestreckt lag er im Gras und dachte an die gelben Augen von Waldeulen. An schnaufende Rüssel, die nachts geschäftig den Boden aufwühlten. Der einzige Lichtblick war, dass sie Wieri nicht mehr begegnet waren. Ansonsten sah ihre Lage ziemlich trostlos aus.

Seine Gedanken schweiften ab. Er dachte an Erika, als ob sie sehr weit entfernt wäre, obwohl sie kaum zwei Meter neben ihm im Gras lag. Blinzelnd öffnete er ein Auge, um sich davon zu überzeugen. Da lag sie, auf dem Rücken, erschöpft, die Augen geschlossen, mit ausgebreiteten Armen, ganz der bleichen Sonne ergeben. Wie viel war nötig gewesen, um sie ihm wieder so fremd zu machen wie vor ihrer Reise? Nicht viel, befand er. Eigentlich gar nichts. Nur der Lauf der Dinge ...

Dr. Ohio öffnete auch das zweite Auge. Hörte er da nicht ein leises Brummen? Er stützte sich auf die Ellbogen und sah über das hohe Gras hinweg. Kein Zweifel, da bewegte sich etwas. Ein Wagen fuhr langsam den Waldweg entlang, ein grüner Geländewagen. Ohio sprang auf, so schnell es seine steifen Knochen zuließen, und rannte mit beiden Armen winkend über die Wiese. Der Wagen fuhr noch ein paar Meter weiter und hielt dann an. Dr. Ohio lehnte sich an die Dachreling und redete durchs Seitenfenster mit dem Mann am Steuer. Er deutete auf die Lichtung und winkte kurz darauf den anderen. Die beiden erhoben sich und gingen langsam und mühsam wie Kriegsinvaliden über die Wiese. Boris stützte sich auf Erika.

„Es tut mir leid", sagte Boris. Erika sah ihn fragend an. „Was ich vorhin gesagt habe. Im Zug. Ich wollte dich nicht erschrecken."

„Du hast mich nicht erschreckt", sagte Erika leise.

„Warum hast du mir nicht gesagt, dass du ... und er ...?", fragte Boris stockend und wies mit dem Kinn auf Dr. Ohio.

Erika schwieg. Aber sie kamen dem Wagen immer näher, und wenn sie noch etwas sagen wollte, dann sollte sie es jetzt tun.

„Es gibt keinen Grund, dir irgendetwas über mich zu erzählen", sagte sie hastig. „Ich bin dir keine Rechenschaft schuldig, oder? Ich weiß ja selbst gar nicht ..." Sie brach ab und sah Boris von der Seite an.

„Ich weiß. Ich dachte nur ..."

„Und du?", fragte sie ärgerlich. „Was hast du vorhin damit gemeint, als du sagtest, früher wäre dir das mit Wieri nicht passiert?"

Boris hob die Augen und sah sie an wie ein Welpe.

„Ich war ja nicht immer Fremdenführer im Champagner-Keller", sagte er etwas hochtrabend und lächelte treuherzig.

Der Mann neben Dr. Ohio war ein wahrer Hüne. Eigentlich war er nicht viel größer als Ohio, aber ungefähr dreimal so breit. Herr Adler kam aus Büchelberg, einer nahe gelegenen Ortschaft, und war auf dem Rückweg zu seinem Bauernhof.

„Adler. Wie Horst", stellte er sich vor, als Erika mit Boris den Wagen erreichte, und ein lautes Lachen dröhnte aus seinem mächtigen Brustkasten. Dr. Ohio hob die Hände und verzog ratlos den Mund. Erika und Boris lachten höflich. Auf jeden Fall zögerte er nicht lange und bugsierte alle mit ein paar Bewegungen seiner schaufelartigen Hände in den Wagen.

Unterwegs fragte Dr. Ohio nach einer Pension, aber Adler lachte nur.

„In Büchelberg? Da können Sie lange suchen. Wir sind gleich da, dann werden Sie schon sehen."

Büchelberg war winzig und lag einsam inmitten einer großen Lichtung, rings umgeben von Wald. Es war, als hätten sie bei ihrem Weg durch den Wald eine Art Tor oder Schleuse passiert. Ein bisschen wie in einem tschechischen Märchen, in dem man aus der realen Welt in eine Fantasiewelt eintritt und plötzlich im Märchenwald steht und vom Wolf begrüßt wird, während die sieben Geißlein kichernd vorbeiflitzen.

Bauer Adler war schweigsam geworden und steuerte an ein paar Wiesen und Feldern vorbei auf das kleine Dorf zu. Ab und zu musterte er Dr. Ohio nachdenklich von der Seite. Dann gab er sich einen Ruck und bot ihnen an, sie für eine Nacht auf seinem Bauernhof einzuquartieren. Platz sei genug da, sagte er, und seine Frau würde sicher drei Mäuler mehr stopfen können.

Ohio überlegte nicht lange. Es war auf jeden Fall besser, bei Privatleuten unterzukommen. In einer Pension hätte Wieri viel mehr Chancen herauszubekommen, wo sie sich aufhielten. Und Adler machte einen vertrauenswürdigen Eindruck, was man von ihrer Reisegruppe nicht gerade behaupten konnte. Also bedankte er sich herzlich und nahm das Angebot an.

Auch der Bauernhof und die gute Stube der Familie Adler, die sie bald darauf betraten, machten den Eindruck, als seien sie in direkter Nachbarschaft zum bösen Zauberer Rumburak im Märchenwald angesiedelt. Und Frau Adler passte mit ihren Jeans, die ganze Zeltbahnen Stoff verschlungen haben mussten, und ihrer runden Gemütlichkeit ebenfalls ins Bild. Sie wies jedem der unerwarteten Gäste eine winzige Stube unterm Dach des riesigen Bauernhauses zu. Dort konnten sie sich frisch machen und ausruhen.

Während Boris schlief, ging Dr. Ohio nach unten. Er musste dringend telefonieren, um sicherzugehen, dass die Sache mit Boris' Erbe so schnell wie möglich geregelt werden konnte. Damit wären alle Gründe für Wieris wahnwitzige Anschläge ausgeräumt. Und um alles vorzubereiten, brauchte er Dr. Laudtner, auch wenn er ihm nicht über den Weg traute. Der Rechtsanwalt sollte einen Termin mit dem Notar verabreden, damit Boris so schnell wie möglich die Erbschaft antreten konnte und somit die Stiftungsklausel in Höpfners Testament erlosch.

Es klingelte bereits, als Ohio die Verbindung zwischen Laudtner und Wieri in den Sinn kam. Möglicherweise hatten sie das alles ja zusammen geplant? Sollte er lieber wieder auflegen? Eine Allianz zwischen den beiden lag bis zu einem gewissen Punkt auf der Hand. Aber der Wahnsinn von Wieris Mordanschlägen ging zu weit. Ohio schätzte Laudtner als viel zu feige und vorsichtig ein, als dass er die zunehmend irren Wege des Finnen unterstützen würde. Wieri war für niemanden mehr auch nur annähernd kalkulierbar. Und beide hatten völlig entgegengesetzte Interessen ... Auf der anderen Seite der Leitung sprang der Anrufbeantworter an. Dr. Ohio atmete auf. Laudtner war nicht da. Er sprach ihm eine kurze Nachricht auf Band und legte wieder auf.

Erika lag im Halbdunkel auf dem schmalen Bett in ihrer Kammer. Sie hatte ihre Bluse ausgewaschen, die jetzt zum Trocknen am offenen Fenster auf einem Kleiderbügel im lauen Wind des schwülen Spätnachmittags baumelte. Blinzelnd drehte sie den Kopf zum Fenster, ein kleines Viereck, dessen Licht die weißgetünchten Wände ihres Zimmers blaugrau färbte. Sie sah ihrer zappelnden Bluse zu, dann fiel ihr Blick auf ein kleines Kreuz, das an die Wand über dem Bett genagelt war. Es klopfte.

Sie ging auf bloßen Füßen zur Tür, öffnete einen Spalt und lehnte sich von innen leicht dagegen.

„Hi", flüsterte Boris so leise, als würde ein lautes Geräusch Gewebe zerreißen.

„Hi", flüsterte Erika zurück, und im dunklen Flur schimmerte das Weiß ihrer Augen wie fahles Irrlicht. Boris streifte mit seinem Blick ihre Schulter, über die der schmale Riemen ihres BHs verlief.

„Was gibt's denn? Du solltest im Bett liegen und dich ausruhen."

Boris nickte wie ein braver Junge, machte aber keine Anstalten, in sein Zimmer zurückzugehen.

„Es gibt bald was zu essen", sagte er schließlich. Erika nickte. Boris lehnte sich an die Wand, sodass nur der Türspalt ihn von Erika trennte. Sie schwiegen.

„Ich meine ...", sagte Boris schließlich zusammenhanglos, „ist alles okay?"

Erika lachte leise und nickte.

„Bei mir schon. Und bei dir?"

„Es geht mir schon besser."

„Ich merke es. Schön."

Boris senkte den Kopf und fuhr mit seiner nackten Fußsohle über den harten, fest geknüpften Sisalteppich im Gang.

„Ich wollte nur sagen ...", fing er wieder an.

„... dass das Essen fertig ist", sagte Erika und schmunzelte.

„Das auch." Er lachte nervös. „Nein, dass ich mich vorhin zwar entschuldigt habe, aber ... eigentlich hab ich es nicht so gemeint. Das wollte ich dir sagen. Es tut mir nicht leid."

„Na, so was", sagte Erika spöttisch und zog die Mundwinkel nach unten.

„Ja ..." Boris nickte trotzig.

„Du hast mir immer noch nicht gesagt, warum dir das mit Wieri früher nicht passiert wäre", sagte Erika, ohne auf ihn einzugehen.

„Früher war ich noch kein reicher Erbe", sagte Boris und grinste.

„Na toll." Erika verdrehte gelangweilt die Augen.

Boris sah sie scharf an, als wolle er sie prüfen. Er kniff die Lippen zusammen und holte Luft.

„Ich war Soldat früher", flüsterte er, und als er merkte, dass Erika wenig beeindruckt war, fügte er hinzu: „Ich meine, in einer ganz speziellen Armee."

„Mhm", machte sie.

Boris schien sich zu ärgern. Was hatte er erwartet? Eine Regung, eine Frage vielleicht ...? Er kniff düster die Augenbrauen zusammen.

„In der Fremdenlegion", sagte er hart. „Ich war in der Fremdenlegion. Und dass ausgerechnet ich diesem kleinen Fanatiker aufsitze ... Und das gleich zweimal ..."

„So klein ist er auch wieder nicht. Und beim ersten Mal wusstest du ja noch gar nicht, dass du verfolgt wirst", erwiderte Erika schnippisch und blickte zurück in ihr Zimmer. „Ich muss mich noch umziehen", sagte sie kühl. „Ich komme dann gleich runter."

„Aber ...", sagte Boris. Erika schloss die Tür.

Frau Adler war nicht die Frau, der ungebetene Gäste großes Kopfzerbrechen bereiteten. Sie war es gewohnt, viel zu kochen. Früher, erzählte sie, während sie Berge von Fleisch und Knödeln auf Dr. Ohios Teller lud, hatten ihre Kinder oft Freunde zum Essen mitgebracht. Und die hätten sich nie vorher angekündigt. Und seit die Kinder aus dem Haus waren, fanden die Adlers es sowieso ein bisschen zu ruhig in dem großen Bauernhaus in ihrem kleinen Dorf. Da war der ungewöhnliche Besuch eine nette Abwechslung.

„Vor allem der junge Mann muss kräftig essen. Tu ihm tüchtig auf. Er sieht ein bisschen blass um die Nase aus", sagte Adler und schenkte Bier in ein großes Glas. Alles in diesem Haushalt schien riesige Dimensionen zu haben. Boris lächelte unglücklich.

„Mir geht's schon viel besser", sagte er, langte aber trotzdem kräftig zu. Erst als der Duft der Knödel und des Gulaschs in seine Nase gestiegen war, hatte er bemerkt, wie hungrig er war.

Das Essen hielt, was die Umgebung und die runden, ausladenden Körperlinien der Adlers versprachen: Es war deftig und ausgezeichnet.

Das Essen und die Anstrengungen des Tages machten alle drei schnell müde. Lange hielt es zur Enttäuschung beider Adlers keiner ihrer Gäste am Tisch aus. Die Platten waren kaum geputzt, als Boris sich als Erster verabschiedete. Er entschuldigte sich mit seiner angeschlagenen Gesundheit. Erika folgte ihm bald. Dr. Ohio saß mit Herrn und Frau Adler noch auf ein Bier zusammen, dann ging auch er nach oben und legte sich schlafen.

Die Wolken hatten sich vollends verzogen, als die Sonne untergegangen war. Es war spät am Abend und der Ort lag ringsum eingerahmt vom dunklen Wald unter dem silbrigen Schein eines schmalen, tief hängenden Mondes. Die Sterne glitzerten am schwarzblauen Himmel. Im Dorf ging man früh schlafen und die wenigen, die noch wach waren, sagten später, sie hätten nichts gehört von der Ankunft des Dämons.

Mit Karacho und einem Affenzahn raste Wieri mit seinem Leihwagen, einem knallroten VW Polo mit Heckspoiler, die Bundesstraße entlang. Er bog schräg links ab und fuhr wie die Reinkarnation des bösen Zauberers aus dem Märchenwald auf der schmalen Landstraße beinahe ungebremst ins Dorf hinein. An der Kreuzung stoppte er den Wagen. Ungeduldig stotterte, spuckte und brodelte sein Motor, unbeherrscht zuckte sein Fuß auf dem Gaspedal, während er mit fiebrigen Augen die Straßenschilder studierte. Dann gab er Vollgas, bog mit quietschenden Reifen nach rechts ab und folgte ein paar geschlängelten Gässchen, bis er sein Gefährt zitternd neben einer weiten, im Mondlicht graugrün schimmernden Wiese anhielt.

Auf der anderen Seite, zu seiner Linken, lag die riesige, schwarze Silhouette von Adlers Bauernhof. Kein Lichtlein brannte, Menschen und Tiere schienen in tiefem Schlaf zu liegen. Aber das interessierte Wieri nicht. Mit nervösen Fingern löste er den Gurt, diese Geißel des lässigen Aussteigens aus einem motorisierten Fahrzeug, betätigte den Knopf zum Öffnen des Kofferraums und sprang mit einem Satz ins Freie. Das Weiß in seinen Augen leuchtete gelblich auf im Lichtschein der mageren Kofferraumbeleuchtung. Er riss seinen Rucksack heraus und knallte den Kofferraumdeckel zu. Kein Warten, kein Zögern, kein Gedanke und kein Planen konnten ihn mehr aufhalten. Die Zeiten des Verstandes, der Ratio, lagen weit hinter ihm. Wohin hatte ihn das schon gebracht? An den Rand des Nervenzusammenbruchs, wähnte er und lachte leise.

In Wirklichkeit war er schon weit über einen Nervenzusammenbruch hinaus. Die lange Wanderung im Regen heute Nachmittag hatte ihr Übriges getan und leistete seinem beginnenden Wahnsinn mit einem Ansteigen der Körpertemperatur Vorschub. Sein schwacher Körper war an eine Grenze gelangt und wurde nur durch seinen Glauben, seinen gestählten Willen und das unbedingte Wissen um seine Mission weitergetragen. Schon in den feuchten Katakomben der Champagne, ach was, an den Ufern des Genfer Sees hatte das Leiden begonnen, lagen die Nerven blank. Jetzt stand es in voller Blüte und bald war Erntezeit.

Profan gesagt, waren wohl ein paar Sicherungen zu viel durchgebrannt bei Wieri. Er scherte sich nicht einmal mehr darum, ob er entdeckt würde oder nicht. Einzig sein Auftrag zählte. Und, diese Konsequenz zog er aus seinen Fehlschlägen, entweder Gott liebte und beschützte ihn. Dann würde er sowieso allen Unbilden und Misslichkeiten zum Trotz unentdeckt bleiben, egal, ob er Vorsichtsmaßnahmen ergriff oder nicht. Gott würde seine schützende Hand über ihn halten. Oder aber er war ohnehin verloren. Ein verlorener Sohn auf dem falschen Weg. Dann hatte er keine Chance, sein Vorhaben zu einem guten Ende zu bringen.

Es war ein Gottesurteil reinsten Wassers. Wieri war entflammt, das Absolute war wie Rauschgift für ihn. Es gab nur entweder – oder, nichts dazwischen. Und eines war gewiss und spendete immer Trost: Im Falle eines Scheiterns würde er trotzdem in Gottes Armen landen. Er würde bereuen und Gott würde ihm verzeihen. Wer wusste schon Bescheid über die Wege des Herrn? Wer wusste denn schon, was richtig und was falsch war?

Was ist denn aus all den Sündern geworden, die im Namen Gottes ihre Gräuel verübt haben, Menschen zu Hackfleisch, Sklaven ... Pest, Hurerei, Ausbeutung, Schlächterei, Spekulanten, betrügerische Landverkäufe, Placebos, Mogelpackungen, künstliche Farbstoffe, Krankenversicherungen, und denen viel später, sehr viel später die Kirche sanft die Legitimation entzog, um nicht selbst unters Fallbeil der nachgeborenen Geschichtsbetrachtung zu geraten? Sie bereuen an der Brust des allmächtigen Vaters, sie trösten sich in ihrem Himmel. Geschah nicht alles in bester Absicht?

Wieri spurtete mit dem Rucksack in der Hand über die Wiese auf Adlers Hof. Dort riss er mehrere Flaschen seines Gebräus heraus, das er für den Anschlag im Zug hergestellt hatte. Ein kurzer Moment der Besinnung durchzuckte ihn und er sah sich um, um den besten Platz zu finden. Die Fenster im Erdgeschoss lagen niedrig. Wieri entzündete die Flaschen, die mit tränenden Lappen präpariert waren, mit einem Feuerzeug und schleuderte sie in brennender Wut gegen Hauswand und Scheiben. Im Widerschein der züngelnden Flammen flackerte ihm der Irrsinn übers Gesicht.

Ein irres Stöhnen, das in ein wieherndes Lachen umschlug, entrang sich seiner Kehle. Er rieb sich die Hände, als wolle er sich am Feuer wärmen. Wie ein Wolf reckte er sein Gesicht dem Mond entgegen und stieß ein winselndes Geheul aus, das er für Triumphgesang hielt. Mit dem Fuß versuchte er, die Glasscherben der Flaschen, die an der Wand zersprungen waren, zusammenzuschieben, bis seine Hose Feuer fing.

Entsetzt patschte er darauf. Die Flammen erloschen qualmend und hinterließen ein großes Loch im Stoff. Wieri duckte sich und sah sich um. Er rannte zurück zu seinem Wagen, stolperte, stieß noch einmal ein triumphal-irrsinniges Gelächter, „Ha-ha-ha-haaa", hervor, das in einem röchelnden Keuchen endete, stieg ein und raste zurück in den Wald. Aus den zerbrochenen Fenstern von Adlers Wohnstube drang öliger Rauch. Die Flammen fraßen sich langsam, aber stetig an den dicken Vorhängen hoch.

15

Rascheln und Keuchen,
im stumpfen Dunkel der Nacht
findet sich kein Weg

Boris lag in einem unruhigen Schlummer. Er wälzte sich schwitzend unter seiner Decke und träumte von Szenen aus der Zukunft, die er – wie er sich vermeintlich klarmachte, als er einen Moment hochschreckte – doch noch gar nicht kannte. Ständig wechselnde Bilder schwebten ihm durchs Hirn, die mit seinem Erbe zusammenhingen. Oder mit Erika. Ach Erika. Trauriges Gelee umwabbelte sein Herz, wenn ihm ihr Gesicht im Traum erschien. Sie blickte ernst. Aber: War sie gleichgültig oder beherrschte sie nur mühsam ihre flackernde Leidenschaft?

Dr. Ohio träumte von einem Kappa, der ihn in seinen See locken wollte. Ohio lachte ihn aus, denn es war ihm bekannt, dass Kappas den Menschen nicht immer wohlgesonnen waren und ab und zu versuchten, sie in ihren Gewässern zu ertränken. Dieser Kappa jedoch versicherte ihm, dass er ihm helfen wolle und dass er unbedingt zu ihm ins Wasser kommen solle.

„Du musst besser argumentieren!“, rief Ohio dem Kappa aus sicherer Entfernung zu und lachte. Der Kappa winkte ihm und verschüttete ein bisschen von der Flüssigkeit, die er auf dem Kopf trug. Gleichzeitig wunderte sich Ohio innerhalb seines Traums, dass ihm im Traum ein Kappa erschien. In all den Jahren, die er fern von Japan gelebt hatte, war ihm noch nie eine Figur aus der japanischen Mythologie erschienen. Oder? Er wandte sich anderen Unwägbarkeiten zu.

Erika lag reglos in ihrem Bett und ließ ein leises, fast unhörbares Schnarchen hören. Ihre blonden Haare lagen wirr auf dem Kissen. Sie streckte den Fuß und das halbe Bein unter der Decke hervor, weil ihr zu warm war. Unter ihren geschlossenen Lidern bewegten sich ihre blauen Augen, fuhren hin und her. Was Erika träumte, war unergründlich. Kein Mensch würde es je erfahren.

Alle lagen in tiefem Schlaf, nur Boris' vom Qualm in der Zugtoilette geschwollene und empfindliche Schleimhäute reagierten sofort auf die dünne Spur von Rauch in der Luft. Der Qualm zog in feinen Fäden durch Mund und Nase bis in seine Stirnhöhle und kratzte an den gereizten Gängen in seinem Kopf. Nervös schlug er die Augen auf.

„Feuer", flüsterte er. Mit einem Satz war er aus dem Bett und stolperte durch das dunkle, unbekannte Zimmer ans Fenster. Unten auf dem Hof sah er einen schwachen, flackernden Lichtschein ums Haus. Als sich seine Augen an das schwankende Dunkel gewöhnt hatten, sah er am Rand des Hofs eine Gestalt. Das musste Wieri sein. Der verdammte Wieri. Obwohl der Calvinist viel zu weit weg war, glaubte Boris, in seinen kranken Augen sich das Feuer spiegeln zu sehen, mit dem er jetzt zum dritten Mal versuchte, ihn zu töten. Jetzt reicht es, dachte er. Du mieses Dreckstück. Aber in diesem Moment setzte Wieri zu seinem Spurt über die Wiese an. Boris hörte nur noch sein irres Lachen und das Aufheulen des Motors. Dann war er weg.

Er kümmerte sich nicht weiter um den Finnen, schnappte sich seine Bettdecke, rannte aus dem Zimmer und die Treppe hinunter.

„Feuer!", schrie er. „Es brennt!"

Sie hatten Glück im Unglück. Das Wohnzimmer war der einzige Raum, in dem es wirklich brannte. Nur dort waren Wieris Wurfgeschosse tatsächlich durch die Fenster geflogen. Die anderen Flaschen waren an der Mauer oder den Fensterkreuzen zersprungen.

Im Wohnzimmer standen die Vorhänge allerdings schon in hellen Flammen und leckten über die blank gewienerten Dielen des Fußbodens. Ein Teppich hatte Feuer gefangen und kokelte vor sich hin. Boris griff sich einen Schürhaken und riss die brennenden Vorhänge damit herunter. Dann warf er seine Decke darauf, um die Flammen zu ersticken. Aus den Augenwinkeln sah er Herrn Adler die Treppe herunterstampfen.

„Nehmen Sie kein Wasser!", schrie er ihm zu. „Mit Wasser ist es nicht zu löschen. Nehmen Sie Decken oder so was!"

Herr Adler rannte in die Scheune und kam mit einem Armvoll alter, staubiger Kartoffelsäcke wieder. Inzwischen waren auch Dr. Ohio, Erika und Frau Adler unten. Frau Adler rief sofort die Feuerwehr an. Ihr Mann warf die Säcke auf die Flammen, die außen am Haus hochzüngelten, und trampelte mit seinen großen Füßen darauf herum. Dr. Ohio und Erika halfen Boris, den Brand im Wohnzimmer zu löschen.

„Dieser verdammte Wieri", murmelte Boris verbissen, als er zusammen mit Dr. Ohio versuchte, die Flammen am Boden zu ersticken. „Ich hab ihn gesehen." Dr. Ohio nickte. Sonst redeten sie nichts weiter, bis das Feuer unter Kontrolle war.

Als die Feuerwehr eintraf, kokelte es nur noch an ein paar Stellen und aus den geöffneten Fenstern des Wohnzimmers drang übel riechender Qualm. Die Feuerwehrleute kümmerten sich darum, während die Adlers und ihre Gäste erschöpft auf den Stufen zum Haus saßen. Frau Adler hatte Wasser geholt, um den Rauch aus den Kehlen zu spülen. Als die Feuerwehrleute fertig waren, gab es für alle einen Schnaps.

Herr Adler saß da und schüttelte ungläubig den Kopf.

„Ich weiß gar nicht, was ich sagen soll. Mein Gott, wenn Sie nicht gewesen wären ... Uns wäre der ganze Hof abgebrannt."

Boris sah ihn bedrückt an und schüttelte den Kopf.

„Na ja", sagte Dr. Ohio leise. „Das ist leider nur die halbe Wahrheit. Wenn wir nicht gewesen wären, dann wäre Ihnen das wahrscheinlich gar nicht passiert." Und als Adler ihn verständnislos ansah, fuhr er fort: „Vor allem müssen wir die Polizei verständigen. Das war Brandstiftung. Ich glaube, wir sind Ihnen eine Erklärung schuldig."

Die Adlers waren noch gar nicht richtig zur Besinnung gekommen, um über die Ursache des Brands nachzudenken. Aber überall waren Scherben und Reste von Wieris Gebräu zu finden, und daraus auf Brandstiftung zu schließen, war nicht schwer. Auch die Feuerwehrleute bestätigten das mit einem Blick.

Dr. Ohio stand betreten neben dem großen, wuchtigen, fassungslosen Adler und berichtete ihm in groben Zügen die Ereignisse der letzten Tage, die sie nach Büchelberg geführt hatten. Adler schüttelte immer wieder ungläubig den Kopf.

„Ja, aber ...", sagte er und brach wieder ab. „Wie kann man denn ..." Er wusste nicht, was er von der Sache halten sollte. Ohio war die ganze Angelegenheit unsagbar peinlich. Es war unverantwortlich von ihnen gewesen, fremde Leute in ihre Angelegenheiten zu ziehen. Aber er hätte im Traum nicht daran gedacht, dass Wieri sie so schnell ausfindig machen würde. Und er ahnte, dass das nur mit seinem Anruf bei Laudtner zusammenhängen konnte.

Die Polizei nahm die ganze Reisegesellschaft mit.

Sie verbrachten eine ungestörte Nacht auf der Polizeiwache in Karlsruhe. Am nächsten Vormittag machten sie ihre Aussage beim zuständigen Kommissar, der sich Dr. Ohio, Erika und Boris getrennt vornahm.

Dr. Ohio erzählte ihm die ganze Geschichte von Anfang an. Der Kommissar, ein noch junger Mann mit einem offenen Gesicht, einer großen Nase und einem sympathischen Lachen, betrachtete ihn anfangs mit höflichem, höchstens beruflichem Interesse. Aber je länger Ohio berichtete, desto größer wurden seine Augen.

„Das ist unglaublich", sagte er, als Ohio schließlich endete, verschränkte die Arme hinter dem Kopf und lehnte sich in seinem Bürostuhl zurück.

„Sollte man meinen", erwiderte Dr. Ohio trocken. Dann schüttelte er den Kopf. Während sie gestern Nacht den Brand gelöscht hatten, war ihm auf einmal wieder das Bild von Höpfner und dem explodierten Tank in den Kopf gekommen. Er trug einen leisen Verdacht ja schon länger mit sich herum, hatte in den vergangenen Tagen aber nicht mehr daran gedacht. Doch jetzt kam er sich vor wie ein schlafendes Kind, das plötzlich erwacht. Höpfner, Wieri und das Feuer, Ohio konnte es deutlich vor sich sehen, den Defekt, den Augenblick der Explosion, den Körper ...

„Ja, und ich glaube", sagte er stockend zum Kommissar, „dass man auch die Umstände von Höpfners Tod unter diesem Aspekt noch einmal neu untersuchen muss. Das Vorgehen Wieris, diese Feueranschläge, das passt alles in ein Muster. Es ist nicht auszuschließen, dass er seinen Chef auf dem Gewissen hat. Ich mag mich täuschen, aber eines ist sicher: Er hat mindestens zwei Anschläge auf Schmidts Leben verübt."

Der Kommissar rieb sich seine Nase und lächelte Dr. Ohio an.

„Nun ja", meinte er beruhigend. „Wir werden sehen. Darüber müssen Sie mit meinen Kollegen in Tübingen sprechen. Die waren ja mit dem Fall betraut. Jedenfalls haben wir Wieri zur Fahndung ausgeschrieben. Er hat in der Nähe ein Auto gemietet und es bis jetzt noch nicht zurückgebracht. So viel haben wir bereits herausgefunden." Er stand auf. „Nach allem, was ich gehört habe, glaube ich nicht, dass es lange dauert, bis wir ihn finden. Ich werde Sie jetzt von meinen Kollegen nach Hause fahren lassen. Dann kann Herr Schmidt seine Angelegenheiten regeln."

Dr. Ohio nickte.

Wieris Mietwagen wurde wenig später in der Nähe von Büchelberg ausgebrannt auf einer Lichtung im Wald gefunden. Zunächst war nicht klar, ob sich jemand im Wagen befunden hatte und mitverbrannt war. Eine Explosion hatte einzelne Teile über die Wiese verstreut. Zum Glück, so die Experten der Feuerwehr, hatte es den Tag zuvor ausgiebig geregnet, ansonsten hätte sich das Feuer vom Wagen über die Wiese wahrscheinlich bis zu den Bäumen gefressen und möglicherweise den ganzen Wald in Brand gesteckt.

Was hat das Fieber aus ihm gemacht?
Einen Söldner des Blutes – nein,
einen Kämpfer Gottes.

Wieri stapfte geradlinig durch den dunklen Zauberwald und sang in pastoralem Ton beständig vor sich hin. Irgendetwas musste gleich passieren, so viel war sicher. Eine Erscheinung, ein Licht ... eine Kuh. Da stand eine Kuh mitten im Wald. Um diese Zeit ...

Wieri stolperte durch den Märchenwald. Er würde wiederkommen. Oder zurückgehen, sich über Parabolantennen ins Dorf schwingen, kichernd die billigen, schmutzigen kleinen Geheimnisse der Dorfbewohner durch die gelbscheinenden Luken und Dachfenster erspähen, über die Schindeln ihrer gedeckten Häuser spazieren, seinen vegetarisch ernährten Asketenkörper in die Mitte des Platzes befördern ... Öffentliche Schande, Strafe und Gerechtigkeit ... Eicheln und Bucheckern würden seine Nahrung gewesen sein, wäre er denn im Wald geblieben ... Die Kälte machte ihm doch nichts aus, obwohl es ja Sommer war ... Er würde sie sich alle untertan machen, diese Kuh musste den Anfang machen mit ihren hellen Augen, dem stumpfen, verliebten Blick.

Die Kuh wich nicht und starrte ihn gleichmütig an. Wieri wankte davon, leise in sich hineinbrabbelnd, er schwang große Reden, stieß wichtige Warnungen aus, rotierte um einen Baum, denn es war der kürzeste Weg. Werden wir ihn je wiedersehen, oder wird er eine jener sagenhaften, mythischen Gestalten werden, die diesen Wald bewohnen?

Was hat das Fieber aus ihm gemacht?

Einen Söldner des Blutes – nein,

einen Kämpfer Gottes.

Gab es da nicht mal einen, der ... Ach, die Reihen schließen sich. Wie selbstverständlich stapfte die Kuh hinter Wieri her, mit einem mäßigen Interesse, ihn nachsichtig betrachtend. Dieser Junge da, also, sie wusste auch nicht ... Woher sollte sie auch?

Ach, seine Gefährtin. Gottes Wege sind unergründlich und doch wandeln wir sie.

Da saß er, am Rand des Waldes und beobachtete den ersten, dünnen Streifen Morgen, der von Osten her über den Horizont floss, glänzte wie Aluminium, der das dunkle Blau der Nacht an deren äußerstem Ende verwässerte, die Sterne versilberte, sie zum Flackern brachte. Aber es würde noch lange dauern, ehe man von einem Morgen sprechen konnte, noch sehr lange. Das Gras zu seinen Füßen war noch schwarz. Eine Million Würmer arbeitete unter ihm, um die Erde zu lockern, damit er ganz langsam hineingleiten, absinken konnte.

16

Im dumpfen Zimmer,
die Hitze des Tages weicht
im glutroten Licht

Dr. Ohio ging die Auffahrt zu Höpfners Villa hinunter. Unter seinen Füßen knirschte der Kies, durch den sich breite Spurrillen zogen. Schmidts Villa muss es jetzt eigentlich heißen, dachte Ohio und drehte sich noch einmal nach dem großen Haus mit den dunklen, eckigen Giebeln um. Es lag ruhig und still da wie immer. Auf der linken Seite blühten ein paar Blumen, die in der Mittagshitze strahlend blau, gelb, lila und rot leuchteten. Weiter hinten gab es einen umzäunten Garten, der verwildert war. Die Wiese ums Haus lag von der heißen Sonne ermattet da.

Ohio räusperte sich, steckte die Hände in die Hosentaschen und schlenderte weiter die Auffahrt hinunter. Auf einmal hatte er gute Laune und wusste nicht genau, warum. Er ging die Landstraße entlang nach Waldenbuch. In etwa zwei Kilometer Entfernung tauchten hinter den Obstbäumen unten im Tal die ersten Häuser der Burkhardtsmühle auf.

Boris hatte sein Erbe angetreten. Die Polizei hatte sie zurückgebracht und Dr. Ohio war schnurstracks mit ihm nach Tübingen in die Bachgasse gegangen, in der Dr. Laudtners Kanzlei lag. Sie hatten für den nächsten Tag einen Notartermin vereinbart und Boris hatte alle nötigen Unterschriften geleistet. Dr. Ohio bestand darauf, dass er die Zeit bis zum Termin wenigstens für das Aufsetzen eines vorläufigen eigenen Testaments nutzte, sodass die Stiftungsklausel in Höpfners Testament unwirksam wurde. Später konnte Boris es immer noch ändern.

Ohio hatte Laudtner den Schreck an der Nasenspitze angesehen, als sie zu dritt in sein Büro marschierten. Der Anwalt war aufgestanden und leichenblass geworden. Die Kommissarin hatte Ohio bestätigt, dass Laudtner die Telefonnummer von Adlers Bauernhof mit ziemlicher Sicherheit auf seinem Display hatte sehen können. Damit wäre es ein Leichtes für ihn gewesen, die zugehörige Adresse in Erfahrung zu bringen. Ohio warf sich immer noch unverzeihlichen Leichtsinn vor, den Anwalt von Adlers Telefon aus angerufen zu haben. Allerdings konnte ein Kontakt zwischen Wieri und Laudtner anhand der Telefonverbindungen nicht nachgewiesen werden. Die Polizei würde die Sache aber auf jeden Fall weiter untersuchen.

Laudtner stritt jeden Kontakt und jegliche Beteiligung an Wieris Anschlägen ab und versuchte, seine Fassade durch einen halbherzigen Anfall von Entrüstung zu wahren. Dann beeilte er sich, alles für den Notartermin vorzubereiten. Er war einfach unverbesserlich. Und eins musste man ihm lassen: Er gab sich nie geschlagen. Immerhin war er noch offizieller Testamentsverwalter von Höpfners Erbe – und dieses Amt würde er ausüben, bis ihm jemand eine Mitschuld an den Vorfällen nachweisen konnte.

Der Anwalt war offensichtlich der Meinung, dass es sich ohne Rückgrat am besten leben ließ und dass man mit schlangengleicher Gewandtheit immer einen Ausweg finden konnte. Positionen und Haltungen waren für ihn wie geschmeidige Anzüge, die sich beliebig anlegen und wieder ablegen ließen. Nur Idioten würden sich auf so etwas Sperriges wie eine Meinung festlegen. Für Laudtner war die Wahrheit nur eine Frage des Standpunkts. Und so hoffte er immer noch, sich für Boris unentbehrlich zu machen, und versuchte ihn sanft davon zu überzeugen, dass er das, was er für Höpfner getan hatte, genauso gut auch für ihn tun könne.

Boris wusste noch nicht, was er überhaupt tun sollte, aber so viel war klar: Mit Dr. Laudtner wollte er nicht weitermachen. Das würde den Ruin für dessen Anwaltskanzlei bedeuten, aber außer Laudtner selbst ahnte das noch niemand. Er hatte die Geschäfte mit seinen zahlreichen Entnahmen und seiner doppelten Buchführung in die Nähe des Ruins geführt. Das Einzige, was ihm blieb, war zu versuchen, seine Karten bei Boris mit liebesdienerischer Aufmerksamkeit und opportunen Vorschlägen zu verbessern.

Wieri blieb verschollen. Eine erste, intensive Fahndung nach dem Calvinisten verlief ohne Erfolg, was verwunderte, da man aufgrund des seltsamen Verhaltens, das Boris bei dem Brand auf Adlers Bauernhof beobachtet hatte, annahm, dass er wohl nicht mehr ganz Herr all seiner Sinne war. Aber die Kommissarin beruhigte Ohio: Wieri zu finden, sei nur eine Frage der Zeit. Und seine Motivation zum Morden – so drückte die Kommissarin das aus – war ihm jetzt, da Schmidt zum Alleinerben erklärt worden war, ja hoffentlich genommen. Dr. Ohio war da skeptisch. Diese Schlussfolgerung setzte einen kühlen Kopf und logisches Denken voraus. Bei Wieri war beides wahrscheinlich nicht mehr vorhanden.

Ohio kam vom Mittagessen, als er die Auffahrt der Villa hinunterschlenderte. Boris hatte ihn und Erika eingeladen. Er hatte sich in der Villa seines Onkels einquartiert und irgendwie schien alles nahtlos seinen Gang zu gehen. Die Angestellten übernahmen ihre Pflichten, als sei Höpfner nie gestorben oder durch eine wundersame Kur nur um 30 Jahre jünger wiedergeboren. Hanne, die Haushälterin, dieses in Höpfners Diensten früh verblühte Geschöpf, verwöhnte ihn wie einen kleinen Jungen, wie einen verloren geglaubten Sohn. Die Köchin zauberte Höpfners Lieblingsgerichte auf den Tisch. Vielleicht würde Henrik, der Gärtner, auch neuen Kies für die Auffahrt besorgen. Aber Henrik war schon immer ein bisschen nachlässig gewesen.

Dr. Ohio hatte sich ziemlich unbehaglich gefühlt, als sie in dem großen, stickigen Speisezimmer saßen. Wegen der Hitze draußen waren die Jalousien halb heruntergelassen und es herrschte ein angenehmes Dämmerlicht. Und doch: Trotz der zusammen durchstandenen Aufregungen und Erlebnisse der vergangenen Tage stand er Boris wie einem Fremden gegenüber. Vielleicht lag es daran, dass auch Boris sich fremd fühlte in diesem Haus, das er nur aus seiner Kindheit flüchtig kannte und dem noch das Flair seines Onkels anhing. Aber vor allen Dingen war er nervös wegen Erika. Dr. Ohio merkte es, als Boris sie herumführte. Er redete viel, trank viel, erzählte von den Veränderungen, die er hier machen wolle. Er war nicht unhöflich, aber er sprach die ganze Zeit unwillkürlich mit Erika. Sie wollte er beeindrucken, ihre Meinung war ihm wichtig. Er achtete auf jede ihrer Regungen. Strich sie über den dünnen Vorhang, der in der leichten Brise flatterte, weil er ihr gefiel? Mochte sie den großen Raum mit seiner herrschaftlichen Einrichtung, oder war sie eher für etwas Modernes? Bilder, ja, klar, aber abstrakt oder realistisch, expressionistisch, impressionistisch, futuristisch, grafisch ...?

Seine überdrehte Fröhlichkeit verließ ihn das ganze Essen über nicht. Vielleicht, sagte er, würde er ja doch wieder alles hinwerfen und zurückgehen nach Épernay in seinen Wohnwagen. Blick auf Erika. Keine Reaktion. Ruhig schnitt sie an einem ausgezeichneten Boeuf Bourguignon, sagte wenig und gab keine Hinweise darauf, ob sie mit Boris' Plänen, Vorhaben, Änderungen einverstanden war oder nicht, ob sie im Geringsten Interesse daran hatte, ob sie überhaupt bemerkte, dass er nur auf einen Wink von ihr wartete, um zu erfahren, was er tun sollte.

Vielleicht, sagte er, würde er alles hier rausreißen lassen und einen luftigen Raum mit hellen Möbeln schaffen, eine verglaste Wand, die sich zurückschieben ließ, um den Sommer hereinzulassen. Erika sah sich kurz um und verzog unbestimmt den Mund.

„Das finde ich eine gute Idee", sagte Dr. Ohio mitleidig. Abgesehen davon, dass Boris ihm leidtat, fand er es wirklich eine gute Idee. Wenn Boris hierbleiben wollte, dann war es wichtig, etwas zu verändern, um nicht im Familiengrab seiner Erinnerungen und den Ausdünstungen seines alten, toten Onkels zu ersticken.

Nach dem Essen stand Ohio schnell auf, obwohl er es als unhöflich empfand, und verabschiedete sich. Er sei müde ... Boris warf ihm einen dankbaren Blick zu und brachte ihn zur Tür.

„Wir bleiben in Kontakt", sagte er.

„Natürlich." Dr. Ohio lächelte unverbindlich und sagte, schon wegen seines Bruders würden sie sich ja bestimmt bald wiedersehen.

„Ich habe Ihnen so viel zu verdanken ..." Boris nickte und stand unschlüssig in der Tür, als wolle er noch etwas sagen.

Dr. Ohio zog die Augenbrauen hoch und winkte ab.

Ein Hupen riss ihn aus seinen Gedanken. Er drehte sich um. Der Asphalt der Landstraße schien zu kochen, so heiß war es. Am Straßenrand staubte heller Sand, ein paar Büschel vertrocknetes Gras krallten sich hinein. Erika war hinter ihm in der Kurve auf den Seitenstreifen gefahren und stieg aus.

„Doktor ...!", rief sie. Der Fahrtwind eines vorbeifahrenden Wagens riss ihr die folgenden Worte vom Mund und wirbelte sie davon. Dr. Ohio spürte den Luftzug heiß in seinem Gesicht.

„Wie bitte?", fragte er.

„Warum sind Sie denn so schnell verschwunden?" Sie kam näher, stand vor ihm und strich sich die Haare aus dem Gesicht. „Ich habe doch gesagt, ich würde Sie mitnehmen."

Dr. Ohio lächelte.

„Ich weiß. Aber ich dachte ..." Er stockte. Er hatte gedacht, es wäre an der Zeit, Boris und Erika mal einen Augenblick allein zu lassen. Aber jetzt, wo sie vor ihm stand, kam es ihm albern vor.

„Ich dachte, Sie wollten vielleicht noch bleiben. Und ich wollte gehen."

„Mhm", machte sie. Auf ihrer Oberlippe hatten sich ein paar kleine Schweißperlchen gebildet. Dr. Ohio zog sein Taschentuch heraus und gab es ihr. Erika tupfte sich die Oberlippe und die Stirn ab. Hätte er ...? Er kam sich vor wie ein dummer Pennäler, der seinem Schwarm gegenübersteht. Zwei Klassen über ihm und immer mit den großen Jungs unterwegs. Es war lächerlich – und im selben Augenblick dachte er an Brigitte. Sie hatte ebenfalls Urlaub genommen und war zu einer Freundin gefahren. Nach Neapel, hatte ihre Assistentin gesagt, und Ohio hatte einen kleinen Stich gespürt. Morgen wollte sie zurückkommen von ihrer Reise. Einer Reise, auf der sie sich klar werden wollte über ihr künftiges Leben.

Du lieber Himmel, man sollte meinen, das ganze Sanatorium war von Ärzten entvölkert, verlassen. Eine Epidemie. Lediglich die Patienten waren noch da und führten ihr irres Regiment. Alle anderen waren unterwegs auf Sinnsuche. Nur die Kranken wissen, dass es so etwas nicht gibt.

Erika trat näher und gab ihm das Tuch zurück. Sie blickte über die sanft abfallenden Hügel der Obstwiesen hinunter zu dem kleinen Bach und den Weiden. Weiter hinten schwamm in der stehenden, flirrenden Luft blaugrün der Wald. Träge hingen ein paar Vögel im Himmel.

„Ob es wohl noch regnet heute?", fragte Dr. Ohio zusammenhanglos. Erika antwortete nicht. Sie lehnte sich leicht gegen ihn und er spürte ihre warme Haut an seinem Arm. In seinem Magen wühlte etwas, und er war sich nicht sicher, ob es Freude oder Angst war. Die Hitze machte ihn träge. Er sah Erika einen Augenblick an. Sie lächelte. Beinahe widerwillig legte er den Arm um sie und drückte sanft ihre Schulter an sich. Bevor sie sich ganz zu ihm umdrehen konnte, ließ er sie wieder los. Was war das? Erika sah ihn stirnrunzelnd an und er musste lachen.

„Lassen Sie uns fahren", sagte er.

„Doktor ..."

Er sah sie einen Moment lang an, dann stiegen sie ein. Ohio fläzte sich auf den Beifahrersitz und summte eine kleine Melodie vor sich hin. Erika gab verbissen Gas und raste die Straße entlang zum Dorf.

„Was singen Sie da?", fragte sie gereizt, als sie am Kreisverkehr rechts nach Liebenau abbog und die Straße in den Wald zum Sanatorium nahm.

„Beatles", sagte Dr. Ohio. „Wir Japaner lieben die Beatles."

„Wir Japaner", schnaubte Erika verächtlich. „Was heißt hier, wir Japaner? Viele lieben die Beatles. Und Sie? Sie leben schon so lange hier, Sie sind kein Japaner in dem Sinn."

„In welchem Sinn?", fragte Dr. Ohio neugierig.

„Im streng japanischen Sinn." Erika zog ärgerlich ihre Stirn in Falten. Sie mussten beide lachen.

„Because the sky is blue, it makes me cry", summte Dr. Ohio. Er überlegte.

„Das wäre ein schlechter Haiku, trotzdem ist es sehr schön."

Am grünen Hügel vor ihnen hingen in einiger Entfernung die weiß strahlenden Gebäude des Sanatoriums.

Am Abend, kurz nachdem die Sonne glutrot hinter den Wäldern untergegangen war, kam es Dr. Ohio so vor, als würde die Welt einen kurzen Moment erschöpft stillhalten und Atem schöpfen nach dem hitzeflimmernden Tag. Ein leises Säuseln wie Atmen, ein leichter, stetig werdender Wind, der den Hang hinunterwehte und ein bisschen Erfrischung für die vom dauernden Druck der Sonne zermalmten Gräser brachte. Ohio stand mit einem Glas Gin Tonic auf seinem kleinen Balkon, sah dem weichenden Tag nach und dem Aufsteigen der Nacht zu. Im Wohnzimmer herrschte diffuses Halbdunkel, der helle

Stoff seiner Couch schimmerte undeutlich. Die Welt atmete ein und aus.

Eine Untersuchung von Höpfners Tod hätte wenig Sinn, hatte die Kommissarin gesagt. Bei einer solchen Explosion wie der von Höpfners Schuppen und dem Tank gab es nicht mehr viel zu rekonstruieren. Und nachdem die Untersuchungen der Feuerwehr und der Polizei abgeschlossen waren, hatte ein Bauunternehmen die Aufräumarbeiten besorgt. Es war unmöglich, jetzt noch irgendwelche Teile der Scheune und des Tanks aufzutreiben.

„Es wird immer erst bei einem konkreten Verdacht auf Mord auch tatsächlich ermittelt", hatte die Kommissarin erklärt. „Und der war nicht vorhanden." Sie hob bedauernd die Hände. „Wie viele Morde tatsächlich geschehen, können wir gar nicht sagen. Die Aufklärungsrate ist hoch, bezieht sich aber nur auf die Fälle, in denen überhaupt untersucht wird. Im Fall Höpfner kann ich Ihnen nicht weiterhelfen."

Es würde also ewig ein Rätsel bleiben, ob Carl Höpfner durch einen Unfall umgekommen war oder ob sein Assistent nachgeholfen hatte. Dr. Ohio stützte sich auf das Balkongeländer und schnippte mit dem Finger leicht gegen sein kühles Glas. Die Beerdigung fiel ihm ein. In seiner Erinnerung wurde sie dominiert vom Lila des bischöflichen Kostüms. Alles war in Lila getaucht. Es heißt nicht Kostüm, dachte er und nahm sich vor, nachher im Lexikon die korrekte Bezeichnung nachzuschlagen.

Die Welt atmete ein und aus. Ohio hätte noch ewig so in der warmen Brise der aufkommenden Nacht stehen können, aber sein Glas war leer. Drinnen war es jetzt fast ganz dunkel. Irgendetwas raschelte im Windzug, der durch die Balkontür ins Zimmer wehte. Dr. Ohio ging hinein, um sich noch einen Drink zu machen, und knipste in der Küchenzeile ein kleines Licht an. Um den begrenzten Lichtschein herum verlor sich die Welt in einem körnigen Schwarz, wie Granulat. Er und der Gin waren allein im schwarzen Universum. Zumindest hatten sich die anderen Seelen außer Sichtweite um ihre eigenen Lämpchen versammelt und trieben in diesem dunklen Ozean einsam vor sich hin. Und wenn es wieder raschelte, konnte es eigentlich nur das Aneinanderreiben der fein gemahlenen Materie sein. Oder es war eine Seele ohne Licht, auf Wanderschaft durch die Dunkelheit.

„Machen Sie die Tür zu, Doktor, sonst kommt Ungeziefer herein", hörte Ohio eine Stimme vom Sofa. Einen Moment lang setzte sein Herz aus. Einen unendlichen Moment lang herrschte vollkommene Stille im allumfassenden Meer der Nacht. Dann begann ein dröhnendes Rauschen, das Dr. Ohio auf seinen rapide gestiegenen Blutdruck zurückführte. Langsam zog er eine Schublade auf, in der ein paar schmale Küchenmesser lagen.

„Ich habe hier eine Pistole und die zielt genau auf Ihren japanischen Schädel", sagte Wieri ruhig, und doch ... meinte Ohio einen hysterischen Unterton in seiner Stimme zu vernehmen, wie das leise Schleifen einer Kreissäge, die weit entfernt in den vielfältigen Geräuschen einer belebten Stadt fast unter der Wahrnehmungsgrenze singt. Bluffte er?

„Wie sind Sie hier reingekommen?", hörte er sich fragen. Als Antwort kam ein Kichern, aber jetzt aus einer anderen Richtung.

„Au." Ein dumpfer Schlag gab Ohio recht. Wieri war gegen die Kante des Schranks gelaufen.

„Durch die Tür, Doktor", sagte er. „Sie glauben doch nicht, dass mich so ein armseliges Schloss aufhält?"

„Wir haben schon gedacht, Sie wären tot. Im Wald wurde ein ausgebranntes Auto gefunden und keine Spur von Ihnen. Wir haben uns Sorgen gemacht", plapperte Ohio drauflos, um Zeit zu gewinnen.

„Das glaube ich gerne", kicherte Wieri. „Sie haben allen Grund, sich Sorgen zu machen." Plötzlich schaltete er die Stehlampe bei der Couch ein. Dr. Ohio zuckte zusammen.

„Kommen Sie hier herüber." Der Finne winkte mit der kleinen Pistole in seiner Hand. „Setzen Sie sich hin." Er deutete auf die Couch. Automatisch knipste Ohio das Licht in der Küche aus und ging hinüber. Wieri ließ sich langsam ihm gegenüber auf einem Sessel nieder und starrte ihn mit brennenden Augen gierig an.

Er sah verheerend aus. So als hätte er die letzten Tage in der Wildnis zugebracht, ohne etwas Vernünftiges zu essen und ohne eine Schlafgelegenheit. Seine dünnen Haare hingen ihm strähnig ins Gesicht, seine Kleider waren fleckig und verschmiert von Öl und Dreck. Die wasserhellen Augen leuchteten fanatisch aus seinem schmalen Gesicht, als wollten sie die Welt überschwemmen. Über Stirn und

Wange liefen dünne, blutige Kratzer und rote Striemen, wahrscheinlich von zurückschnellenden Ästen.

„Du meine Güte, Wieri!", rief Dr. Ohio aus. „Wie sehen Sie denn aus? Wir müssen Sie ja erst mal versorgen. Sie bluten ja im Gesicht. So kann ich Sie unmöglich rumlaufen lassen. Sie müssen was essen und trinken, bevor wir weiterreden. Später können Sie mir immer noch alles erzählen. Du meine Güte." Er sprang schnell auf. „Ich werde Verbandszeug holen."

Wieri war verwirrt. Mit großen Augen saß er da und starrte Dr. Ohio an, der Anstalten machte, hinüber ins Bad zu gehen. Er war schon fast im Gang, von wo aus er zur Tür hinaus oder ins Schlafzimmer hätte flüchten können, als Wieri ein kreissägekreischendes „Halt!" ausstieß, aufsprang und mit seiner Pistole fuchtelte.

„Setzen Sie sich sofort wieder hin!", schrie er hysterisch.

„Schon gut, schon gut", murmelte Dr. Ohio und hob andeutungsweise die Hände. „Ich wollte nur helfen." Er setzte sich wieder. „Wieri, Sie brauchen Hilfe." Wie könnte er hier rauskommen, wie jemanden auf sich aufmerksam machen?

Wieri lachte wild.

„Ich brauche keine Hilfe!", rief er draufgängerisch und ein bisschen zu pathetisch. „Sie brauchen Hilfe!"

„Was wollen Sie eigentlich?", fragte Dr. Ohio. „Und vor allem von mir? Die Sache ist vorbei, erledigt. Sie haben keine Chance mehr." Er sah Wieri ungläubig an. „Oder haben Sie es noch gar nicht mitbekommen? Schmidt hat das Erbe angetreten und bereits ein eigenes vorläufiges Testament hinterlegt. Die Stiftung wird es nie geben. Nie."

Wieri hörte ihm zu und schmunzelte amüsiert.

„Wenn es diese Möglichkeit noch gäbe, Doktor", sagte er langsam und deutlich, „dann wäre ich jetzt nicht hier, sondern in Höpfners Haus bei Schmidt. Aber so ..." Er hob matt und schicksalsergeben die Hände.

„So ...?", fragte Dr. Ohio und spürte ein leichtes Kribbeln in den Fingerspitzen, als wären ihm die Hände eingeschlafen. Wieri war verrückt, daran gab es keinen Zweifel. Und er war hier, um Rache zu nehmen, oder was? Um Vergeltung zu üben? Immerhin wollte er reden, das war gut. Ansonsten hätte er ihn schon längst über den Haufen geschossen und irgendwelche religiösen Symbole in seine Haut geritzt oder etwas ähnlich Geschmackloses unternommen.

Über den Haufen geschossen, wiederholte sich Ohio stumpf. Er starrte die Pistole in Wieris Hand an. Langsam dämmerte ein Bild in ihm auf ... die Pistole ... na klar. Dass ihm das nicht gleich eingefallen war. Er hatte doch die Pistole von Höpfner. Sie musste in seinem Schlafzimmer sein. Er hatte sie in der Schublade seines Nachttischs verstaut. Und im Schlafzimmer gab es auch ein Telefon, von dem aus er Hilfe rufen konnte.

„Warum, Doktor?", fragte Wieri und sah ihn mit brennenden Augen, den Tränen nahe, an, während Ohio überlegte.

„Wie bitte?", fragte Dr. Ohio zerstreut.

Wieri traute seinen Ohren nicht. Wütend schlug er mit der Faust auf den Couchtisch.

„Was? Ich bitte mir etwas mehr Aufmerksamkeit aus, Doktor. Man sollte doch meinen, dass Sie Ihrem Richter gegenüber in Ihrer letzten Stunde *etwas* aufmerksamer sind." Er zeigte mit Daumen und Zeigefinger die minimale Aufmerksamkeit, die er erwartete. „Und Sie können sicher sein: Das ist der Rest Ihres Lebens, Sie ignoranter Japaner ... So eine Unverschämtheit. Verdammt." Er sprang auf und holte mit der Pistole zum Schlag aus, zögerte aber plötzlich und fixierte einen Punkt auf dem Parkettboden. Dann setzte er sich wieder. Dr. Ohio war zusammengezuckt und hatte instinktiv den Arm zur Abwehr gehoben. Er fragte sich, ob Wieri wohl etwas gegen Asiaten hatte. Es war bereits das zweite Mal, dass er sich über seine Herkunft in abfälliger Art und Weise geäußert hatte.

„Warum, Doktor?", flüsterte Wieri noch einmal. Ohio kannte solche Stimmungsschwankungen von seinen Patienten, war aber doch überrascht über Wieris abrupten Wechsel.

„Na ja." Er klang fast ein bisschen verlegen. „Eine unglückliche Verkettung von Umständen, würde ich sagen."

Wieri schüttelte den Kopf und warf wieder einen Blick auf den Fußboden. Schnell wischte er mit dem Fuß darüber und rutschte dann in die Ecke seines Sessels.

„So etwas gibt es nicht. Alles ist vorherbestimmt. Alles liegt in Gottes Hand und alles ergibt einen Sinn. Wie sollte sich uns Gottes

Wille erschließen, Doktor? Wie könnten wir uns anmaßen zu wissen, warum all das geschieht? Wir alle erfüllen nur unsere Pflicht."

„Ja, Wieri, so wird es sein. Wir alle erfüllen auf jeden Fall unsere Pflicht, wenn Gottes Wege unergründlich sind, wie Ihre Theologen so schön sagen. Das heißt aber auch, wenn Sie die Pistole jetzt weglegen und mit mir kommen, tun Sie das Richtige, es führt zum Ziel. Alles führt zum Ziel."

Wieri starrte ihn an und dann wieder, mit wachsender Besorgnis, auf die Stelle auf dem Fußboden. Er schüttelte den Kopf.

„Nein, nein, Doktor." Er verzog seine dünnen, blassen Lippen zu einem gequälten Lächeln. „So ist es nicht. Wir müssen auf uns hören. Ganz tief innen ... Ich weiß, was ich zu tun habe. Meine Aufgabe ist noch nicht erledigt."

„Sie maßen sich also doch an zu wissen, welche Wege Gott einschlägt?", fragte Dr. Ohio. Er spürte, dass Wieri sich verwirren ließ, von ihm und von irgendetwas, das er auf dem Fußboden sah.

„Ich bin mit den Sternen gezogen und sie haben mich hierher geführt, Doktor. Warum, glauben Sie, bin ich hier hereingekommen?" Das fragte sich Ohio allerdings auch. „Ich bin hier durchmarschiert und Ihre versammelten Pfleger, Ärzte, das Personal ... niemand hat mich gesehen. So etwas nenne ich ein Zeichen. Ich bin auf dem richtigen Weg. Gott führt mich."

„In Gottes Ewigkeit macht es doch nichts aus, ob ich jetzt oder in 20 Jahren sterbe, Wieri", sagte Dr. Ohio. Er wunderte sich kurz darüber, dass er bereit war, um sein Leben zu kämpfen, ärgerte sich aber gleichzeitig darüber. Kontraproduktiv, dachte er. Das gehört nun wirklich nicht hierher.

Wieder schüttelte Wieri langsam den Kopf und wischte ängstlich mit dem Fuß über den Boden.

„Doktor, Sie sind Sand im Getriebe des Fortschritts. Sie halten die Zukunft auf."

Dr. Ohio musste kurz lachen. Ausgerechnet ein religiöser Fanatiker erzählte ihm etwas von Fortschritt.

Inzwischen war es ganz Nacht geworden, der letzte rote Streifen des Tages hatte sich hinter den bewaldeten Hügeln verabschiedet. Nur die Stehlampe gab ihr warmes, nicht sehr kräftiges Licht ab, ansonsten saßen sie in einem schwarzen Loch, außerhalb von Zeit und

Raum. Dr. Ohio spürte seine Beine nicht mehr und wusste nicht, ob er, würde er jetzt plötzlich aufspringen und die Lampe umstoßen, um ins Schlafzimmer zu der Pistole und zum Telefon zu gelangen, nicht einfach umknicken und hinfallen würde. Er konnte nicht einschätzen, ob Wieri tatsächlich schießen würde, aber er hielt es für sehr wahrscheinlich. Ihm wurde klar, dass er handeln musste, bevor Wieri mit seiner Litanei zu Ende gekommen war. Denn zu Ohios Glück war der Finne jemand, der seine Handlungen gern erklärte und verstanden werden wollte. Aber irgendwann würde ihm nichts mehr übrig bleiben, als zu schießen und Gottes Willen zu vollenden. Und der Finne war nicht zimperlich. Das hatte er schon mehr als einmal unter Beweis gestellt. Also musste Ohio ihn überraschen.

„Da schauen die Sterne auf uns herab, Doktor, und warten darauf, dass sich unser Schicksal erfüllt", sagte Wieri gerade.

„Bis vor kurzem haben Sie Ihre Aufgabe aber noch ganz anders gesehen, Wieri. Glauben Sie wirklich, dass Sie das Richtige tun?" Ohio warf einen beunruhigten Blick auf die Stelle, auf die Wieri immer starrte.

„Das denke ich durchaus, Doktor."

„Huch, sehen Sie mal. Da. Es wird größer." Auf gut Glück deutete Ohio mit einer undeutlichen Handbewegung auf die Stelle auf dem Fußboden, die Wieri Sorgen zu bereiten schien. Erschreckt zuckte der Calvinist zusammen und rückte ein Stück zur Seite. Diesen Moment nutzte Ohio. Er sprang auf, knipste die Stehlampe aus und rannte hinüber ins Schlafzimmer. Mit an die Dunkelheit ungewohnten Augen feuerte Wieri zweimal ziellos in den Raum. Er hatte sich schnell aufgerappelt und stürzte hinter Dr. Ohio her, der ihm die Tür gerade noch vor der Nase zuschlagen und den Schlüssel umdrehen konnte. Dann herrschte Stille, bis auf ein schweres Atmen auf beiden Seiten der Tür.

„Dr. Ohio", sagte Wieri irgendwann beinahe mitleidig. „Machen Sie auf. Sie können nicht entkommen. Machen Sie es uns doch nicht so schwer und öffnen Sie die Tür."

Ohio wagte nicht, das Licht einzuschalten und tastete sich in der Dunkelheit zum Nachttisch, um Höpfners Pistole zu suchen.

„Wie war das mit Höpfner, Wieri?", rief er. „Musste er auch für die gute Sache sterben? Oder war das eines Ihrer göttlichen Zeichen?"

„Machen Sie die Tür auf."

„Was schadet es noch, es zuzugeben? Mit mir ist es doch sowieso aus. Er war Ihnen doch nur noch im Weg, oder?"

Da war die Pistole. Sie lag in das schmutzige Tuch eingewickelt hinten in der oberen Schublade. Ohio nahm sie und dann das Telefon, das auf dem Tischchen stand.

„Er hat vielleicht den falschen Weg eingeschlagen. Ach Doktor", seufzte Wieri hinter der Tür. „Was interessiert Sie das noch. Es ist gleichgültig, wie Höpfner gestorben ist. Sie sind jetzt an der Reihe, nur das zählt."

„Hallo?", sagte Erika am anderen Ende.

„Rufen Sie die Poliz...

Krack. Das Telefon war tot. Wieri hatte draußen im Gang den Stecker des Anschlusses herausgezogen. Dr. Ohio wusste nicht, ob Erika ihn verstanden hatte. Er konnte es nur hoffen. Draußen schien Wieri die Geduld zu verlieren. Ohio hörte einen Tritt, dann einen lauten Schlag. Dann herrschte wieder Stille. Plötzlich krachte ein Schuss und gleich darauf noch einer. Wieri verlor offensichtlich die Geduld. Erschrocken suchte Ohio Deckung hinter seinem Bett. Gleich darauf stand er kopfschüttelnd wieder auf.

Lange konnte das nicht so weitergehen. Bald würde die Tür nachgeben, und dann? Dr. Ohio hob langsam die Pistole und zielte auf den oberen Türrahmen. Es würde Wieri zumindest aufhalten, wenn er wüsste, dass Ohio auch eine Waffe hatte. Er wollte abdrücken, doch der Abzug ließ sich nicht durchziehen. Verriegelt, dachte er. Mist. Wo entsichert man das Ding? Er fummelte eine Weile an der Pistole herum, bis er einen Hebel fand, der sich umlegen ließ.

Wieri hatte noch einmal auf das Schloss geschossen und warf sich gegen die Tür. Sie wackelte bedenklich im Rahmen. Dr. Ohio zielte noch einmal und drückte ab. Der Schuss löste sich und dröhnte ihm in den Ohren. Vor der Tür war es schlagartig ruhig. Wieri schien sich zurückgezogen zu haben. Doch lange ließ er sich nicht aufhalten und warf sich mit vermehrter Wucht gegen die Tür.

Dr. Ohio hastete zum Fenster und sah hinaus. Unter ihm war nur tiefe Schwärze zu erkennen. Nie hatte er sich die Mühe gemacht, zu erkunden, was sich unterhalb seines Schlafzimmerfensters befand. Aber er wusste, dass es für einen Sprung zu hoch war. Wieder warf sich Wieri gegen die Tür und dieses Mal gab sie mit einem lauten Krachen nach. Noch ein paar kräftige Tritte und er stand im Raum.

„Jetzt, Doktor!“, rief er. „Jetzt ist es so weit. Bringen wir es hinter uns. Zieren Sie sich nicht länger.“ Er zog es offenbar gar nicht in Betracht, dass Ohio auf ihn schießen könnte. Und Ohio selbst war sich leider auch nicht im Klaren darüber, ob er es konnte. Wieri hob die Pistole. Er zögerte, aber nur deshalb, weil er überlegte, ob ihm noch eine wichtige Botschaft einfiel, die Ohio mit ins Jenseits nehmen könnte.

„Das ist ...“, begann er. Dr. Ohio drückte ab, mit einem Krachen löste sich der Schuss und fuhr knapp an Wieri vorbei in den Türpfosten. Der Calvinist lachte wild, zielte und drückte ab.

Klack. Das Magazin war leer. Beide konnten es nicht glauben und starrten sich einen Augenblick lang blöde an. Dann warf Wieri mit einem Wutschrei die Pistole nach Dr. Ohio. Sie flog durch die Fensterscheibe und ließ einen kräftigen Windstoß herein, der ein Gewitter ankündigte und die Vorhänge blähte. Wieri stürzte sich wie ein dünner, abgemagerter Tiger auf sein Opfer und riss Ohio mit sich zu Boden. Verzweifelt versuchte der Finne, ihm die Kehle zuzudrücken und gleichzeitig an die Pistole zu kommen, die Ohio mit ausgestrecktem Arm von sich hielt.

„Das – gibt's – doch – nicht“, keuchte er und schlug auf Dr. Ohio ein. Der wehrte sich verzweifelt, aber er spürte, wie er unter den nicht sehr starken, aber permanent prasselnden Schlägen schwächer wurde. Er fühlte die wabernde Dunkelheit um sich, den seidenweichen Wind, das Pulsieren seines Blutes und die Trägheit seines Körpers. Er musste ... Er musste ... Benommen schüttelte er den Kopf. Was war los? Er raffte sich noch einmal auf und verpasste Wieri mit dem Pistolengriff einen Schlag gegen den Kopf. Er war nicht stark, genügte aber, um den ausgezehrten Wieri benommen zusammensacken zu lassen. Keuchend wälzte er ihn von sich herunter, spannte den Hahn und zielte.

„Doktor, nicht!“, gellte ein Schrei. Ohio sah mehrere Gestalten ins Zimmer kommen. Es war ihm egal, ob seine Großmutter dabei war oder nicht. Er hatte genug. Jetzt würde ein für alle Mal Schluss sein. Ohne Geräusch erhellte eine weiße Zeitlupenexplosion mit gezackten Rändern die Finsternis, gleich einem angerissenen Streichholz. Ohio gab sich der süßen Dunkelheit hin, in der weit weg ein kleines, winziges Lichtlein brannte. Ein Quastenflosser im luftigen Ozean der Nacht.

Er war wohl nur einige Sekunden weg, aber für Ohio war es wie 360 Millionen Jahre gewesen. Ein angenehmer, bekannter Geruch umfing ihn. Er schlug die Augen auf.

„Doktor", drang es leise durchs Gelaber und Gewaber der Millionen Jahre. Er lag an Erikas Brust, von ihrem Arm gestützt. Sie strich ihm sanft über die Schläfe.

„Haben Sie ihn nicht?", fragte Ohio schwach.

Erika beugte sich über ihn und flüsterte dicht an seinem Ohr: „Was soll die Negation? Du hast danebengeschossen. Er wollte aus dem Fenster fliehen. Aber sie haben ihn gerade noch erwischt."

„Mmh", machte Dr. Ohio.

„Was ist?"

„Ich liege wirklich sehr angenehm, Erika. Aber so werde ich über kurz oder lang ersticken. Es wird ein süßer Tod."

Ein paar Tage später war Ohio wieder auf den Beinen. Nur seine Rippen schmerzten noch. Das Wetter war umgeschlagen, die aufgestaute Hitze der vergangenen Tage hatte sich in ein paar heftigen Gewittern entladen. Es war noch warm, aber Wolken trieben in schnellen Fetzen über den Himmel, stürmisch wie an der See. Die Bäume ruderten mit ihren langen Ästen und Zweigen im Wind und Spaziergängern wurden die Worte vom Mund und die Hüte vom Kopf gerissen.

Dr. Ohio und Erika gingen mit flatternden Regenjacken dicht nebeneinander her. Sie waren auf dem Weg über die Felder des Hügels gegenüber des Sanatoriums. Links zog sich der Wald, auf der rechten Seite waren die Häuser und Scheunen eines Bauernhofs zu sehen. Eine knorrige alte Eiche stand dort oben, im Frühjahr und Herbst von der vereinigten Raben- und Krähenoffensive oftmals als Hauptniederlassung genutzt.

„Tja, Doktor, du hast meine Nummer gewählt, statt die der Polizei ..." Erika blieb etwas außer Atem stehen, sah sich nach ihm um und strich sich die Haare aus dem Gesicht. „Wenn das kein Zeichen ist ..."

„Von Zeichen habe ich wirklich genug. Aber ich danke dir, dass du so rasch reagiert hast ..." Ohio nahm ihre Hand und verschwieg, dass er sie absichtlich angerufen hatte.

Auf dem Hügel wehte der Wind in Böen und zerzauste ihnen die Haare. Sie zogen die Reißverschlüsse ihrer Jacken zu und sahen über die hügelige Landschaft. Dr. Ohio dachte an Brigitte. Eigentlich hätte sie schon längst wieder zurück sein sollen. Er hatte einiges mit ihr zu besprechen. Aber bisher war sie nicht erschienen. Auch Heinz machte sich inzwischen Sorgen, er hatte sogar schon mit Ohio telefoniert. Es war das erste private Gespräch gewesen, das sie seit langem miteinander geführt hatten. Und es endete damit, dass sie sich verabredet hatten, um nach so langer Zeit vielleicht mal „ein paar Dinge zu klären", wie Heinz mit ungewohnt unsicherer Stimme gesagt hatte. Ohio war einverstanden gewesen. Jetzt bereute er es schon wieder. Was sollten sie sich schon zu sagen haben? Zwei Männer, die vor über 20 Jahren in dieselbe Frau verliebt waren ...

„Dort hinten legt sich der Regen übers Land wie ein dunkler Trauerschleier." Dr. Ohio deutete mit einer Hand nach vorne auf den niedrigen Himmel. Die andere legte er leicht auf Erikas Schulter.

„Ach", sagte Erika. „Ihr Japaner seid immer so melancholisch."

„Ich gehöre eigentlich zur lustigen Sorte. Und was heißt hier ‚ihr Japaner'? Ich bin schon so lange hier, ich bin in dem Sinn eigentlich gar kein Japaner mehr."